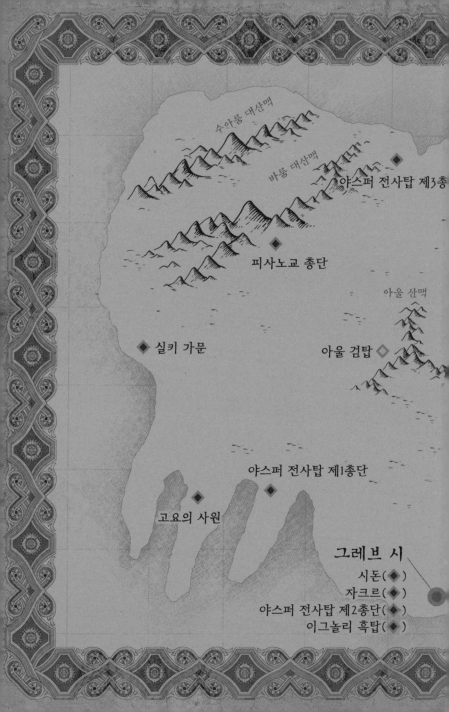

추이타 북산맥

추이타 대초원

추이타 남산맥

피요르드 시
쿠퍼 가문(◇)
은화 반 닢 기사단(◇)
모레툼 교황청(◇)

파이올라 시

솔노크 시

솔 강

퍼듐 시
퍼 마탑(◇)

원시림

라폴리움 시
라폴 도서관(◇)

트루게이스 시

뉴브로도 시
아바니 가문(◆)
수의 사원(◆)

◇ 백 진영
◆ 흑 진영
◆ 중립 진영
● 도시

언노운월드 대륙 전도

ETAN
이탄

ORIGINAL FANTASY STORY & ADVENTURE
쥬논 판타지 장편소설

dream
books
드림북스

이탄 27 대전쟁이 발발하다 Ⅲ

초판 1쇄 인쇄 2022년 5월 9일
초판 1쇄 발행 2022년 5월 30일

지은이 쥬논
발행인 오영배
편집 편집부
일러스트 필연
표지 · 본문 디자인 오정인
제작 조하늬

펴낸 곳 (주)삼양출판사 · 드림북스
주소 서울시 강북구 도봉로 173
대표 전화 02-980-2112 **팩스** 02-983-0660
편집부 전화 02-987-9393 **팩스** 02-980-2115
블로그 blog.naver.com/dreambookss
출판등록 1999년 3월 11일 제9-00046호

ⓒ 쥬논, 2022

ISBN 979-11-283-7146-2 (04810) / 979-11-283-9990-9 (세트)

드림북스는 (주)삼양출판사의 판타지 · 무협 문학 브랜드입니다.

목차

부제: 언데드지만 신전에서 일합니다

사대신수

『성혈의 바하문트』

—신수: 날개 달린 사자

—상징: 공포

—속성: 흙(土), 피(血)

『불과 어둠의 지배자 샤피로』

—신수: 광기의 매

—상징: 탐욕

—속성: 불(火), 어둠(暗), 나무(木)

『포식자 하라간』

—신수: 투명 마수

—상징: 타락, 나태

—속성: 얼음(氷), 균(菌), 물(水)

『둠 블러드 이탄』

—신수: 냉혹의 뱀

—상징: 파멸

—속성: 금속(金), 빛(光)

발췌문

빌어먹을.

그녀가 내 어머니라니.

그녀가 나를 낳은 어머니라니.

내 어머니가 나를 지옥에 내동댕이친 장본인이라니.

어머니, 나의 불쌍한 어머니.

어머니, 나의 독한 어머니.

자식을 버리고 선택한 것이 고작 이따위 조직이었습니까?

자식을 버리고 선택한 길이 고작 요 정도밖에 안 되었습니까?

어머니가 평생을 헌신한 조직은 정말 형편없었습니다. 어머니가 선택한 길도 정말 비루했습니다.

어머니가 그 길을 선택하신 사이, 저는 지옥에서 하루하루 뒹굴었습니다. 그러다 목이 잘려 나뭇가지에 비참하게 머리통이 매달리는 신세가 되었지요.

자식을 그 모양 그 꼴로 만들었으면 어머니라도 보란 듯이 잘 살아야 하는 것 아닙니까? 최소한 어머니가 마음속에 품었던 목표라도 이루었어야 하는 것 아닙니까?

그런데 결과가 이게 뭡니까.

벌레 같은 새끼에게 농락이나 당하고, 이리 치이고, 저리 치이고.

하아아, 씨발.

—훗날 간철호에게 깃든 이탄의 분혼이 난생 처음 만취하여 뇌까린 독백 가운데 발췌

제1화
북명 원정대 II

Chapter 1

이탄은 열 번째 신인이 된 이후로 줄곧 기회를 엿보았다.

'지하감옥에 갇힌 시곤과 붕룡, 죽룡을 구출해야지.'

이게 이탄의 의도였다.

한데 생각보다 기회가 일찍 찾아왔다. 피사노교의 신인들은 이탄에게 마음껏 병력을 차출할 권한을 주었다. 이탄은 그 권한을 적극 활용하여 불과 반나절 만에 지하 감옥 깊숙한 곳에 갇혀 있던 시곤과 붕룡, 죽룡을 모두 빼냈다.

마침 이탄에게는 그럴듯한 핑계거리가 있었다.

"북명에서 작전을 펼치려면 그곳을 빠삭하게 알고 있는 자가 필요하겠지. 혹시라도 교의 지하 감옥에 갇혀 있는 죄수들 가운데 동차원의 술법사가 있나?"

이탄은 감옥을 지키는 간수를 불러서 넌지시 질문을 던졌다.

뚱보 간수가 머리를 조아리고는 즉각 대답했다.

"위대하신 신인이시여, 당연히 죄수들 가운데는 더러운 술법사 놈들도 포함되어 있사옵니다."

"어허. 그거 잘되었구나. 그렇다면 나에게 죄수들의 명단을 가져와 보아라. 그놈들을 적당히 활용하여 이번 작전을 성공으로 이끌어야겠다."

"넵! 당장 죄수 명단을 대령하겠나이다."

간수는 후다닥 이탄의 명을 받들었다. 당연히 간수는 이탄의 진짜 의도를 눈치채지 못했다.

비단 이 간수뿐만이 아니었다. 피사노교의 그 누구도 이탄의 행동을 의심하지 않았다. 적의 포로들을 적절히 써먹어서 북명을 공략할 방법을 찾겠다는 이탄의 구상은 누가 봐도 그럴듯하게 들렸기 때문이었다.

이야기를 전해 들은 쌀라싸는 대뜸 수긍했다.

"역시 쿠미 아우님은 전략을 짤 줄 아는구먼. 흘흘흘."

오히려 쌀라싸는 이탄이 똑똑하다며 칭찬까지 했다.

싸마니야도 마찬가지.

"적을 활용하여 적의 약점을 캐내는 것은 좋은 전략이

지. 크허허. 역시 내 아들, 아니 역시 내 아우님이로다."

요새 싸마니야는 이탄을 떠올릴 때마다 함박웃음을 머금었다.

평소 칭찬에 인색하던 티스아도 이탄에 대해서는 태도부터 달랐다. 티스아는 연무장 바닥에 앉아 핏빛 검날을 날카롭게 벼리다 말고 이탄의 동향을 보고받았다. 그리곤 기분 좋게 웃었다.

"이럴 때 써먹으라고 그 재수 없는 포로놈들을 살려둔 게 아니던가. 역시 우리 막내가 일머리가 있네. 호호호."

이탄은 다수의 병력을 북명으로 데려갈 생각이 없었다.

"숫자가 많으면 귀찮기만 하지. 나는 소수 정예가 좋아."

이탄은 딱 100명만 차출했다.

사도 5명.

교도 95명.

여기에 이탄과 시곤, 붕룡, 죽룡을 더하여 총 104명의 병력이 꾸려졌다. 이른바 북명 원정대가 결성된 것이다.

우선 이탄은 평소에 친분이 있던 싸마니야의 혈족들로 북명 원정대를 채웠다.

이탄의 분신인 밍니야가 가장 먼저 원정대에 선발되었다.

이어서 두꺼비를 닮은 외모의 싸쿤과 프레일(Frail: 쇠도리깨)을 주무기로 사용하는 푸엉도 명단에 이름을 올렸다.

"쿠미 아우가 밍니야, 싸쿤, 푸엉을 원한다고? 그렇다면 당연히 내주어야지. 크허허. 내가 쿠미 아우를 돕지 않으면 누가 돕겠는가."

싸마니야는 이탄을 위해서 3명의 혈족들을 기꺼이 내주었다.

다음으로 이탄이 선택한 사도는 린이었다.

린은 사브아의 혈족들 중 한 명으로 근미래예지 능력을 가진 신탁사도였다. 게다가 린은 최근 초마의식에도 성공하여 악마종과 결합을 끝냈다.

피사노교에서 신탁사도는 귀한 대접을 받았다. 그 신탁사도가 초마의식까지 통과했으니 피사노 사브아가 린을 애지중지하는 것은 당연한 일이었다.

물론 여기에는 비밀이 하나 숨어 있었다.

린과 결합한 악마종은 다름 아닌 이탄이라는 비밀이다.

과거에 이탄은 부정 차원에 머물면서 와힛의 유희에 참여한 적이 있었다. 부정 차원의 악마종들이 '유희'라고 부르는 그 행위가 피사노교의 초마의식이었다.

당시 이탄은 초마의식에 참여한 피사노교의 사도들 중에 린이 망령이라는 사실을 알아보았다. 간씨 세가에서 싸이킥 에너지 채굴을 위하여 언노운 월드에 들여보낸 망령.

이탄은 그 즉시 호기심이 동하여 린과 결합을 해버렸다.

당연한 이야기지만, 이것은 본격적인 결합은 아니었다. 이탄과 결합을 하기에는 린의 영혼이 너무나도 보잘것없었다.

그래서 이탄은 린의 영혼이 바스러지지 않도록 상대의 오른손 엄지 옆쪽에 손가락 하나만 빼꼼 만들어주었다.

이탄은 그때의 기억을 떠올리고는 린을 북명 원정대에 포함시켰다.

"그 녀석을 데려가려면 사브아 님의 허락을 받아야겠지?"

이탄은 당장 편지지를 펼쳐놓고 펜을 놀렸다.

위대한 신인이신 피사노 사브아 님께,

사브아 님께서도 이미 들으셔서 아시겠지만, 저는 조만간 차원을 넘어 북명으로 들어가려 합니다. 그곳의 세력들을 규합하여 마르쿠제 술탑의 발목을 잡기 위함입니다.

제가 이 임무를 성공적으로 마치려면 신탁사도가 필요할 것 같습니다.

하여 사브아 님께 간절히 청하옵니다. 부디 린이

라는 사도를 제게 내주셔서 제가 북명 땅에서 피사
노교의 영광을 드러낼 수 있도록 배려해주십시오.

— 피사노 쿠미 드림 —

이상과 같은 편지가 사브아에게 전달되었다.

"끄응."

편지를 받자마자 사브아는 신음부터 내뱉었다.

Chapter 2

솔직히 사브아는 린을 위험한 곳에 보내고 싶지 않았다.
하지만 그녀에게는 이탄의 요청을 거절할 명분이 없었다.

이탄은 소수 정예만 이끌고 북명으로 침투하여 마르쿠제
술탑을 상대해야 하는 상황이었다. 이탄은 이 위험한 임무
를 기꺼이 도맡았다.

그런데 누이가 된 입장에서 혈족 한 명도 내주지 못한다
고?

이건 말이 안 되는 소리였다. 만약에 사브아가 이탄의 청
을 거절하면 당장 쌀라싸나 싸마니야가 가만히 있지 않을
것이다.

"쳇. 어쩔 수 없구나. 린을 내줄 수밖에."

결국 사브아는 눈물을 머금고 린을 북명 원정대로 보내기로 결정하였다. 대신 사브아는 이탄에게 직접 연락을 취해서 린을 최우선적으로 보호할 것을 약속받았다.

이탄은 즉각 사브아의 부탁을 받아들였다.

'사브아 님이 그렇게 신신당부하지 않더라도 나는 린을 우선적으로 챙길 거요. 그는 나의 일부분과 결합한 숙주거든. 후훗.'

이탄은 속으로 미소를 지었다.

린의 합류로 인해서 이제 5명의 자리 가운데 오직 하나만 남았다. 이탄은 이 빈 자리를 힐다로 채웠다.

힐다는 캄사의 피를 물려받은 잠행사도였다. 그녀는 과거 시시퍼 마탑에 침투했다가 이탄에게 발각을 당했던 전력이 있었다.

그 힐다가 최근 초마의식을 치르면서 부정 차원의 여악마종과 결합하는 쾌거를 이루었다. 이탄은 와힛의 유희에 참여하던 중에 힐다의 결합 장면을 똑똑히 목격했다.

사실 이탄이 힐다를 북명 원정대에 선발한 이유는 두 가지였다.

첫째, 이탄은 일부러 캄사의 혈족들 가운데 한 명을 선택했다. "적을 가까이 두라."는 격언을 몸소 실천하기 위함이었다.

물론 캄사 따위가 감히 이탄의 적이 될 수는 없는 법이다. 그러나 이탄은 매사에 철두철미한 것을 선호했다.

둘째, 이탄은 향후 부정 차원으로 되돌아갈 때를 대비하여 힐다를 곁에 두기로 마음먹었다. 힐다와 결합한 여악마 종이 모드레우스 제국 출신이기 때문이었다.

이상의 이유로 5명의 사도에 대한 선발을 마무리 지은 뒤, 이탄은 나머지 95개의 자리를 일반 교도들로 채웠다.

교도들의 선발은 그리 어려울 것이 없었다. 이탄은 일일이 교도들을 뽑는 대신 각 신인들에게 알아서 교도들을 선발하여 보내달라고 요청했다.

"우리 막내아우님의 부탁인데 당연히 들어줘야지. 흐흐흐흐. 가장 뛰어난 교도들로 보내주지."

쌀라싸가 입술을 오물거리며 웃었다.

다른 신인들도 모두 이탄의 부탁을 들어주었다.

쌀라싸가 보내준 교도가 총 15명.

아르비아가 15명.

캄사가 15명.

사브아가 15명.

싸마니야가 20명.

마지막으로 티스아가 15명.

이탄은 가급적 교도들을 골고루 섞었다.

이것은 이탄이 특정 신인에게만 편중되지 않고 모든 신인들과 두루두루 관계가 원만하다는 점을 보여주는 조치였다.

다만 이탄은 다른 신인들보다는 싸마니야에게 조금 더 많은 신세를 졌는데, 이 정도 차이는 이탄과 싸마니야의 특수한 관계를 보았을 때 오히려 당연한 것으로 인식되었다.

드디어 출전의 날이 다가왔다.

동차원의 술법사들은 령을 이용하여 동차원과 서차원(언노운 월드)를 자유롭게 오갈 수 있는 반면, 피사노교에서는 특별한 조치 없이는 동차원으로 넘어가지 못했다.

과거에 쌀라싸와 캄사가 남명을 기습 공격했을 때도 마찬가지였다. 쌀라싸와 캄사는 차원의 문을 열어주는 특수한 마보를 이용하여 겨우 남명으로 넘어갔었다.

"다행히 북명에는 우리를 돕는 수인족들이 있지. 내가 그들과 힘을 합쳐서 차원의 문을 열어줌세. 흘흘흘."

쌀라싸는 이미 다 계획을 세워놓았다. 이탄은 쌀라싸의 계획대로 움직이기만 하면 되었다.

10월 23일 자정 무렵.

이탄이 선발한 북명 원정대가 한 자리에 집결했다.

이탄을 중심으로 그 앞에는 5명의 사도들이 검보라빛 로브 차림으로 늘어섰다. 이 가운데 밍니야, 싸쿤, 푸엉은 노련한 기운을 발산했다. 힐다는 섬뜩한 악의 기운을 흩뿌렸다. 오직 린만이 불안한 듯 주변의 눈치를 살폈다.

5명의 사도들 뒤에는 95명의 교도들이 질서정연하게 늘어서 있었다.

교도들과 사도들 사이에는 손발이 사슬에 묶인 죄수들이 보였다. 3명의 죄수들은 고개를 푹 숙인 자세였는데, 하나같이 안색이 창백하고 깡말랐다. 이들 죄수들은 눈에는 검은 안대를 썼으며, 목에는 나무패를 착용했다. 개목걸이처럼 걸린 나무패에는 각 죄수들의 이름과 출신 성분이 새겨져 있었다.

시곤(혼명, 마르우제 술탑).
붕룡(남명, 음양종).
죽룡(남명, 천목종)

이상이 3개의 나무패에 적힌 내용이었다.

이탄은 나무패의 문구들을 스쳐 지나가듯 훑어보았다.

'지금 당장 편하게 풀어주기는 어렵겠지. 세 분 다 조금

만 더 참으십시오.'

이탄은 동차원의 수도자들에게 마음속으로 사과했다. 그러나 겉으로는 죄수들을 모르는 척할 수밖에 없었다.

이탄까지 포함하여 총 104명의 북명 원정대가 집결한 가운데 쌀라싸가 직접 모습을 드러내었다.

쌀라싸는 원정대를 위하여 차원의 문을 열기 시작했다.

마침 하늘에는 먹구름이 잔뜩 끼어서 3개의 달을 가렸다. 달빛조차 사라진 캄캄한 밤하늘에 스산하게 삭풍이 몰아쳤다.

휘유유유유~. 휘유유유~.

대지를 할퀴듯이 불어 닥치는 삭풍은 유령의 울음소리를 내었다. 이 소리를 듣고 있노라니 자신도 모르게 등골이 오싹해지는 기분이었다. 원정대원들 가운데 상당수가 부르르 몸서리를 쳤다.

그러는 동안 쌀라싸는 차원의 문을 완전히 개방했다. 어둠 속에 모습을 드러낸 기괴한 문은 을씨년스러운 분위기를 절로 자아내었다.

"자, 다녀오시게. 저 문 안으로 들어가면 북명의 수인족들이 막내아우님을 반겨줄 게야. 흘흘흘."

쌀라싸가 가늘고 주름진 손가락으로 문을 가리켰다.

"감사합니다, 쌀라싸 님. 교를 위해서 꼭 임무를 완수하고 돌아오겠습니다."

이탄은 쌀라싸에게 짧은 목례로 답했다.

"흘흘흘. 그래. 막내아우님만 믿겠네. 흘흘흘흘."

쌀라싸는 입술을 오물거리며 웃었다.

이탄이 등을 홱 돌렸다.

가장 먼저 차원의 문으로 들어선 이는 이탄이었다. 뒤를 이어서 원정대원들이 차례로 차원의 문을 통과했다.

Chapter 3

이탄이 발을 성큼 내디뎌 차원의 문을 넘어섰다. 그러면서 이탄은 동차원과 서차원에 대한 생각을 머릿속으로 정리했다.

동차원과 언노운 월드(서차원)는 엄연히 분리된 2개의 차원이었다. 하지만 이 두 차원은 희한하게도 공간적으로는 완벽하게 겹쳐 있었다. 그 결과 언노운 월드의 모든 지역은 동차원의 각 지역들과 1대1 대응되었다.

예를 들어서 동차원에서 마르쿠제 술탑이 자리한 랑무 대산맥은, 언노운 월드에서는 피사노교의 총단이 자리를 잡고 있는 바룸 대산맥에 해당했다.

그보다 더 북서쪽에 우뚝 솟아 있는 동차원의 쿤륭 대산맥은 언노운 월드에서는 수아룸 대산맥이라 불렸다.

한편 언노운 월드 동북부에는 넓은 초원이 펼쳐져 있었다. 추이타 대초원이라 불리는 수인족들의 지역이었다.

그런데 바로 이 추이타 대초원이 동차원에서는 '북명'이라는 지역명으로 불리곤 했다.

이탄은 재미있는 사실을 하나 발견하고는 빙그레 웃었다.

'언노운 월드의 추이타 대초원은 수인족들이 다스리는 곳이지. 그런데 우연의 일치일까? 동차원의 북명도 수인족 위주로 구성되어 있잖아.'

이탄은 북명을 뇌리에 떠올리면서 자연스럽게 동차원을 구성하는 3개의 무장세력들을 연상했다.

남명.

북명.

그리고 혼명.

이 셋이 동차원을 떠받치는 삼대 세력이었다.

셋 중에 남명은 동차원의 주신인 콘으로부터 직접 지식을 전수받았다고 전해지는 유서 깊은 곳이었다. 덕분에 남명의 술법사들은 자신들이 신으로부터 선택을 받았다는 선민의식이 강했다.

한편 혼명은 언노운 월드 출신 술법사들이 새롭게 개척한 지역이었다. 그런 탓에 혼명의 문파들은 대체적으로 남명에 비하면 보잘것없었다.

다만 혼명의 대표 세력인 마르쿠제 술탑만큼은 남명의 사대종파도 무시하지 못할 만큼 강력했다.

마지막으로 북명은 인간족이 아닌 수인족 술법사들이 주축을 이루었다.

이상 3개의 세력들 가운데 이탄은 남명의 금강수라종에서 멸정 대선인을 스승으로 모시고 술법을 배웠으며, 혼명의 마르쿠제 술탑이나 트란기르와도 우호적인 인연을 맺었다.

이처럼 발이 넓은 이탄에게도 북명은 낯선 곳이었다.

그렇다고 해서 이탄이 북명과 인연이 전혀 없나?

이건 또 아니었다. 이탄은 그릇된 차원에서 피우림 대선인과 교류하며 서로의 술법을 교환한 바가 있었다.

그 피우림 대선인이 바로 북명 실론 가문의 대장로였다. 은빛 살쾡이족이라 불리는 실론 가문 말이다.

이탄은 피우림 대선인을 통해서 북명에 대한 정보를 제법 귀동냥해 두었다. 이탄이 입수한 정보에 따르면, 북명을 지탱하는 기둥은 크게 셋이라 했다.

첫째, 북명에서 가장 사납고 흉포하다는 하버마.

둘째, 북명에서 가장 은밀하고 음험하다는 늙.

셋째, 북명에서 가장 의리가 넘친다는 헤르만.

이 세 곳 모두 겉으로는 백 세력으로 포장이 되어 있었다. 그런데 막상 속을 들여다보면 실상은 딴판이었다.

이탄이 알아낸 바에 따르면, 북명의 삼대 세력 가운데 하버마는 이미 코이오스 가문과 같은 어둠의 숭배자들에 의해서 철저하게 오염된 상태였다.

늙에 소속된 수인족들 가운데는 남몰래 피사노교와 손을 잡은 자들이 꽤 많았다. 오늘 쌀라싸와 결탁하여 차원의 문을 열고 피사노교의 원정대를 북명으로 끌어들인 타락한 수인족들도 모두 늙 소속 술법사들이었다.

'쯧쯧쯧. 늙의 수도자들 가운데 최소한 5분의 3가량은 피사노교에 물든 것 같더구먼. 그러니까 결국 북명에서 온전한 백 세력은 헤르만뿐이네. 쯧쯧쯧쯧.'

이탄은 내심 혀를 찼다.

이탄이 차원의 문을 넘어서 도착한 곳은 찬바람이 씽씽 부는 산맥 중턱이었다. 이름 모를 풀들로 뒤덮인 산 중턱에는 흑단처럼 검은색 수도복을 입은 수인족 술법사들 수십여 명이 대기 중이었다.

이탄은 밋밋한 가면을 쓴 상태로 수인족들과 조우했다.

이탄이 가면을 착용한 이유는 단순했다. 동차원에는 이탄의 얼굴을 알아볼 만한 수도자들이 있는 까닭이었다.

가면으로 얼굴을 가린 이탄을 향해서 검은색 수도복을 입은 수인족 술법사들이 다가왔다. 이 술법사들은 사람처럼 이족보행을 했으되, 머리는 수탉의 그것을 닮아 있었다.

이들의 정체는 이른바 투계족이라 불리는 수인족들이다. 북명의 다른 가문들은 투계족들을 비꼬아 부르기를 '싸움닭'이라고 표현하였다. 그런 직설적인 별명이 붙을 만도 한 것이, 투계족 술법사들은 하나같이 성질이 급하고 호전적이었다. 또한 투계족 술법사들은 계(닭)족답게 풍성하고 하얀 깃털이 온몸을 뒤덮은 모습이었다.

투계족의 풍성한 깃털 아래 주름진 발에는 맹금류의 그것을 연상시키는 날카로운 발톱이 돋아 있었다.

투계족의 발은 은은한 푸른빛을 띠었는데, 이 축복받은 발 덕분에 모든 투계족들은 태어날 때부터 근거리 순간이동이 가능했다.

다른 한편으로 투계족의 머리에 매달린 벼슬은 새빨간 색깔을 띠었다. 이 벼슬도 특별한 기능을 지녔다.

이탄을 향해 다가오던 투계족 술법사들이 어느 순간 걸음을 멈췄다. 그리곤 단 한 명의 술법사만이 발을 계속 옮겨서 쿵쿵쿵 다가왔다.

이 투계족 사내는 키가 2.7 미터는 족히 넘어 보였다.

'덩치가 크네.'

이탄이 고개를 들어 상대를 살폈다.

투계족 술법사도 고개를 숙여서 이탄을 거만하게 내려다보았다.

Chapter 4

상대가 내려다보는 것이 싫어서였을까?

'흠.'

이탄이 가면 속에서 눈을 살짝 찌푸렸다. 그런 다음 이탄은 상대에게 반발이라도 하듯이 뒷짐을 지고 오만한 포즈를 취했다.

이것은 평소 이탄의 태도와는 사뭇 다른 모습이었다. 이탄은 초면인 상대에게도 늘 겸손하고 예의 바르게 대했다. 비록 상대가 이탄을 권위적으로 굽어본다고 하더라도 이탄은 절대 싫은 내색을 내비치지 않았다.

상인의 처세술이 이탄의 몸에 밴 덕분이었다.

그렇다고 해서 이탄이 또 호락호락한 성격은 아니었다.

상대가 빚을 갚지 않는다? 혹은 상대가 적이다?

만에 하나 이런 판단이 든다면 다짜고짜 상대의 팔다리를 생으로 찢어내고 안면 근육을 산 채로 도려내버리는 무자비한 언데드가 바로 이탄이었다.

다만 눈앞의 투계족 사내는 이탄에게 빚을 진 빚쟁이가 아니었다. 당연히 적대적 관계도 아니었다.

그러니 평상시의 이탄이라면 기꺼이 상대의 비위를 맞춰 주었을 것이다.

하지만 지금의 이탄은 조금 달랐다.

'나는 지금 피사노교의 신인이지.'

이탄은 때와 장소, 그리고 자신의 신분에 맞춰서 행동할 줄 아는 영리한 언데드였다.

[네가 브루커빈인가?]

이탄이 일부러 턱을 치켜들고 거만하게 뇌파를 내뱉었다. 브루커빈이라는 이름은 이탄이 차원을 넘어오기 전 쌀라싸로부터 들었다.

투계족 사내가 고개를 주억거렸다.

[그렇다. 내가 브라세 가문의 브루커빈이다. 그쪽이 쿠미인가?]

브루커빈은 피사노교 열 번째 신인의 진명을 아무렇게나 내뱉었다.

[저게 감히!]

순간 이탄 뒤쪽에 시립해 있던 사도들의 표정이 싸늘하게 굳었다. 특히 이탄과 같은 혈족 출신인 싸쿤이 가장 먼저 반응했다.

[이 자식이 감히 뉘 앞이라고 그따위 망발을 내뱉는 것이냐? 우리 피사노교의 위대한 신인의 존함을 너 따위 닭대가리가 함부로 불러?]

싸쿤은 폭발하듯이 브루커빈에게 따졌다.

단지 말뿐만이 아니었다. 싸쿤은 두꺼비처럼 뚱뚱한 몸을 풀쩍 날려 그대로 브루커빈을 덮쳤다.

쓰쓰쓰쓰쓰쓰.

싸쿤이 손을 뻗자 자욱한 독안개가 그 일대를 휘감았다. 이 독안개는 싸쿤의 주특기인 베놈 포그(Venom Fog)였다.

싸쿤과 미리 짜기라도 한 듯이 푸엉도 손을 썼다. 푸엉은 뒤춤에서 묵직한 프레일을 하나 뽑아들더니 그 흉기로 다짜고짜 브루커빈의 머리통을 내리찍었다.

이들의 합공에도 불구하고 브루커빈은 눈 하나 깜짝하지 않았다.

[크흥.]

오히려 브루커빈은 싸쿤과 푸엉을 비웃듯이 코웃음을 쳤다.

브루커빈이 뾰족한 부리를 벌려 우렁차게 계명성(鷄鳴聲)

을 토했다. 그런 다음 브루커빈은 뒤로 한 발 후퇴하면서 날개를 활짝 펼쳤다.

앞서 터진 계명성이 일종의 음파 공격 역할을 했다.

"큭."

"으윽."

브루커빈의 음파에 얻어맞아 싸쿤과 푸엉의 자세가 살짝 흐트러졌다.

브루커빈은 노련하게도 상대가 비틀거리는 틈을 놓치지 않았다. 활짝 펼쳐진 브루커빈의 날개 속에서 새하얀 깃털들이 퓩퓩퓩! 날아왔다.

이것은 진짜 깃털이 아니었다. 술법으로 만들어진 깃털들이었다.

그런 깃털 수백 개가 폭풍처럼 전방을 휩쓸었다. 브루커빈의 깃털 공격엔 수 센티미터 두께의 금속 철판도 그대로 뚫어버릴 만한 힘이 실려 있었다. 게다가 브루커빈의 깃털들은 간씨 세가의 유도무기처럼 목표물을 끝까지 추적하는 기능도 포함되었다.

싸쿤이 재빨리 대응했다.

"블러드 쉴드(Blood Shield: 피의 방패)."

짧은 시동어와 함께 싸쿤의 몸 주변에는 검붉은 보호막이 우르르 일어났다. 피사노교가 자랑하는 강력한 방어마법이 발동한 것이다.

싸쿤의 블러드 쉴드는 브루커빈의 깃털 공격을 대부분 차단했다.

푸엉도 블러드 쉴드로 상대의 공격을 무난하게 막아내었다. 그런 다음 푸엉은 프레일의 방향을 세 번이나 연거푸 틀어서 브루커빈의 대가리를 노렸다.

브루커빈도 허공에서 발을 세 번 연달아 교차했다.

순간 브루커빈의 발이 은은한 푸른빛을 뿌렸다. 그러자 브루커빈의 몸뚱어리가 수십 미터 우측면으로 순간이동하는 것 아닌가.

싸쿤과 푸엉이 흠칫 놀랐다.

두 사도가 브루커빈과 맞붙는 동안, 이탄은 상대의 무력 수준을 면밀히 탐색 중이었다.

'대략 선4급 정도인가?'

이탄은 짧은 순간 안에 브루커빈의 레벨을 정확하게 유추해내었다.

선4급이면 피사노교를 급습할 당시의 붕룡과 비슷한 수준이다.

'솔직히 남명에서 선4급의 술법사는 한 세력의 종주 역할을 맡기에는 부족하지. 그저 장로나 차기 종주가 될 후계자 정도가 딱 알맞아. 그리고 그건 이곳 북명에서도 마찬가

지일 거야.'

이탄은 이렇게 판단했다.

그 추측이 옳았다.

브루커빈은 브라세 가문의 가주가 아니었다. 그는 가주인 보쿠제의 맏손자일 뿐이었다.

그렇다고 해서 브루커빈을 무시할 수는 없었다. 브루커빈은 장차 브라세 가문을 물려받을 후계자였다. 또한 그는 북명 내에서 명성이 제법 높은 술법사기도 했다.

싸쿤이 베놈 포그를 좀 더 넓게 퍼트렸다. 녹색의 안개가 빠르게 주변을 잠식하면서 브루커빈이 몸을 피할 만한 곳들을 미리 선점했다.

[이놈, 죽어라.]

푸엉은 브루커빈에게 직접 달려들었다. 푸엉의 손에 들린 육중한 프레일이 붕붕붕 위압적인 소리를 내었다.

2명의 사도가 브루커빈을 협공하는 중에 밍니야도 출격했다. 밍니야는 양손을 아래로 축 늘어뜨린 채 소리 없이 브루커빈을 향해서 접근했다.

피사노교에서 사도가 3명째 출격하자 브라세 가문도 가만히 있지 않았다. 지금까지 팔짱을 끼고 지켜보던 투계족 술법사들이 하얀 날개를 쫙 펴고 일제히 계명성을 토했다.

계명성이 하나일 때는 그렇게까지 위협적이지는 않았다.

하지만 수십 명의 투계족 술법사들이 동시에 계명성을 터뜨려 음파를 중첩시키자 그 위력이 장난이 아니었다. 특히 음파가 밀집된 곳에서는 철벽을 우그러뜨릴 만한 괴력이 발휘되었다.

Chapter 5

"큽."

푸엉이 브루커빈을 공격하다 말고 음파에 밀려 뒷걸음질 쳤다. 푸엉이 몸에 두른 블러드 쉴드도 찢어질 듯이 출렁거렸다.

싸쿤이 뿌린 베놈 포그도 음파에 휘말려서 힘없이 흩어졌다.

밍니야도 몸을 휘청거렸다.

3명의 사도 모두 고전을 면치 못했다.

'쳇. 피사노교도 뭐 별거 없잖아?'

'그러게 말이야. 괜히 소문만 무성했던 것 아냐?'

브라세 가문 술법사들의 눈에 얼핏 피사노교를 무시하는 듯한 감정이 스쳐 지나갔다.

이탄이 수인족 술법사들의 감정 변화를 읽었다.

'이건 좋지 않군.'

만약에 이탄이 브라세 가문의 진심 어린 협조—협조라고 쓰고 굴복이라고 읽는다.—를 이끌어내지 못한다면, 그의 계획에도 차질이 생길 수밖에 없었다. 결국 이탄은 직접 나서서 손을 쓰기로 마음먹었다.

퍼엉!

결심이 선 순간, 이탄의 몸뚱어리는 한 줄기 검푸른 연기가 되어 흩어졌다.

북명에서 창안되었으되 피사노교에서 한층 발전시킨 사행술이 이탄을 통해서 구현되었다. 이탄은 유령처럼 단숨에 허공을 뛰어넘어 브루커빈의 목을 직접 노렸다.

[어엇?]

브루커빈은 깜짝 놀라 날개를 휘저었다.

퓨퓨퓨풋—.

술법으로 만들어낸 깃털 수십 발이 이탄을 향해서 날아왔다. 브루커빈은 이탄에게 강력한 공격을 퍼붓는 것과 동시에 푸른 발을 파다닥 교차하여 수십 미터 뒤편으로 순간 이동 했다.

퍼엉!

이탄이 한 번 더 검푸른 연기로 흩어졌다.

브루커빈이 쏘아낸 깃털들은 검푸른 연기를 뚫고서 이탄

뒤편의 땅바닥에 벌집을 만들어 놓았다. 하지만 검푸른 연기 자체는 깃털 세례에도 불구하고 전혀 타격이 없었다.

검푸른 연기로 흩어졌던 이탄의 몸뚱어리가 브루커빈의 코앞에서 다시 뭉쳤다.

슈왁—.

이탄의 손은 먹이를 낚아채는 뱀처럼 단숨에 허공을 가로지르더니 브루커빈의 모가지를 단숨에 팍! 틀어쥐었다.

[꿰엑!]

브루커빈이 자신도 모르게 비명을 터뜨렸다.

이탄의 악력이 어찌나 강했던지 브루커빈은 머리와 몸통이 단숨에 분리되는 듯한 충격을 받았다. 강한 위기감을 느낀 브루커빈은 하얀 날개를 퍼덕여 다시 한번 이탄을 공격하려 했다.

[헛짓거리만 해봐라. 그대로 목뼈를 분질러 버릴 테다.]

이탄이 으스스하게 뇌파를 보냈다.

[히끅!]

브루커빈은 자신도 모르게 몸이 굳었다.

이탄의 손에 목줄기가 붙잡힌 순간, 브루커빈은 비로소 이탄의 무서움에 대해서 절감하게 되었다. 이탄의 악력이 어찌나 강했던지 브루커빈은 마치 산봉우리가 2개가 양쪽에서 자신의 목을 짓누르는 듯한 압박감을 느꼈다.

물리적인 압박감은 단지 일부분일 뿐이었다. 이탄의 손에 접촉한 바로 그 순간, 브루커빈의 법력도 꽝꽝 얼어붙었다. 브루커빈이 제아무리 법력을 끌어올리려고 애써도 소용없었다. 얼어붙은 법력은 꿈쩍도 하지 않았다.

브루커빈은 가슴이 철렁 내려앉았다.

'으윽. 이 자는 할아버님에 버금가는 강자다.'

브루커빈은 이탄이 보쿠제와 버금간다고 판단했다.

이 말은, 브루커빈이 그만큼 이탄을 높이 평가한다는 의미였다. 왜냐하면 브루커빈의 할아버지인 보쿠제는 브라세 가문의 1인자일 뿐 아니라 슭 전체를 통틀어서도 세 손가락 안에 손꼽히는 강력한 대선인이기 때문이었다.

아니, 그 정도를 넘어서 보쿠제는 슭은 물론이고 북명 전체를 아우를 만한 절대자 중의 절대자였다.

브루커빈은 그런 할아버지를 늘 존경해왔으며, 할아버지에 대한 절대적인 믿음을 가지고 있었다.

'만약 할아버님께서 수련에 매진하시느라 세상일을 등한시하지만 않으셨더라면 우리 브라세 가문은 이미 슭을 통째로 집어삼키고 북명 전체를 통일해버렸을 거다. 은빛 살쾡이족인 실론 가문을 포함하여 슭의 다른 가문들은 이미 우리 브라세 일족 앞에 무릎을 꿇었을 거라고.'

평소 브루커빈은 이렇게 확신했다. 그리고 브루커빈이 알고 있는 보쿠제라면 충분히 그런 일을 해낼 만한 능력자였다.

그런데 눈앞의 이 인간족 사내는 브루커빈으로 하여금 보쿠제를 떠올리게끔 만들 만큼 압도적이었다.

이탄의 손에 브루커빈의 모가지가 잡히자 브라세 가문의 투계족 술법사들이 펄쩍 뛰었다.

[앗! 소가주님,]

[이게 무슨 짓이오? 어서 소가주님을 놓아주시오.]

투계족 술법사들이 이탄을 향해서 거칠게 항의했다.

이탄은 허공에 둥실 뜬 채로 투계족들을 내려다보았다. 가면 속 이탄의 눈알이 아무런 감정도 없이 무채색으로 번들거렸다.

[으윽.]

투계족 술법사들은 이탄의 무저갱 같은 눈동자를 마주하는 것만으로도 등골이 오싹해졌다.

원래 투계족은 북명에서 싸움닭이라는 별명으로 불리는 사나운 종족이었다. 그런데 다들 이탄의 묵직한 기세에 눌려서 시선을 회피하기에 급급했다.

상대가 움찔하자 이탄이 한쪽 입꼬리를 비스듬히 끌어올렸다.

[이 녀석을 놔주라고? 내가 왜 그래야 하지?]

이탄이 물었다.

[으윽.]

투계족 술법사들은 말문이 막혔다.

이탄은 한 손으로 브루커빈의 목을 잡아 흔들고, 다른 손으로 오만하게 뒷짐을 진 채 한 번 더 투계족들을 다그쳤다.

[도발은 너희들이 먼저 했잖아. 그런데 내가 왜 이자를 풀어줘야 하지? 누가 이유 좀 말해봐라.]

이탄의 뇌파는 사납거나 우렁차지 않았다. 산들바람이 부는 것처럼 담담하고 조곤조곤하였다.

그런데도 투계족 술법사들은 부르르 몸서리를 쳤다. 술법사들의 뇌리에는 아주 무서운 장면 하나가 저절로 떠올랐다.

그것은 마치 이탄이 발산한 뇌파가 죽음의 물이 되어 투계족들의 주변을 잠식하고, 그 물이 투계족들의 발목부터 턱 밑까지 찰랑찰랑 차오르는 것 같은 장면이었다. 혹은 고요한 적막 속에서 투계족들의 신체가 죽음에 조용히 물드는 듯한 장면 같기도 했다.

[어헉, 헉. 헉. 헉.]

투계족 술법사들이 두 손으로 무릎을 짚고 엎어져 숨을 헐떡거렸다.

Chapter 6

[허어업. 허업.]

투계족들은 이탄의 뇌파를 들은 그 순간부터 숨이 제대로 쉬어지지 않았다. 그들의 몸뚱어리는 물 먹은 솜처럼 축늘어졌다.

강한 피로감과 심적 압박감 때문에 투계족들의 심장도 멎어버릴 듯했다.

바로 그때였다. 산등성이 너머에서 뭉게구름이 솟구쳤다. 구름은 눈 깜짝할 사이에 늙은 투계족의 모습으로 변했다.

뭉게구름 속에서 위엄 가득한 뇌파가 울렸다.

[내 손주 녀석이 버릇이 없어 신인께 무례를 범했구려. 부디 신인께서는 이 늙은이의 체면을 봐서 손주 녀석의 버릇없음을 용서하시구려.]

구름에서 울린 뇌파는 동심원을 그리며 넓게 퍼졌다.

투계족 술법사들은 이탄이 뿜어내는 압박감에 짓눌려 숨을 헐떡이던 참이었다. 그런 술법사들이 구름 속에서 퍼진 뇌파를 듣자 겨우 숨통이 트였다.

[크헉, 헉헉헉. 가주님.]

투계족 술법사들이 '가주'라는 단어를 입에 담았다.

그들이 가주라고 부를 만한 수인족은 세상에서 단 한 명 뿐이었다. 브라세 가문의 진정한 주인인 보쿠제가 등장한 것이다.

이탄이 손에 힘을 풀어 브루커빈을 풀어주었다.

[케엑, 컥컥컥. 쿨럭, 쿨럭.]

땅에 툭 떨어진 뒤, 브루커빈은 하얀 날개를 퍼덕이고 목을 좌우로 부르르 터는 등 한동안 소란을 떨었다. 그런 다음 브루커빈은 홰를 치듯이 펄쩍 뛰어올라 투계족 술법사들의 곁으로 자리를 옮겼다. 멀리서 이탄을 노려보는 브루커빈의 핏발 선 눈동자 밑에는 울분과 억울함이 차올랐다.

이탄은 씩씩거리는 브루커빈에게는 눈길도 주지 않았다. 이탄의 관심은 온통 뭉게구름에 집중되었다.

'보쿠제가 늙에서 첫 손가락에 꼽히는 대선인이라지? 과연 그는 얼마나 강할까? 마르쿠제 술탑주님이나 묵휘형 종주 수준일까? 아니면 금강 종주님 레벨일까?'

이탄은 예전부터 술법이라면 환장을 하는 언데드였다. 그러다 보니 자연스럽게 보쿠제 대선인에게 관심이 쏠릴 수밖에 없었다.

그날 저녁.

이탄은 보쿠제와 단둘이 마주 앉았다.

이탄이 초대를 받은 곳은 보쿠제가 외부의 방해를 받지 않고 수련을 하기 위해서 만든 특별한 장소였다.

이곳은 음침한 토굴의 분위기가 물씬 풍겼다. 이탄은 보쿠제의 수련장에 들어오자마자 오래 전 방문했던 천산산맥 지하를 떠올렸다.

'여기는 간씨 세가 세상의 천산산맥 지하 공동과 비슷한 느낌이구나. 비록 이곳에는 종유석이나 석주가 없지만 말이야.'

당시 이탄은 천산산맥 지하 공동에서 시베리아 코로니 군벌과 맞부딪쳤고, 그들을 꺾은 뒤 세계의 파편을 손에 넣었다.

보쿠제의 수련장도 이탄이 방문했던 천산산맥 지하 공동과 느낌이 비슷했다. 다만 이곳은 완전히 밀폐된 장소라는 점이 다를 뿐이었다.

보쿠제의 토굴 그 어느 곳에도 입구는 존재하지 않았다. 이곳에 들어오는 유일한 방법은 보쿠제가 만들어 놓은 술법진을 이용하는 것이었다.

심지어 보쿠제는 손자인 브루커빈에게도 수련장으로 들어오는 방법을 일러주지 않았다.

그런 보쿠제가 이탄에게만은 토굴의 문을 열어주었다. 나름 이탄에게 파격적인 환대를 한 셈이었다.

보쿠제가 벽을 등지고 상석에 앉았다.

이탄은 조그만 나무 탁자 하나를 사이에 두고 보쿠제를 마주 보았다.

수련장은 어마어마하게 넓었으되 장식은 거의 없다시피 했다. 수련장 안에 놓인 가구들도 꼭 필요한 것들만 있을 뿐 불필요한 요소는 전혀 보이지 않았다.

'검소한 성격이구나. 보쿠제는 오로지 술법 외에는 아무것에도 구애받지 않는 진정한 수도자였어.'

이탄은 상대의 성향을 한눈에 파악했다.

보쿠제의 외모만 보면 솔직히 별 볼 일 없었다. 이탄의 눈에 비친 보쿠제는 남루한 무복을 걸친 늙은 투계족 노인에 불과했다.

보쿠제의 머리를 장식한 붉은 벼슬은 상처투성이라 볼품이 없었다. 보쿠제의 짓무른 눈은 힘이 없이 흐리멍덩했다. 보쿠제의 자세도 꾸부정하여 위엄이라고는 전혀 엿보이지 않았다.

보쿠제의 손자인 브루커빈은 이와 달랐다. 브루커빈은 우람한 체격에 가슴 부풀리기를 좋아하는 싸움닭의 성격을 지녔다.

보쿠제는 그와 정반대로 체구가 작고 조용조용해 보였다.

하지만 이것은 겉보기 모습일 뿐, 이탄은 보쿠제가 가슴 속에 활화산을 품고 있는 초강자라는 사실을 파악했다. 이탄이 본 보쿠제는 결코 마르쿠제 술탑주에 못지않았다.

'아니, 좀 더 솔직히 말하자면 마르쿠제 탑주님보다 보쿠제가 더 뛰어나네.'

이탄은 보쿠제의 뇌에서 뭉텅이로 쏟아지는 법력의 양을 정확하게 꿰뚫어 보았다.

'선7급의 끝자락이구나. 이 정도라면 보쿠제 대선인은 조만간 선7급의 벽을 허물고 선8급에 올라설 것 같아.'

선8급이라면 어마어마한 레벨이었다. 온갖 강자들이 모여 있다는 남명에서도 선8급에 도달한 대선인은 딱 4명뿐.

음양종의 극양노조.

음양종의 현음노조.

금강수라종의 멸정 대선인.

역시 금강수라종의 금강 종주.

오직 이 4명의 대선인만이 선7급을 뛰어넘어 선8급이라는 지고한 경지에 도달했다. 한데 척박한 땅이라는 북명에도 선8급에 가까운 강자가 숨어 있었던 것이다.

이탄이 보쿠제의 실력을 꿰뚫어 보는 동안, 보쿠제도 이탄을 샅샅이 뜯어보았다. 보쿠제는 지금 큰 충격에 휩싸인 상태였다.

'캄캄한 벽을 마주 대한 느낌이로다. 전혀 보이지가 않아.'

보쿠제는 강해지겠다는 일념 외에 다른 세상사에는 전혀 관심이 없는 수인족이었다. 보쿠제에게는 흑과 백의 구별도 별 의미가 없었다.

그래서 과거에 피사노교의 쌀라싸가 손을 내밀었을 때, 보쿠제는 아무런 거리낌 없이 상대의 손을 붙잡았다.

Chapter 7

보쿠제는 피사노교와 은밀하게 협력한 이후로 꽉 막혔던 벽을 하나 뛰어넘는 계기를 마련했다.

피사노교가 제공한 방대한 양의 흑주술 덕분이었다.

보쿠제는 사악한 흑주술과 일반 술법을 비교하면서 새로운 깨달음을 얻었고, 그 깨달음을 기반으로 삼아 마침내 벽을 허무는 데 성공했다.

보쿠제의 영향을 받아서인지 브라세 가문의 술법사들도 차츰차츰 흑주술에 물들어 갔다.

그래도 보쿠제는 전혀 신경 쓰지 않았다.

[흑주술이건 일반 술법이건 무슨 상관이란 말인가. 검은

고양이건 흰 고양이건 쥐만 잘 잡으면 그만이지.]

보쿠제는 이런 말로 흑과 백의 경계를 뭉개버렸다.

그 후 보쿠제는 흑과 백 사이를 넘나들면서 오로지 강해지는 데만 전념했다.

쌀라싸도 북명 브라세 가문과의 협력을 위해서 점점 더 많은 양의 흑주술과 마보를 보쿠제에게 넘겼다.

물론 그 대가로 보쿠제도 쌀라싸에게 북명의 술법과 지식, 귀중한 정보 등을 제공했다.

이러한 오랜 친분에도 불구하고 막상 피사노교의 신인과 보쿠제가 한 자리에 마주 앉은 적은 없었다.

피사노교와 브라세 가문의 협력은 어디까지나 비밀리에 진행된 사안이었다. 이 둘이 서로를 방문하는 일 따위는 없었다.

최소한 지금까지는 말이다.

[그런데 지금까지의 암묵적인 룰을 깨고 제10위 신인께서 직접 방문을 다 하시다니. 흐흐흐. 아무래도 전황이 복잡하게 돌아가는 모양이외다. 으흐흐흐.]

보쿠제가 졸린 듯한 눈으로 이탄을 응시했다.

이탄은 굳이 자신의 방문 목적을 숨기지 않았다.

[가주께서 잘 보셨습니다. 가주께서 이리도 정정하시고 눈과 귀가 열려 있으니 이미 들으셨겠지요? 지금 언노운

월드에서는 평화의 시대가 완전히 저물고 흑과 백 사이에 피의 수레바퀴가 구르기 시작했습니다.]

[크흠.]

이탄의 솔직한 시인에 보쿠제가 침음을 삼켰다.

이탄은 차분하게 설명을 계속했다.

[최근에 우리 피사노교는 아울 검탑, 시시퍼 마탑, 마루쿠제 술탑과 한 차례 전면전을 치른 바 있지요. 전쟁의 결과는 이미 가주께서도 들었을 것이라 믿습니다.]

이 대목에서 뇌파를 한 번 끊은 뒤, 이탄은 갑자기 털털한 웃음을 흘렸다.

[하하하. 안타깝게도 우리 피사노교는 백 세력의 삼대탑을 상대로 온전한 승기를 거두지는 못했답니다. 아무래도 우리 피사노교의 힘만 가지고는 안 되겠다 싶은 거죠. 하하.]

이탄은 피사노교의 치부를 거침없이 드러내었다.

[크흐음.]

보쿠제가 조금 더 깊게 신음했다.

'이 열 번째 신인은 지금까지 내가 겪어 보았던 피사노교의 신인들과는 결이 다르구나. 피사노교의 약점을 드러내는 데 이리도 거침이 없다니, 상대하기가 정말 까다롭겠어.'

보쿠제는 체면을 중요하게 생각하는 쌀라싸보다 솔직하게 피사노교의 약점을 까발리는 이탄이 더 상대하기 까다롭다고 느꼈다.

이탄이 보쿠제에게 정식으로 부탁했다.

[그래서 제가 이곳에 찾아왔습니다. 가주께서는 저를 좀 도와주시지요.]

[도와 달라?]

[그렇습니다. 저는 브라세 가문의 도움을 받아 마르쿠제 술탑의 손과 발을 묶으려고 합니다. 그렇게 마르쿠제의 손발이 묶인 사이, 쌀라싸 님을 비롯한 선배 신인들께서 언노운 월드의 백 세력들을 깔끔하게 정리하겠다는 것이 저희가 세운 계획입니다.]

역시 보쿠제의 예상이 맞았다. 이탄은 피사노교가 열세라는 사실을 솔직하게 밝힌 다음, 브라세 가문을 본격적으로 전쟁에 끌어들일 요량이었다.

하지만 보쿠제 입장에서는 대놓고 피사노교의 편에 서기 힘들었다.

이유는 뻔했다. 그동안 보쿠제가 피사노교와 손을 잡은 것은 어디까지나 강해지기 위한 수단이었을 뿐, 공식적으로 그의 가문은 백 세력에 속했다.

그런데 만약 브라세 가문이 공식적으로 피사노교의 편을

든다고 치자.

'당장 동차원의 모든 세력들이 들고 일어날 게야. 특히 남명의 사대종파에서 우리 브라세 가문을 가만히 내버려 둘 리 없지. 그건 안 돼.'

보쿠제는 단호하게 고개를 가로저었다.

[으흐흐. 신인께서 우리를 높게 평가해주니 고맙구려. 하지만 슭의 일개 가문에 불과한 우리 투계족이 어찌 마르쿠제 술탑의 손과 발을 묶을 수 있겠소? 어림도 없는 일이지. 아무래도 신인께서는 우리 가문을 너무 과대평가한 모양이오. 흐흐흐.]

보쿠제는 이탄의 요청을 정중하게 거절했다.

이번에는 이탄이 눈을 게슴츠레 좁혔다.

[보쿠제 가주.]

상대의 이름을 부르는 이탄의 뇌파가 서늘하게 내려앉았다. 이탄의 등 뒤에서는 검푸른 기파가 먹장구름처럼 뭉클뭉클 솟구쳤다.

보쿠제가 두 눈 사이를 깊게 찌푸렸다.

[쿠미 신인, 지금 뭐하자는 게요? 여기서 한판 붙어보자는 뜻이오?]

보쿠제가 구부정한 허리를 꼿꼿이 폈다. 그러자 보쿠제의 등 뒤에서도 포악한 기세가 뭉게구름처럼 일어났다.

보쿠제에 의해서 구체화된 기세는 새하얀 깃털 수천 개, 아니 수만 개가 부풀어 오른 듯한 모양새였다.

선7급의 끝자락에 도달한 보쿠제의 파괴력은 피사노교의 신인들이라고 할지라도 쉽게 상대할 수 있는 수준이 아니었다. 그러니 어중간한 교도들은 보쿠제의 깃털 한 가닥에 살짝 스치기만 해도 곧바로 숨통이 끊길 것이 뻔했다.

보쿠제가 파괴력을 드러내었음에도 불구하고 이탄은 전혀 거리끼는 기색이 없었다.

쿠쿵!

이탄이 퍼트린 검푸른 기세와 보쿠제의 하얀 깃털들이 허공에서 충돌했다.

그 즉시 보쿠제 앞의 나무탁자가 가루로 흩어졌다. 보쿠제의 무복은 금방이라도 찢어질 듯이 부풀어 올랐다.

딱딱딱딱.

보쿠제의 부리가 날카로운 소리를 내었다.

이탄과 보쿠제의 신경전 때문에 토굴 전체가 뒤흔들렸다. 토굴 천장에서는 돌가루가 우수수 낙하했다.

이탄은 음차원의 마나를 조금 더 끌어올렸다.

그러자 풀밭에 뱀이 기어가는 듯한 소리와 함께 이탄 주변으로 검푸른 먹물이 번지듯이 기세가 퍼져나갔다.

본디 이탄은 말로 해결할 수 있는 일을 무력으로 대신 푸는 막무가내 타입이 아니었다. 평소의 이탄이라면 우선 보쿠제를 말로 설득했을 것이다.

하지만 지금은 시간이 없었다.

'그렇지 않아도 처리해야 할 일이 산더미인데 말이야, 이런 닭대가리 노친네까지도 고집을 부리네. 하아.'

이탄은 내심 짜증이 치밀었다.

그 짜증이 오롯이 보쿠제에게 향했다.

Chapter 8

'어디 한번 죽어봐라.'

이탄이 기세를 한층 더하자 보쿠제의 눈알은 툭 빠져나올 것처럼 불거졌다.

[끕!]

보쿠제는 도저히 믿을 수가 없었다.

물론 보쿠제도 피사노교의 신인들이 녹록지 않다는 점을 잘 알았다. 하지만 상대는 늙은 악마 쌀라싸가 아니라 이제 갓 신인으로 임명된 애송이가 아닌가.

'애송이 신인 따위가 강해봤자 얼마나 강하겠어?'

솔직히 보쿠제는 이탄을 얕보았다.

한데 이제 보니 이탄의 무력은 장난이 아니었다. 지금 이탄이 보여주는 위세는 쌀라싸를 웃도는 것 같았다.

보쿠제는 가슴이 철렁 내려앉았다.

때마침 이탄이 음차원의 마나를 한 단계 더 끌어올렸다.

'대체 이게 어찌 된 일이……. 끄읍!'

마침내 보쿠제의 코에서 핏물이 터졌다. 보쿠제의 부리를 타고 붉은 피가 뚝뚝 흘러내렸다. 체내의 압력이 높아지면서 보쿠제가 흘리는 피의 양은 점점 더 많아졌다.

처음에 일견 팽팽해 보였던 이탄과 보쿠제의 대결은, 이탄이 힘을 조금 더 가함에 따라서 단숨에 이탄 쪽으로 승기가 기울었다.

보쿠제의 몸에서 피어올랐던 새하얀 깃털 같은 기세는 이탄이 발산하는 검푸른 먹물 같은 기운을 감당하지 못하고 점점 더 작게 위축되었다. 이탄이 내뿜은 기세가 보쿠제의 몸뚱어리를 위에서 찍어 누르듯이 압박했다.

우두둑.

결국 보쿠제의 척추가 좌굴 현상을 일으키며 뒤틀렸다.

빠각!

보쿠제의 목뼈도 비명을 지르며 주저앉았다.

사실 이러한 결과는 처음부터 예정되어 있었다.

대체 이탄이 누구인가?

차원 하나를 통째로 우그러뜨려서 배구공보다도 더 작게 욱여넣을 수 있는 천문학적인 괴력의 소유자가 바로 이탄이었다. 여섯 눈의 존재나 인과율의 여신과 같은 신격, 혹은 마격 존재들도 이탄을 감히 감당해내지 못하고 과거로 도망치거나 다른 차원으로 꽁무니를 빼야만 했다. 하물며 보쿠제 따위야 말할 필요도 없으리라.

'크흐흡, 이게 무슨!'

보쿠제의 동공은 지진이라도 만난 듯이 뒤흔들렸다.

조금 전 보쿠제가 이탄을 처음 접했을 때, 그는 마치 캄캄한 벽을 마주하는 기분을 느꼈었다. 보쿠제의 안목으로는 아무리 뜯어보아도 이탄의 한계가 가늠이 되지 않았다. 그때 보쿠제는 이탄으로부터 이해 불가능한 섬뜩한 느낌을 받았었다.

이제 보니 그 촉이 정확했다. 이탄은 감히 그 끝을 가늠할 수 없는 괴물이었다. 쌀라싸와는 비교도 할 수 없는 괴수였다.

[끄윽, 끅.]

보쿠제가 바닥에 납작하게 짓눌려 신음을 흘렸다. 위에서 짓누르는 무게가 어찌나 묵직했던지 보쿠제는 뇌파조차 제대로 뱉어낼 수 없었다. 강한 압력에 머리가 멍해져서 보쿠제는 아무런 생각도 떠오르지 않았다.

우렁찬 계명성 한 방으로 북명 전체를 호령하던 천하의 대선인이 글자 그대로 벌레처럼 눌려서 비비적거리는 셈이었다.

이탄은 그런 보쿠제를 무심하게 내려다보았다.

북명의 수인족 술법사들은 결코 호락호락하지 않았다. 당장 보쿠제만 하더라도 피사노교의 신인과 충분히 겨뤄볼 만한 강자였다. 보쿠제가 지배하는 브라세 가문의 무력도 상당히 강했다.

그런데 북명의 숲에는 브라세 가문과 견줄 만한 곳이 무려 다섯 곳이나 존재했다.

'문제는 수인족 술법사 녀석들이 자존심이 무척 강해서 우리 인간족에게 쉽사리 고개를 숙이지 않는다는 점이지. 흘흘흘. 쿠미 신인이 제아무리 능력이 뛰어나다고 하더라도 북명의 그 짐승 같은 수인족들을 하나로 꿰서 마르쿠제 술탑을 괴롭히기까지는 시간이 제법 걸릴 게야. 최소한 6개월에서 1년은 걸리겠지. 흘흘흘.'

이것이 쌀라싸의 예측이었다.

이탄의 생각은 달랐다.

물론 이탄의 북명 원정대가 마르쿠제 술탑의 배후를 괴롭혀서 발목을 붙잡아야 하는 시기는 최소한 6개월 뒤였다. 전쟁이 벌어질 타이밍은 이탄 혼자서 결정할 수 없고 피사노교의 신인들과 조율을 해야만 했다.

그런데, 쌀라싸는 그 시점을 최소한 6개월 뒤로 잡고 있었다.

이탄도 그 점을 잘 알았다.

'전쟁의 시기를 내 마음대로 앞당기거나 뒤로 미룰 수는 없겠지. 하지만 나는 6개월이나 시간을 허비하기는 싫거든. 최대한 빠른 시간 안에 북명을 거머쥘 테다. 그런 다음 짬을 내서 다른 산적한 일들을 처리해야지.'

솔직히 말해서 이탄에게는 밀린 일거리들이 한가득이었다.

어쩌면 이것은 자업자득일지도 몰랐다. 이탄이 워낙 이 차원 저 차원에 벌려놓은 일들이 산더미였기 때문이었다.

게다가 이탄에게 더 큰 골칫거리는, 잔뜩 벌려놓은 일들이 아니라 이탄을 배척하는 신격 존재들이었다.

여섯 눈의 존재나 인과율의 여신과 같은 존재들……

'언제 또 그런 존재들이 내 앞에 등장할지 알 수가 없잖아? 그런 강적들과 목숨을 걸고서 한바탕 혈투를 벌이게 될지도 모르는 판국인데 여기서 느긋하게 허송세월할 수는 없지. 여유가 있을 때 미리미리 일 처리를 해두어야 해. 평소 내 신념과 다소 어긋난다고 할지라도 말이야.'

이탄은 이런 생각으로 일 처리를 서둘렀다.

늙은 여러 수인족 가문들이 힘을 합쳐서 만든 연합체 성격이 강했다. 따라서 늙은 단 한 명의 절대권력자가 명을 내리면 일사불란하게 움직이는 그런 단합된 조직과는 거리가 멀었다. 가문과 가문 사이의 구속력도 느슨한 편이었다.

북명의 기나긴 역사 속에서 늙의 자유분방한 수인족들이 하나로 통합되었던 시기는 몇 차례 되지도 않았다.

그렇다고 해서 늙이 모래알갱이처럼 뿔뿔이 흩어져 있느냐?

이건 또 아니었다.

늙에 소속된 수인족들은 위기 때마다 강한 결속력을 보여주었다. 그리고 그 결속력의 중심에는 5개의 가문이 존재했다.

"이게 바로 그 다섯 가문이란 말이지."

이탄은 일렁거리는 촛불에 종이를 한 장 비춰보면서 중얼거렸다.

제2화

북명 원정대 III

Chapter 1

투박한 재질의 종이 위에는 다섯 가문의 이름이 순서대로 적혀 있었다.

— 1인 가문이라 불리는 신성의 피피르.

— 보우제가 다스리는 투지의 브라세.

— 뿌연 안개 일족이라는 명칭으로 유명한 실론.

— 붉은 눈을 가진 용맹한 사냥꾼 그리사드.

— 늪 속의 포식자 칼만.

다섯 가문 가운데 피피르는 단 한 명이 하나의 가문을 구성하고 있는 독특한 체제였다. 가문의 이름이 피피르인 동시에 그 가문의 가주의 이름도 피피르였다.

정확하게 피피르가 어떤 종족인지는 알려지지 않았다.

다만 이탄이 피우림 대선인에게 전해 들은 바에 따르면, 피피르 가주는 용족, 즉 용인일 것이라고 하였다.

한편 브라세 가문은 싸움닭이라 불리는 투계족이었다. 이 일족은 달리 '투지의 브라세' 라고 불리곤 했다.

세 번째인 실론 가문은 은빛 살쾡이족이었다.

실론 가문은 대대로 안개를 다루는 술법에 능하였는데, 그 때문에 붙은 별칭이 '안개의 실론' 이었다.

그릇된 차원에서 이탄과 술법을 거래했던 피우림도 바로 이 실론 가문 출신의 대선인이었다.

네 번째 가문인 그리사드는 오소리족 수인들이었다. 그리사드의 술법사들은 전원 다 타고난 사냥꾼들로, 용맹하기 이를 데 없었다. 또한 그리사드들은 사냥에 나설 때 눈알이 붉게 물드는 것이 특징이었다.

마지막으로 칼만은 악어 일족이었다.

칼만의 술법자들은 북명의 늪지대에 똬리를 틀고 늪지대 밖으로 거의 나오지 않는 것으로 유명했다.

그렇게 은둔에 가까운 생활을 하는데도 칼만 가문은 명성이 높았다. 지금까지 칼만 가문을 노리고 늪으로 쳐들어갔던 그 어떤 세력들도 살아서 돌아오지 못했기 때문이었다. 하여 붙은 별칭이 '헤어 나오지 못하는 늪의 칼만'이었다.

피피르, 브라세, 실론, 그리사드, 그리고 칼만.

이상 다섯 가문이야말로 늪의 모든 것이라 일컬어도 무방했다. 그만큼 늪에서 이들 다섯 가문이 차지하고 있는 비중은 컸다.

"그래 봤자 다섯 가문 가운데 세 곳은 목줄을 차고 있었네. 피사노교가 채워놓은 목줄을 말이야. 우후훗."

이탄은 종이에 적힌 다섯 가문 가운데 브라세, 그리사드, 그리고 칼만에 붉은 동그라미를 쳤다.

이 세 곳이야말로 피사노교와 뒷거래를 통해서 남몰래 이득을 취해온 곳이었다.

그동안 피사노교는 동차원 북명의 주요 가문들을 아군으로 끌어들이기 위해서 막대한 양의 술법과 악재, 마보들을 그들에게 제공했다. 피사노교의 뒷공작은 무려 수십 년, 아니 수백 년에 걸쳐서 치밀하게 이루어졌다.

처음부터 늪의 가문들이 피사노교의 유혹에 걸려든 것은 아니었다.

하지만 피사노교가 오랜 시간에 걸쳐서 집요하게 유혹을 하자 결국 다섯 가문 가운데 세 곳이나 미끼를 물었다.

쌀라싸는 이들 세 가문의 약점을 차곡차곡 쌓아놓고 있다가 그 고삐를 이탄의 손에 넘겨주었다.

이것은 이탄의 취향에 딱 맞는 선물이었다.

이탄은 한번 움켜쥔 약점은 절대 놓아주지 않고 뼛속까지 탈탈 털어먹어 버리는 모레툼 신관 출신이 아니던가.

자고로 모레툼의 신관들은 대중들로부터 '신관이라고 쓰고 고리대금업자라고 읽는다.'라는 평가를 받는 자들이었다.

당연히 이탄도 상대방의 약점을 최대한도로 활용하는 방법에 도가 텄다.

아니, 그 정도를 넘어서 이탄은 동료 신관들이 치를 떨만큼 지독했다.

브라세 가문의 보쿠제가 제아무리 선7급의 대선인이라 할지라도 전문가(?)인 이탄의 손에 걸리자 꼼짝도 못 했다. 보쿠제는 이탄에게 갖은 협박과 위협, 그리고 구슬림을 받은 끝에 결국 굴복하고야 말았다.

이탄은 보쿠제를 무력으로 억압했을 뿐 아니라 브라세 가문이 그동안 피사노교와 거래를 해왔다는 증거까지 들이밀었다.

보쿠제는 무려 수백 년 동안 피사노교의 선물을 넙죽넙죽 받아먹으면서도 이와 관련된 증거는 모두 없앴다고 자만하던 중이었다.

턱도 없는 자만이었다. 이탄이 보쿠제 앞에 차곡차곡 증거를 쌓아놓을 때마다 보쿠제의 눈동자는 사정없이 흔들렸다.

'피사노교에서 만약 이 증거들을 세상에 공개한다면?'

바로 그 순간 브라세 가문의 명성은 땅에 떨어질 터였다.

어디 명성의 하락만이 문제겠는가. 가문의 비밀이 드러나는 순간 무수히 많은 동차원의 술법사들이 브라세 가문을 응징하기 위해서 달려들 것이리라. 보쿠제는 도저히 가문이 그런 꼴을 당하도록 내버려 둘 수 없었다.

마침내 보쿠제가 이탄 앞에 고개를 떨궜다.

[쿠우욱. 제발 그만하시오. 그만. 쿠우우우.]

보쿠제는 조금 전 이탄이 발휘한 압력에 눌려 고개가 찌부러졌을 때보다 지금이 더 비참했다. 한때 숲을 호령했던 선7급의 대선인이 한순간 폭삭 늙어 보였다.

이탄은 그런 보쿠제를 무심한 눈빛으로 내려다보았다.

Chapter 2

브라세 가문을 굴복시킨 뒤, 이탄은 숲의 사냥꾼이라 불리는 그리사드 가문을 다음 타겟으로 삼았다.

오소리과 수인족들의 가문인 그리사드는 북명에서도 가장 험준하기로 유명한 북쪽 산악지대에 터전을 잡고 있었다.

이탄은 피사노교의 사도들과 교도들을 브라세 가문에 남겨둔 채 홀로 북쪽 산악지대를 방문했다.

이탄이 찾아오기 전, 그리사드 가문에서도 이탄을 맞을 준비를 했다. 그것도 우호적으로 맞을 준비를 한 것이 아니라 덫을 놓고 이탄을 사냥할 태세에 돌입했다.

그리사드의 오소리족 술법사들이 이탄을 적대시하는 이유는 간단했다. 사전에 이탄이 그리사드 가문에 보낸 편지가 사달을 일으켰다.

편지의 내용은 다음과 같았다.

그리사드의 오소리족은 들으라.

검은 드래곤의 피를 이어받은 나 피사노 쿠미가 어려운 걸음을 옮겨 너희 사냥꾼들의 터전을 방문하고자 하니, 그대들은 문을 활짝 열고 나를 맞으라. 나는 그리사드의 사냥꾼들을 앞세워 혼명을 사냥코자 한다.

― 피사노 쿠미 ―

이탄의 편지는 단순히 오만한 정도를 넘어서 그리사드 가문을 도구로 이용하겠다는 의도를 대놓고 드러내었다.

이탄이 이처럼 과격하게 행동하여 상대를 먼저 도발한 데는 이유가 있었다.

브라세 가문을 출발하기 전, 이탄은 신탁사도인 린을 불러 근미래에 벌어질 일들을 미리 점쳐 보았다.

이탄 앞에 불려온 린이 여섯 번째 손가락을 까딱거리며 부르르 몸서리를 쳤다.

린은 이미 이탄과 결합한 터라 이탄의 수족이나 다름없었다. 이탄이 말을 하지 않아도 린은 이탄의 뜻을 받들어 미래를 예언했다.

★ 힘을 과시하면 단기적으로는 편해진다.
★ 상대를 예우해주면 단기적으로는 귀찮아진다.

이상이 린이 뽑아낸 점괘였다.

이탄은 두 문장을 내려다보면서 손으로 턱을 쓰다듬었다.

'호오? 힘을 과시해야 편해진다고? 어차피 장기적인 것은 중요하지 않지. 단기적으로나마 편해지면 장땡이야.'

이탄은 린이 읽어낸 미래에 맞춰서 계획을 세웠다. 이탄이 그리사드 가문에 과격한 편지를 보낸 이유도 모두 린의 점괘 때문이었다.

그리사드 가문은 이탄의 예측대로 움직였다. 그들은 이탄의 편지를 받자마자 강렬하게 반발했다.

[푸흐흐. 피사노교가 미쳤나 봅니다.]

[그렇습니다, 그동안 피사노교가 우리에게 준 알량한 미끼로 우리 용맹한 사냥꾼들의 목에 목줄을 채울 수 있을 줄 알았나 본데, 그것은 큰 오산입니다.]

[가모님, 명령만 내려주십시오. 저희가 나서서 저 오만무도한 자를 사냥하겠습니다.]

그리사드의 사냥꾼들이 앞다투어 나섰다.

가문의 웃어른인 가모가 탁자를 손바닥으로 탁 내리쳤다.

[조용!]

사냥꾼들이 움찔했다.

그리사드의 사냥꾼들은 활과 검으로 무장한 채 가모의 방 문 앞에 한쪽 무릎을 꿇고 대기 중이었다. 그러다가 가모가 탁자를 세게 내리치자 그들은 일제히 뇌파를 닫았다. 북명의 모든 수인족들이 두려워 마지않는다는 그리사드의 사냥꾼들이건만 가모 앞에서는 진땀만 줄줄 흘릴 뿐이었다.

그만큼 가모의 위엄은 대단했다.

당대 그리사드 가문을 이끄는 가모의 이름은 화목란.

본래 북명의 수인족들은 남명과는 이름을 짓는 방식이 달랐다.

하지만 화목란만큼은 가문의 작명방식을 따르지 않고 남명의 방식으로 이름을 지었다. 이는 화목란이 남명 제련종으로 유학을 다녀온 유학파이기 때문이었다.

제련종은 남명의 사대종파 가운데 한 곳으로, 법보 제련에 있어서는 동차원 최고로 손꼽혔다.

제련종은 제자 선발에 까다로운 음양종이나 천목종과 달리 폭넓게 제자들을 받아들이곤 했다. 덕분에 제련종에는 북명의 수인족 술법사나 혼명 출신 술법사들도 제법 많았다.

그리사드 가문의 방계 출신인 화목란도 오래 전 큰 꿈을 품고서 남명으로 건너가 제련종에 입문했다. 화목란의 뛰어난 재질을 눈여겨본 제련종의 전대 종주가 그녀를 자신의 제자로 받아들인 것이다.

화목한은 부모가 준 본명을 버리고 이름까지 남명의 방식으로 바꾼 뒤, 무려 수십 년 동안이나 남명에 머물렀다. 그러면서 그녀는 제련종의 법보 제작 스킬과 술법들을 극한까지 연마하였다.

그러던 어느 날이었다. 화목란의 스승인 제련종의 종주는 하늘이 정해준 수명이 다하여 승천하게 되었다.

그 후 화목란의 처지는 공중에 붕 떴다. 왜냐하면 전대 종주의 뒤를 이어 제련종을 물려받은 화화 대선인은 화목란과 사이가 껄끄러웠기 때문이다.

그렇지 않아도 그리사드 가문의 수인족들은 성격이 날카롭고 자존심이 세기로 유명했다. 가시처럼 뾰족한 성격 때문에 그리사드 수인족들이 두려움을 모르고 용맹하게 싸울 수 있는 것일지도 몰랐다.

화목란 또한 성격이 장난이 아닌지라 경쟁 관계인 화화 대선인과 사이가 오손도손할 리 없었다.

그래도 화화 대선인은 배포가 컸다. 그녀는 종주가 되기 전까지는 화목란과 대립하였으나, 종주의 지위를 물려받은 이후로는 마음을 크게 고쳐먹고 제련종을 위해서 사매인 화목란을 품어보려고 노력했다.

화화 대선인이 먼저 화목란을 찾아와 제련종의 대장로 자리를 맡아달라고 부탁하였다. 화화 대선인도 화목란의 실력만큼은 인정하고 있는 까닭이었다.

한데 성격이 까칠한 화목란은 화화 대선인이 내민 손을 뿌리쳤다. 그녀는 단칼에 제련종을 박차고 나와 북명으로 복귀했다.

마침 그리사드 가문에서는 가주의 자리를 놓고 한창 권력 투쟁이 벌어지던 중이었다.

그 와중에 화목란처럼 뛰어난 술법사가 가문에 복귀하자 여기저기서 그녀에게 손을 내밀었다.

화목란은 그중 한 사내를 선택하여 혼인하였고, 자식도 낳았다.

당연히 화목란의 선택을 받은 사내는 가문의 쟁쟁한 라이벌들을 제거하고 그리사드의 주인이 되었다. 그가 가주가 된 데는 화목란의 뛰어난 실력과 그녀가 제작해낸 특별한 법보들의 공이 컸다.

여기서 문제가 터졌다. 안타깝게도 그리사드의 신임가주는 화목란을 품기에는 그릇이 작았나 보다.

신임가주는 부인인 화목란의 뛰어남을 경계했다. 신임가주는 화목란의 심복들을 잘라내고 그녀를 식물인간, 아니 식물수인족 꼴로 만들고자 시도했다.

발끈한 화목란이 먼저 남편에게 손을 썼다. 화목란은 그동안 남편에게도 드러내지 않았던 새로운 법보들을 대거 선보이며 남편의 측근들을 거꾸로 사냥해 버렸다. 그리곤 급기야 남편마저도 사냥 목록에 넣었다.

신임가주가 살해를 당한 뒤, 그리사드 가문은 자연스럽게 가모인 화목란의 손에 굴러떨어졌다. 그리사드 가문의 사냥꾼들은 화목란의 강함을 인정하고는 모두 그녀의 발등에 입을 맞추고 충성을 맹세했다.

이상이 30여 년 전에 벌어진 사건이었다.

그로부터 수십 년이 지난 지금, 화목란이 가진 권력은 역대의 그 어떤 가주보다도 더 절대적이었다. 그리사드 가문 전체가 화목란의 충성스러운 군단으로 거듭났다.

이탄은 바로 이 시점에 그리사드 가문을 방문하였다.

Chapter 3

자작나무들이 빼곡하게 들어찬 눈 덮인 숲속.

사방에서 검푸른 연기가 몰려들더니 이탄으로 변했다. 이탄은 머리에 로브를 깊게 눌러쓰고 사령마의 등에 올라타 허리를 꼿꼿이 폈다.

츠츠츠츳.

이탄의 등 뒤에서 여름날 적란운처럼 일어난 부정한 기운은 눈 깜짝할 사이에 자작나무 숲의 상공을 뒤덮었다.

무려 수십 킬로미터 영역을 뒤덮어버리는 가공할 기세에 그리사드 사냥꾼들이 수염을 바르르 떨었다.

[으읏.]

[지독하구나.]

오소리과 수인족들은 태어날 때부터 두려움이라는 감정이 삭제된 채 살아온 타고난 사냥꾼들이었다.

그런 사냥꾼들도 이탄이 뿜어내는 사악한 기운을 감당하지는 못했다.

[으으음.]

가솔들의 뒤에서 팔짱을 끼고 서 있던 화목란도 눈썹을 깊게 찌푸렸다.

지금 이탄과 화목란 사이의 거리는 12 킬로미터 이상. 게다가 둘 사이에는 자작나무들이 빼곡하게 늘어서 있어 시야를 방해했다.

그럼에도 불구하고 이탄과 화목란은 서로를 빤히 들여다보았다.

화목란을 훑어보는 이탄의 눈이 가면 속에서 적회색으로 번뜩였다. 이탄을 살피는 화목란의 눈에는 곤혹스러운 기색이 역력했다.

따그닥, 따그닥.

이탄을 태운 사령마가 천천히 발굽을 놀려 자작나무 숲으로 들어섰다.

뼈다귀만 남은 사령마로부터 죽음의 기운이 스멀스멀 뻗어 나가 주변 수백 미터 영역을 휘감았다.

이른바 데쓰 필드(Death Field: 죽음의 장)가 작렬한 것이다.

그 즉시 자작나무 숲에 묻혀 있던 시체들이 깨어났다.

눈 덮인 땅거죽이 들썩거렸다. 반쯤 썩은 시체들이 땅을 뚫고 나와 주섬주섬 몸을 일으켰다.

이곳 자작나무 숲에는 그동안 그리사드 일족에게 사냥을 당한 시체들이 무수히 많이 묻혀 있었다. 그러니 이탄이 데쓰 필드를 펼치기에 이보다 더 적합한 장소도 없을 것이다.

그리사드의 사냥꾼들은 언데드들의 출현에도 겁을 먹지 않았다.

[크흥. 고작 네크로맨서의 소환술이냐?]

[저 정도 흑마법쯤은 가소로울 뿐이지.]

사냥꾼들이 꿈지럭 꿈지럭 일어선 언데드들을 향해서 오른쪽 주먹을 겨냥했다.

퓨퓨퓨퓩!

사냥꾼들의 손등에 장착된 소형 크로스보우(Cross Bow: 석궁의 일종)로부터 쇠뇌가 난사되었다.

이 쇠뇌는 단순히 물리적인 힘만 실린 무기가 아니었다. 오랜 세월 동안 그리사드 가문이 발전시켜온 법보의 일종이었다.

푸른 섬광에 휩싸인 쇠뇌 다발이 빽빽한 자작나무 사이

를 곡예비행 하듯이 가로지르며 지그재그로 날아왔다.

콩! 콩! 콩! 콩!

빠르게 날아든 쇠뇌는 언데드들의 머리와 가슴에 퍽퍽 꽂힌 다음, 연쇄폭발을 일으켰다. 작은 쇠뇌가 수십 개의 파편으로 분열한 것이다.

쇠뇌의 폭발에 휘말려 언데드들의 머리통이 단숨에 터져 나갔다. 언데드들의 몸통도 사정없이 폭발했다.

끄으으-, 꺼억.

상반신을 잃고 다리만 남은 언데드들은 몇 걸음을 더 내딛다가 결국 눈밭에 털썩 털썩 쓰러졌다.

이탄은 언드데들이 나자빠져도 개의치 않았다. 어차피 언데드들은 사령마의 권능에 따른 부산물일 뿐 이탄의 주력 무기가 아니었다.

스륵, 스르륵, 스르륵.

사령마가 자작나무 숲에 완전히 들어서자 더 많은 숫자의 언데드들이 새롭게 일어났다.

이 언데드들 가운데 대다수는 오래 전 그리사드 일족에게 사냥을 당한 피해자들이었다. 하지만 시체 가운데 일부는 그리사드의 선조들도 포함되었다.

그리사드의 사냥꾼들은 선조의 시체를 향해서도 거리낌 없이 크로스보우를 쏘았다. 푸른 섬광에 휩싸인 쇠뇌 다발이 자작나무 숲을 자유롭게 누비며 새롭게 일어선 언데드들을 다시 대지에 드러눕혔다.

물론 사냥꾼들의 주요 목표는 언데드가 아니라 이탄이었다. 푸른 섬광에 휩싸인 쇠뇌 수백 발이 사령마에 타고 있는 이탄에게도 집중되었다.

이탄이 한 손을 치켜들었다.

가볍게 든 이탄의 손으로부터 검푸른 암막이 솟구쳤다. 이탄의 신체는 빛 한 점 통과할 수 없는 짙은 암막 속으로 잠겨들었다.

그리사드의 사냥꾼들이 발사한 수백 발의 쇠뇌가 검푸른 암막 속으로 파고들었다.

한데 감감무소식.

쇠뇌 터지는 소리는 전혀 들리지 않았다. 쇠뇌가 나무에 부딪치는 소리도 전혀 없었다.

그러는 사이 검푸른 암막은 자작나무 숲을 빠르게 잠식해 들어왔다. 하늘은 커튼을 두른 듯 컴컴하게 변했다. 태양은 오간 데 없이 사라졌다. 온통 암흑만 가득한 세상 속에서 광기 어린 뇌파가 터져 나왔다.

[끼이요오오옵! 끼요옵! 이렇게 기쁠 데가 다 있나. 이렇게 즐거울 때가 다 있나. 끼요오오옵. 내 특별히 너희들에게 고대 악마사원의 무서움을 보여주마.]

드디어 이탄이 아나테마의 악령을 세상에 풀어놓은 것이다.

아나테마는 이탄이 만들어준 육체를 가지고 이 땅에 강림한 다음, 신이 나서 괴성을 질러댔다. 아나테마의 뇌파는 그리사드 사냥꾼들의 뇌를 찢어버릴 듯이 날카롭게 파고들었다. 곧이어 수십, 수백 구의 언데드들이 우르르 일어섰다.

아나테마의 언데드들은 조금 전 사령마가 일으켜 세운 언데드들과는 질적으로 차원이 달랐다.

이전 언데드들은 데쓰 필드의 영향을 받아서 단순히 움직임만 가능한 정도였다.

반면 이번에 일어난 언데드들은 고대 악마사원 최악의 리치라 불린 아나테마가 저주마법으로 재조립해낸 강력한 언데드들이었다.

눈밭을 뚫고 꿈틀꿈틀 일어선 시체들은 바닥에 흩뿌려진 뼈다귀와 팔다리를 주섬주섬 주워서 자신의 몸뚱어리에 척척 붙였다.

Chapter 4

다리가 8개가 된 언데드가 뒤로 벌렁 드러눕더니 먹이사냥에 나선 과부거미처럼 성큼성큼 암흑 속을 누볐다. 팔이

3개가 된 언데드가 3개의 팔을 번갈아 가며 놀려서 그리사드 사냥꾼들을 덮쳤다.

언데드들의 속도는 놀라울 정도로 빨랐다.

거기에 더해서 아나테마가 저주마법을 추가로 읊었다.

이것은 살아 있는 생명체에는 저주였으나 언데드들에게는 축복이었다. 땅속 깊은 곳에 묻혀 있던 시체의 파편들이 아나테마의 주문에 의해서 우두둑 날아올랐다. 그 파편들은 벼락처럼 허공을 가로지르더니 언데드들의 몸 위에 척척 달라붙어 일종의 고기방패가 되어주었다.

[모두 집중하라.]

[놈들에게 일제히 사격해.]

위기감을 느낀 그리사드의 사냥꾼들이 전방을 향해 크로스보우를 난사했다.

푸른 섬광에 휩싸인 쇠뇌 다발이 밀집된 망을 구성하며 언데드들의 몸뚱어리 위에 작렬했다.

조금 전 사령마가 소환했던 언데드들은 쇠뇌에 적중당한 즉시 머리가 터지거나 몸이 부서졌다.

이번에는 결과가 달랐다. 강하게 폭발한 쇠뇌의 파편은 언데드들의 핵심 부위까지 파고들지 못했다. 그저 언데드들을 둘러싼 고기방패를 터뜨리는 데 그쳤다.

샤야악—. 콰득!

머리를 뒤로 까뒤집은 채 8개의 다리로 달려든 언데드가 그리사드 사냥꾼 한 명의 팔뚝을 물어뜯었다.

[이게 감힛.]

그리사드 사냥꾼은 주먹 끝에 장착된 뾰족한 송곳으로 언데드의 머리통을 찍었다. 송곳에 내재된 법력이 폭발하면서 언데드의 머리통을 산산이 부숴버렸다. 박살 난 머리통 사이로 푸른빛이 방출되었다.

이게 끝이 아니었다. 사냥꾼의 어깨에 두른 가죽이 신비로운 힘을 발산하여 언데드에게 물린 상처 부위를 치료해 주었다.

[별것도 아닌 게 지랄이야.]

그리사드 사냥꾼은 머리를 잃은 언데드를 발로 걷어찼다.

바로 그때 이변이 일어났다.

캬악!

머리통을 잃은 언데드가 갑자기 비쩍 말라붙었다. 미이라처럼 변한 언데드의 몸뚱어리가 진한 적색으로 물들었다.

[허엇?]

불길함을 느낀 그리사드 사냥꾼은 어깨에 두르고 있던 가죽을 풀어서 황급히 몸 앞을 가렸다.

이 가죽은 그리사드 사냥꾼들이 즐겨 사용하는 방어구였다.

그 순간 다리가 8개인 언데드가 폭발했다.

꽝!

금속 벽 깨지는 소리가 울렸다. 무시무시한 폭발력이 그리사드 사냥꾼들을 덮쳤다. 가죽으로 몸 앞을 가린 사냥꾼은 무려 수십 미터를 튕겨 나가 자작나무에 등을 강하게 부딪쳤다.

[크악. 끄으윽.]

척추가 으스러진 듯한 충격에 그리사드 사냥꾼이 이빨을 꽉 물었다.

이와 같은 일들이 사방에서 동시다발로 벌어졌다.

고기방패로 중무장한 언데드들은 그리사드 사냥꾼들을 향해서 빠르게 돌격한 다음, 무자비한 자폭 공격을 퍼부었다.

비록 그리사드 사냥꾼들이 가죽 법보로 몸을 보호했다고는 하나, 적들의 자폭 공격을 온전히 막아내기에는 역부족이었다. 그리사드 가문의 상당수 사냥꾼들이 뼈가 부러지고 팔다리가 꺾었다.

아나테마의 공격은 거기서 끝나지 않았다.

[끼요오옵.]

캄캄한 암흑 속에서 아나테마가 뼈다귀로 만들어진 대형 낫, 즉 본 사이드(Bone Scythe)를 꺼냈다.

본 사이드는 뿔이 2개 달린 여우왕의 두개골을 기반으로 만들어진 악마의 병기였다. 본 사이드의 손잡이는 불길한 보라색이었고, 날에는 노란색 고양이 눈 문양이 새겨져 있었다.

이것은 이탄이 아나테마에게 만들어준 선물.

이탄은 자신이 가지고 있던 귀한 재료들을 본 사이드에다 때려 넣어 최고의 무기를 완성한 다음, 아나테마의 손에 은근슬쩍 쥐여주었다.

당시 아나테마가 어찌나 기뻐했던지. 이탄을 바라보는 아나테마의 눈이 몽롱하게 변할 정도였다.

물론 다음과 같은 이탄의 이야기에 아나테마의 감정도 와장창 깨져버렸지만 말이다.

'이봐. 게이 영감탱이. 그 눈깔은 또 뭐야? 제발 그딴 식으로 나를 바라보지 말라고. 확 눈깔을 파내고 싶어지니까.'

[끼요옵! 그게 무슨 망발이더냐. 나의 이 영롱한 눈알을 파버리겠다니, 세상에 그런 얼토당토않은 폭언이 어디 있더란 말이냐. 끼요오옵.]

아나테마는 당연히 펄쩍펄쩍 뛰면서 이탄에게 사과하라고 요구했다.

당연히 이탄은 사과하지 않았다.

아나테마는 이탄에게 팩 토라져 버렸다. 그래도 아나테마는 본 사이드를 볼 때마다 헤죽헤죽 웃곤 했다.

아나테마가 바로 그 문제의 병기를 꺼내서 손에 움켜쥐었다.

그 즉시 살아생전 여우왕이 가지고 있던 에너지가 쏟아져 나와 아나테마의 팔뚝으로 스며들었다.

캬아아앙!

어디에선가 고양이 울음소리도 아스라이 들리는 듯했다.

아나테마는 본 사이드가 지닌 에너지를 이용하여 하트 프릭클(Heart Prickle: 심장 가시)이라는 무시무시한 저주 마법을 구현했다.

아나테마가 오른손을 번쩍 들어 빈 허공을 움켜쥐었다.

그 즉시 그리사드 사냥꾼들의 심장에는 날카로운 가시가 돋았다. 그것도 한두 명이 아니라 수백 명이 넘는 사냥꾼들의 심장에 동시에 가시가 솟구쳤다.

[끄악.]

[켁.]

심장이 가시에 푹 찔린 그리사드의 사냥꾼들은 눈을 까뒤집었다. 그들은 입에서 피거품을 토하며 뒤로 나자빠졌다.

심장에 수십 개의 구멍이 뚫리고서도 살아 있을 수 있는
생명체란 거의 없었다. 아나테마의 저주마법 한 방에 수백
명의 사냥꾼들이 즉사했다.

[끼요오옵, 신나는구나, 신난다.]

아나테마가 덩실덩실 골반뼈를 흔들었다.

Chapter 5

[일어나라.]

아나테마가 왼손 손바닥을 슬쩍 위로 들었다.

그러자 심장이 가시에 찔려 즉사했던 그리사드 사냥꾼들
이 언데드가 되어서 비척비척 일어섰다.

그리사드 사냥꾼들의 중앙 진영이 눈 깜짝할 사이에 허
물어졌다. 아나테마는 단 세 번의 마법만으로 적진 중앙을
붕괴시켰다.

그런데도 그리사드의 사냥꾼들은 위기 상황을 제대로 파
악하지 못했다. 그들의 주변을 캄캄하게 휘감은 검보라색
암막 때문이었다.

다만 가모인 화목란만은 사태를 똑바로 파악했다.

스윽—.

화목란이 오른손을 수평으로 쓸면서 나직하게 외쳤다.

[나와라.]

화목란의 옆에 놓여 있던 청동화로로부터 밝은 불꽃이 화르륵 쏟아졌다. 불꽃은 허공 30 미터 높이까지 솟구치더니, 불로 이루어진 거인의 모습이 되어 쿵쿵 걸어 나왔다. 불꽃 거인의 머리는 단숨에 자작나무 위로 튀어나왔다.

불꽃 거인의 몸에서 뿜어지는 밝은 불꽃이 암흑을 밀어내었다. 저 멀리 암흑 속에서 본 사이드를 움켜쥐고 있는 아나테마의 모습이 보였다.

[네가 이 사태의 원흉이로구나.]

화목란은 검지로 아나테마를 가리켰다.

쭈웅—.

화목란의 검지에 착용된 무지갯빛 반지로부터 빨주노초파남보, 총 일곱 색깔 빛이 방출되어 아나테마를 향해 쏘아졌다.

이 반지는 화목란이 전대 제련종의 종주로부터 선물받은 최상급 법보였다. 반지에 내재된 일곱 빛깔 광선에는 모든 사악한 힘을 물리치고 음차원의 마나를 끊어내는 성스러운 법술의 힘이 담겨 있었다.

아나테마도 무지갯빛 광선의 속성을 알아차렸다.

그래도 아나테마는 피하지 않았다. 오히려 그는 상대의

성스런 기운에 화를 냈다.

[끼요오옵. 시건방진 년. 감히 이 불멸의 악마종 아나테마 님에게 이따위 더러운 공격을 퍼부어? 끼요오옵. 내 오늘 네년의 똥구멍에 말뚝을 박아서 아가리로 뽑아내 줄 것이야. 끼요오오옵.]

아나테마가 본 사이드로부터 여우왕의 힘을 끌어내었다. 이어서 아나테마는 태초에 그릇된 차원을 공포에 떨게 만들었던 고대 고양이족 초강자의 힘도 잔뜩 끌어 올렸다. 아나테마는 이렇게 끌어모은 방대한 에너지를 자신의 저주마법에 때려 박았다.

드레인 라이프(Drain Life: 생명 고갈) 초현!

주변 생명체의 생명력을 빨아들이는 저주마법이 극한으로 펼쳐졌다.

쭈와아악, 쪼르륵.

빨대로 물 빨아들이는 듯한 소리가 울렸다. 아나테마의 근처 수 킬로미터 범위의 모든 생명체들이 생명력을 갈취당한 채 미이라처럼 바짝 말랐다. 주로 그리사드 가문의 사냥꾼들이 이 끔찍한 저주마법에 의해서 목숨을 잃었다.

그렇게 나자빠진 사냥꾼들은 어느새 언데드로 변해서 다시 일어섰다. 그 언데드들이 화목란을 향해서 미친 듯이 달려들었다.

한편 아나테마 앞에는 뼈가 우르르 돋아나 벽을 이루었다.

수 미터 두께로 솟구친 본 월(Bone Wall: 뼈의 벽)은 화목란의 반지에서 쏘아진 무지갯빛 광선을 1차로 막아내었다.

무지갯빛 광선이 끝내 본 월을 뚫고 아나테마의 몸에 작렬했다.

그 순간 아나테마가 본 사이드를 번쩍 치켜들었다.

[끼욥!]

본 사이드가 허공을 반으로 갈랐다. 잘린 공간 속에서 피어오른 강력한 음차원의 에너지가 무지갯빛 광선과 정면으로 충돌했다.

파창!

무지갯빛 광선과 음차원의 에너지가 충돌하면서 사방으로 빛이 휘몰아쳤다.

공간이 주름이 지듯 왜곡되었다. 주변 수 킬로미터 일대의 자작나무들이 자잘한 파편이 되어 폭발했다. 땅거죽이 단숨에 뒤집혔다. 바닥에 소복하게 깔려 있던 눈이 다시 하늘로 비산했다.

[크우욱.]

강렬한 폭발 속에서 아나테마가 몸을 비틀거렸다. 아나

테마는 무려 20 미터나 뒤로 밀려난 상태였다.

그래도 아나테마는 무릎을 꿇지는 않았다. 고대 리치는 본 사이드를 꽉 움켜쥔 채 화목란의 일격을 버텨내었다.

한편 화목란도 몸을 휘청거렸다. 화목란의 심장에는 어느새 아나테마의 하트 프릭클이 작렬한 상태였다.

화목란이 법력을 잔뜩 끌어올려 자신의 심장을 보호하지 않았더라면 상대의 저주마법 한 방에 즉사할 뻔했다.

쿨럭.

화목란이 피를 한 모금 토했다.

화목란이 입가를 타고 피가 주르륵 흘렸다. 그녀가 겨우 정신을 차렸을 때, 수백이 넘는 언데드들이 그녀에게 달려드는 중이었다.

화목란이 소환한 불꽃 거인이 주먹을 휘둘러 언데드들의 진격을 저지했다. 불꽃 거인은 암흑을 밀어내는 밝은 빛을 뿌리면서 언데드들을 부수고 또 막았다.

팔이 5개인 언데드가 불꽃 거인이 휘두른 팔뚝에 부딪치더니 한 줌의 불꽃으로 흩어졌다. 머리가 2개인 언데드도 불꽃 거인의 다리에 걷어차여 흙으로 되돌아갔다.

청동화로에서 소환된 불꽃 거인이 앞을 막아주는 동안 화목란은 심장에 돋은 가시를 모두 제거하고 겨우 몸을 회복했다.

[후욱, 후욱, 후욱. 이 잡귀 따위가 감히 이 화목란을 상대로 잘도 이런 짓을 벌였겠다?]

화목란의 두 눈이 새빨갛게 달아올랐다. 화목란의 털이 빳빳하게 일어섰다. 화목란은 법력을 있는 대로 끌어올려 무지갯빛 반지에 주입했다.

저 멀리 검푸른 암흑 속에 아나테마가 훅훅 숨을 몰아쉬는 모습이 보였다. 화목란이 아나테마를 향해 무지갯빛 광선을 발사하려는 찰나였다.

섬뜩한 느낌이 화목란을 엄습했다.

[이게 무슨?]

깜짝 놀란 화목란이 뒤를 돌아보려 할 때였다. 그보다 한 발 앞서 무시무시한 악력이 화목란의 뒤통수를 움켜잡았다.

콰득!

뼈 으깨지는 소리와 함께 화목란의 두개골 일부가 부스러졌다. 화목란은 모골이 송연해진다는 말이 무엇인지 온몸으로 체험하게 되었다.

이어서 화목란의 몸이 허공 2미터 높이로 번쩍 들렸다.

어느새 이탄이 화목란의 등 뒤에 나타나 상대의 뒤통수를 움켜쥐고 위로 치켜든 것이다. 그것도 사령마에 올라탄 채로 말이다.

이탄에게 붙잡힌 즉시 화목란은 법력이 차단되었다. 화목란이 착용한 무지갯빛 반지는 법력이 반쯤 충전되다 말고 지이잉— 빛을 잃었다.

Chapter 6

크와앙!

불꽃 거인이 몸을 휘릭 돌려 주먹으로 이탄을 후려쳤다.

[어디서 감히.]

이탄이 눈을 찌푸렸다.

이탄은 만자비문 가운데 한 글자를 끌어내었다.

〈쇠락하는〉

이와 같은 의미의 비문이 이탄의 몸 밖으로 툭 튀어나왔다.

비문은 다른 자들의 눈에는 보이지 않았다. 대신 비문이 등장한 즉시 불꽃 거인이 쇠락해버렸다.

끄어어어어—.

불꽃의 거인이 비참하게 괴성을 질렀다. 밝게 빛나던 30

미터 크기의 거인은 단숨에 쇠락하여 형편없이 쪼그라들더니, 결국엔 자그마한 불똥으로 변해서 파스스 흩어졌다.

화목란이 위기에 빠지자 또 다른 법보가 발동했다. 화목란의 목에 둘린 담비목도리가 찬란한 빛망울을 터뜨렸다.

이 담비목도리는 위기의 순간에 저절로 발동하는 공간이동 법보였다.

과거에 화목란은 담비목도리 덕분에 몇 번이고 죽을 위기를 넘겼다. 그리곤 그녀는 끝내 그리사드 가문을 수중에 넣고야 말았다.

한데 비상탈출용 목도리마저 이탄에게는 통하지 않았다.

[어딜 도망치려고?]

이탄은 법보가 동작하자마자 언령의 권능을 끌어올렸다.

쩌정! 쨍그랑.

무한공의 권능이 발현되자마자 화목란의 주변 공간이 산산이 박살 났다. 화목란의 담비목도리는 주인을 수십 킬로미터 밖으로 이동시키려다 말고 한 줌의 재로 변했다. 몸이 한창 흐릿해지던 화목란도 다시 본래 모습으로 돌아왔다.

[말도 안 돼. 어떻게 이런 일이!]

화목란은 충격을 받아 입을 쩍 벌렸다.

별다른 준비도 없이 공간을 깨뜨려서 공간이동 법보를 무력화시키는 이적은 화목란의 스승이었던 제련종의 전대 종주도 하지 못했던 일이었다. 선7급이었던 스승님도 하지 못했던 이적을 눈앞의 이 가면 사내는 날파리를 쫓듯이 가볍게 해내었다.

화목란이 이탄에게 무어라고 외치려는 순간이었다. 이탄은 화목란의 목 뒤쪽을 지그시 눌렀다.

[끄으응.]

화목란이 고개를 푹 떨궜다.

가모가 의식을 잃자 그리사드 가문의 사냥꾼들도 더는 싸움을 지속하지 못했다.

그즈음 이탄이 뿜어낸 검푸른 암막은 수십 킬로미터 영역의 자작나무 숲을 완전히 뒤덮어 암흑천지로 만들었다.

눈앞 1 센티미터도 보이지 않는 철저한 칠흑 속에서 그리사드의 사냥꾼들은 항복의 표시로 털썩 털썩 무릎을 꿇었다.

그리사드 본가의 풍경은 인간족 가문들의 것과는 사뭇 달랐다. 그리사드의 사냥꾼들은 험준한 바위 틈새에 굴을 파서 지하로 뚫고 내려간 다음, 그 아래에 자신들의 거처를 마련해 놓았다.

지하 동굴이라고 해서 음침하지는 않았다. 남루함과도 거리가 멀었다.

수백 개의 땅굴로 연결된 사냥꾼들의 거처는 일정한 간격으로 밝은 빛을 뿌리는 돌들이 박혀 있기에 생각보다 훨씬 더 환했다. 동굴 곳곳에 솟아 있는 사냥꾼들의 숙소는 남명의 건축양식을 본떠서 지었기에 익숙한 느낌이 들었다.

압권은 지하 깊은 곳에 모여 있는 건축물 군락이었다.

이곳의 건축물들은 거대한 나무뿌리 위에 촘촘하게 세워져 있었는데, 그 수가 무려 300채가 넘었다.

'북명에 이렇게 큰 나무가 있었다니. 이건 마치 그릇된 차원 알블—롭 일족들이 애지중지하는 수프리 나무 군락 같구나.'

이탄은 암반처럼 굳건하게 건물들을 떠받치고 있는 나무뿌리 가닥을 살펴보면서 그릇된 차원에서의 추억을 회상했다.

300채가 넘는 건물 중에 화목란의 거처가 어느 곳인지는 한눈에 드러났다. 건물들 중 가장 높은 곳, 중앙에 우뚝 솟은 8층짜리 건물이 바로 화목란의 거처였다.

이탄은 거리낌 없이 그곳으로 발을 옮겼다.

주변의 그리사드 사냥꾼들은 기습할 기회만 엿보는 것처럼 이탄을 둘러싼 채 눈알을 힐끗거렸다.

이탄은 다수의 사냥꾼들에게 둘러싸이고도 눈 하나 깜짝

하지 않았다. 이탄은 그리사드 사냥꾼들에게 단 1도 신경을 쓰지 않았다.

이탄의 오른손에는 화목란이 축 늘어진 채 목덜미를 잡혀서 질질 끌려왔다. 화목란의 뒤통수에서는 피가 뚝뚝 떨어졌다.

이탄은 지혈도 해주지 않았다.

이탄이 8층 건물 앞에 도착하자 그리사드 경비병들이 후다닥 길을 열었다.

이탄은 걷는 속도도 늦추지 않았다. 그는 그저 제집에 온 것처럼 건물 안으로 들어설 뿐이었다.

그리사드의 사냥꾼들이 당황하여 서로를 마주 보았다.

30분쯤 뒤.

이탄이 상석에 앉아 푹신한 털가죽에 몸을 기댔다.

이 자리는 원래 화목란이 앉아서 가문을 크고 작은 일들을 처리하던 곳이었다.

이탄 앞에는 그리사드의 장로들이 늘어앉아 안절부절못했다. 장로들은 지금 이 상황이 당혹스러운 듯 서로의 눈치만 보았다.

장로들 뒤에는 그리사드 가문의 주력 부대장들이 어정쩡한 자세로 늘어서 있었다.

장로들의 중앙에는 화목란이 자리했다.

화목란은 지금 딱딱한 의자에 앉아 힘없이 이탄을 바라보는 중이었다. 화목란의 머리에 칭칭 감긴 하얀 붕대가 유독 눈에 두드러졌다. 붕대 뒤쪽이 발갛게 물들었다.

화목란이 착 가라앉은 뇌파로 말문을 열었다.

[피사노교의 신인이 이리 험하게 나올 줄은 몰랐구려. 피사노교와 우리 그리사드는 우호적 관계인 줄 알았건만, 내 착각이었나 보오.]

화목란은 억울한 듯 말하였으나, 그 속에는 한 줄기 공포가 깃들어 있었다. 화목란의 뇌파가 가늘게 떨렸다.

이탄이 손을 쥐락펴락했다.

[나를 먼저 공격한 것은 그리사드 가문이었을 텐데.]

[그거야 신인이 우리 그리사드 가문을 한낱 도구처럼 대하니 그런 것 아니겠소. 우리는 피사노교의 명을 받는 부하들이 아니오.]

화목란이 두려움을 꾹 참고 강단 있게 주장했다.

Chapter 7

이탄이 가면 속에서 입꼬리를 비스듬히 비틀었다.

[당연히 그리사드는 피사노교의 부하가 아니지. 하지만 당분간은 내 뜻대로 움직여줘야겠소. 마르쿠제 술탑의 발목을 잡을 때까지 말이오.]

이탄은 원하는 바를 정확하게 밝혔다.

화목란이 난처한 표정을 지었다.

[그건 곤란하외다. 우리 그리사드 일족이 피사노교와 우호적 관계를 맺고 있는 것은 사실이나, 그것은 어디까지나 어둠 속에서 손을 잡은 것일 뿐 우리는 엄연히 백 세력이외다. 그런데 우리가 앞장서서 마르쿠제 술탑을 공격한다고? 그럼 장차 우리 일족의 처지가 어찌 되겠소?]

[어찌 되긴. 그리사드 가문이 우리 피사노교와 손을 잡았다는 사실이 밝혀지는 것 외에는 무슨 변화가 있겠소?]

이탄의 덤덤한 응답에 화목란이 발끈했다.

[이보시오, 쿠미 신인. 그걸 말이라고 하시오? 우리 일족이 피사노교와 손을 잡았다는 사실이 공개되면 남명의 그 꼬장꼬장한 수도자들이 우리를 그냥 내버려 두겠소? 크으윽. 이건 우리 일족을 죽음으로 몰아넣는 처사요.]

[맞습니다.]

[가모님, 절대 저자의 말을 따르시면 안 됩니다.]

화목란 뒤쪽의 장로들도 분개하여 주먹을 꽉 움켜쥐었다.

이탄이 피식 웃음을 터뜨렸다.

[훗! 남명이 과연 북명을 신경 쓸 여력이나 있을까?]

[!]

화목란과 장로들이 일제히 흠칫했다.

지금 이탄이 내뱉은 이야기를 다시 해석하면, 피사노교는 언노운 월드의 백 세력뿐 아니라 동차원의 남명마저도 공격할 거란 뜻이었다.

[하아, 그래도 이건 아니지. 이건 우리 일족을 너무 큰 위험에 몰아넣는 행동이오. 아무리 그대가 피사노교의 신인이라 할지라도 우리를 이처럼 궁지에 몰면 안 되는 법이외다.]

화목란이 고개를 절레절레 저었다.

이탄이 으르렁거리듯이 뇌파를 내뱉었다.

[안 되긴 뭐가 안 돼. 이제 그리사드나 브라세, 칼만도 제 색깔을 드러낼 때가 되었어. 그동안 우리 피사노교로부터 온갖 마보와 술법서, 약재들을 지원받을 때는 언제고, 이제 와서 회색 빛깔 박쥐처럼 흑과 백 사이에서 줄 타기를 해보겠다고? 흥. 그건 안 되지. 그동안 받아 처먹었으면 이제 노선을 분명히 해야지.]

이탄의 폭언이 터지자마자 여기저기서 격렬한 반응이 터져 나왔다.

[크흠, 크허험.]

[아니, 쿠미 신인. 받아 처먹다니, 말이 너무 심한 것 아 닙니까?]

[말도 안 돼. 브라세와 칼만이 피사노교와 손을 잡았다 고?]

화목란과 장로들은 제각기 다른 반응을 보였다.

반응들은 서로 달랐지만, 화목란과 장로들은 크게 동요 한다는 점은 같았다. 그들은 두 가지 사실 때문에 놀랐다.

'늙의 오대가문 중에 우리 그리사드뿐 아니라 브라세의 투계족 녀석들과 칼만의 악어족도 피사노교와 은밀하게 손 을 잡고 있었다고?'

화목란과 장로들은 브라세와 칼만이 피사노교와 손을 잡 고 있다는 사실을 전혀 알지 못했다. 그들은 이탄의 폭로를 듣고서야 다른 가문들의 이중적인 행태를 깨닫고는 뒤통수 를 한 방 얻어맞은 듯한 기분을 느꼈다.

동시에 화목란과 장로들은 이탄의 과격한 언사에 숨이 막혔다.

지금까지 피사노교의 쌀라싸는 그리사드 가문을 친구처 럼 사근사근하게 대해주었다.

아니, 친구를 넘어서 사랑에 눈이 먼 얼빠진 사내처럼 그 리사드 가문에 이것저것 금은보화를 퍼주던 상대가 바로 피사노 쌀라싸였다.

한데 이탄이 등장하자 한순간에 분위기가 바뀌었다.

'그동안 먹을 만큼 처먹었으면 이제 흑인지 백인지 확실하게 노선을 밝혀라.'

이것이 이탄의 당당한 요구였다.

화목란의 눈망울이 분노와 당혹, 그리고 강한 치욕감으로 뒤채였다.

화목란뿐만이 아니었다. 그리사드 일족의 장로와 부대장들도 모두 적대감에 눈알이 발갛게 달아올랐다.

이탄은 한술 더 떴다.

딱!

이탄이 말없이 손가락을 튕겼다. 빈 허공에 홀로그램 같은 영상이 하나 떠올랐다.

그동안 피사노교와 그리사드 가문이 남몰래 뒷거래를 하는 장면이 홀로그램 영상 속에 또렷이 드러나 있었다.

[이건!]

화목란의 눈이 분노로 시뻘겋게 물들었다. 화목란은 암사자가 으르렁거리듯이 이탄에게 쏘아붙였다.

[크으읏, 쿠미 신인. 피사노교는 무슨 의도로 이따위 영상을 저장해둔 거요? 이런 영상으로 우리 일족을 협박이라도 할 셈이었소?]

그리사드의 장로들 가운데 가장 나이가 많은 대장로가 자리를 박차고 일어났다.

[흥. 저 영상은 가짜요. 저런 영상 따위를 조작하는 것은 누구라도 할 수 있는 일이지. 피사노교에서 저 영상을 남명에 뿌려봤자 남명의 수도자들은 믿지 않을 게요. 오히려 피사노교가 가짜 영상으로 동차원을 이간질을 하고 있다고 믿겠지.]

그 말이 떨어지기 무섭게 이탄이 한 번 더 손가락을 튕겼다.

딱!

이번에는 또 다른 영상이 전개되었다. 영상 속에 등장한 것은 그리사드 가문의 내부인이 아니라면 절대 알 수 없는 부분이었다.

이탄은 거기서 그치지 않았다.

딱! 딱! 딱!

이탄이 연달아 세 번이나 손가락을 튕겼다.

빈 허공에 홀로그램 영상이 3개나 더 추가되었다.

이번에 등장한 영상은 피사노교와 그리사드 가문 사이의 거래 장면을 넘어섰다. 이 영상들은 과거에 그리사드 가문이 저질렀던 비겁한 행동들, 북명의 타 가문에 해를 끼쳤던 장면들, 심지어 화목란과 장로들이 전대 가주를 사냥하던 장면까지도 서슴없이 흘러나왔다.

가문의 치부가 드러난 순간, 화목란이 벌떡 일어섰다.

[아악, 이런 미친!]

[저, 저런!]

장로들도 일제히 일어나 두 손을 번쩍 치켜들었다.

장로들이 법력을 잔뜩 끌어올리자 그들이 입고 있는 옷이 크게 부풀어 올랐다. 화목란과 장로들은 당장 이 자리에서 이탄을 죽여 버리기라도 할 것처럼 흥분했다.

그에 맞서서 이탄도 기세를 살짝 개방했다.

쿠웅!

하늘이 통째로 내려앉는 듯한 기운이 장내를 장악했다.

Chapter 8

이탄은 여러 개의 언령을 가진 신격 존재이자 무한에 가까운 법력을 가진 대선인이었다. 이탄이 본격적으로 기운을 내뿜자 복잡하게 얽힌 지하 동굴 전체가 크게 진동했다.

[켁!]

화목란이 이탄의 기세를 견디지 못하고 주저앉았다.

그리사드의 장로들도 산악에 짓눌린 듯 납죽 엎드렸다.

그리사드의 부대장들도 장로들과 마찬가지로 바닥에 엎어져 바들바들 떨었다.

이탄이 낮게 포효했다.

[이것들이 어디서 감히 이빨을 드러내? 오냐오냐 상대해주면서 어르고 달래주니까 같은 급이라고 생각한 거냐?]

이탄은 기세를 조금 더 개방했다.

뿌드드득!

8층 건물이 요란한 소리를 내면서 붕괴할 조짐을 보였다. 건물 벽에는 거미줄처럼 금이 쩍쩍 갔다. 천장에서는 돌 부스러기가 우수수 낙하했다. 단단한 돌판을 깐 바닥에도 균열이 마구 생겼다.

[끄윽. 안 돼.]

마침내 화목란마저 바닥에 얼굴을 처박았다.

그리사드의 장로들과 부대장들이 바닥에 머리를 처박고 엎드릴 동안에도 화목란만큼은 악착같이 버텼다. 그녀는 그저 바닥에 주저앉아 이탄에게 고개를 약간 숙이는 정도로 그쳤을 뿐 완전히 엎드리지는 않았다.

이것이 화목란의 자존심이었다.

이탄은 그 자존심마저 꺾어버렸다. 이탄이 기세를 조금 더 가중시키자 화목란도 더는 버티지 못했다.

강한 압력 때문에 화목란의 상처 부위가 다시 터졌다. 화목란의 뒤통수에서 피가 분수처럼 뿜어졌다. 화목란의 코와 입, 눈에서도 핏물이 배어나왔다.

납죽 엎드린 화목란의 뇌리에 이탄의 뇌파가 파고들었다.

[이대로 너희 그리사드 일족을 짓눌러 터뜨려 버린다 한들 나에게 손해가 날 게 있겠느냐? 너희 그리사드의 터전을 지하 수 킬로미터 아래로 짓뭉개서 떨어뜨려 버린다 한들 나에게 무슨 아쉬움이 있겠느냐?]

[으으윽.]

[너희가 뭔가 착각을 하나 본데, 나는 본래 너희의 도움이 필요하지 않다. 나 혼자서 마르쿠제 술탑의 발목을 붙잡지 못할 성싶더냐? 너희의 도움이 없으면 내가 혼명을 홀로 상대 못 할 듯하더냐? 아니다. 그런 일들은 나 혼자서도 충분히 해낼 수 있느니라. 나는 이미 서차원에서 마르쿠제와도 겨뤄본 바 있는 터, 내가 마음만 먹으면 마르쿠제를 주저앉히는 것은 일도 아니니라.]

이탄의 말은 사실이었다.

화목란은 이탄의 뇌파가 결코 허풍이 아니라는 사실을 깨달았다.

화목란과 장로들, 그리고 그리사드 가문의 부대장까지 이탄의 기세 한 방에 주저앉아 꼼짝도 못 했다.

이런 괴물이라면 홀로 마르쿠제 술탑을 충분히 상대할 만했다. 마르쿠제가 제아무리 선7급의 대선인일지라도 이 괴물의 상대는 못 될 것 같았다.

[으으으윽.]

화목란이 뇌파로 짓눌린 신음을 토했다.

장로들과 부대장들의 머리는 하얗게 탈색되었다.

이탄이 덤덤하게 뇌파를 이었다.

[그럼에도 내가 너희 그리사드 일족의 땅굴을 방문한 목적이 무엇이겠느냐? 그것은 너희에게 기회를 주고자 함이니라.]

[크윽. 무슨 기회를 말하는 것인지……?]

화목란은 바닥에 얼굴을 밀착하고 눈알만 위로 돌려서 이탄을 올려다보았다. 그리곤 쥐어짜듯 질문했다.

이탄의 대답은 오만했다.

[곧 흑과 백의 대전쟁이 본격적으로 시작될 것인즉, 그전에 너희들은 색깔을 분명히 드러내야 할 것이리라. 그래야 대전쟁이 끝났을 때 그리사드 가문이 박쥐라는 오명을 쓰지 않고 당당하게 자리매김을 할 수 있을 게 아니더냐. 내가 너희의 어리석음과 우유부단함을 우려하여 이곳에 찾아온 것인즉, 너희는 이 자리에서 선택을 하여라. 첫째, 우리 피사노교의 편에 서서 대전쟁 이후에도 너희 일족이 당

당히 이 땅을 지킬 것이냐?]

이탄이 그리사드 가문의 선택지를 제시하면서 손가락 하나를 접었다.

[아니면 둘째, 너희 오소리족은 지금까지처럼 속은 검고 겉은 하얀 척 박쥐 노릇을 하면서 대전쟁 이후에 땅속으로 숨어들어 근근이 명맥만 이어갈 것이냐?]

이탄이 두 번째 손가락을 접었다.

[마지막으로 셋째, 너희 오소리족은 피사노교와의 인연을 끊고 백 세력에 빌붙어 있다가 끝끝내 완전무결한 멸족을 당하려 하느냐?]

이탄이 마침내 세 번째 손가락까지 접었다. '완전무결한 멸족'을 뇌파에 담으면서 이탄은 조금 더 기세를 가중시켰다.

쿠쿵!

그 순간 그리사드 가문의 터전 전체가 지하로 1미터는 내려앉은 듯했다. 지각이 뒤틀리고 건물들이 우르르 붕괴했다.

[끄악. 쿨럭.]

화목란이 피를 토했다.

장로들은 눈이 돌아갔다.

부대장들은 더는 버티지 못하고 오줌을 질질 지렸다.

이탄은 연극을 하듯 손을 활짝 펼쳤다.

[자, 골라라. 세 가지 선택지 가운데 너희 그리사드 가문은 어떤 길을 가겠느냐? 나는 너희를 너희가 원하는 길로 보내주마.]

그 말은, 화목란이 세 번째 길을 택하면 그리사드 일족 전체를 저승으로 보내주겠노라는 소리였다.

결국 화목란이 선택할 길은 뻔했다.

[크으으윽. 나와 내 일족은 첫 번째 길을 택하겠소. 그러니 제발, 제바아알!]

화목란이 기를 쓰고 머리를 들려고 애썼다. 화목란의 손등과 목에는 지렁이처럼 굵은 핏줄이 두드러졌다.

그 순간 화목란의 머리를 짓누르던 기세가 거짓말처럼 사라졌다. 장로들과 부대장들을 압박하던 기세도 자취를 감추었다.

반쯤 무너지려던 건물이 붕괴를 멈추고 평상시로 돌아왔다. 쩍쩍 갈라지던 땅바닥의 균열도 더 이상의 전파를 멈췄다.

물론 벽에 거미줄처럼 퍼진 균열은 사라지지 않았다. 한번 주저앉은 지반도 다시 솟구쳐 올라오지 못했다. 화목란의 뒤통수와 눈, 코, 입에서 흐르는 피도 멎지 않았다.

Chapter 9

[크헉, 헉, 헉, 헉, 헉.]

화목란은 두 손으로 바닥을 짚고서 거칠게 숨을 몰아쉬었다.

대장로를 비롯한 장로들도 비틀거리며 겨우 바닥에서 얼굴을 떼었다.

바닥을 내려다보는 화목란의 눈가에 순간적으로 섬뜩한 빛이 스쳐 지나갔다. 비참함과 굴욕, 그리고 분노가 하나로 뒤섞여 화목란의 눈빛을 통해 뿜어졌다.

'두고 보자. 나중에 이 치욕은 반드시 갚으리라. 수년, 수십 년이 지난 뒤에라도 꼭 갚고야 말리라.'

화목란이 마음속으로 원한을 갈무리했다.

화목란은 원래 독한 성격이었다. 비록 그녀가 지금 당장은 이탄에 대한 공포심 때문에 굴복을 할지라도, 그 굴복이 오래 갈 리 없었다. 화목란의 마음 깊은 곳에서는 깊은 반항심이 싹 텄다.

바로 그 타이밍에 이탄이 치고 들어왔다.

[왜? 나중에 피사노교에 복수라도 하고 싶은가?]

이탄의 질문은 오로지 화목란의 뇌에만 들렸다.

'흡!'

화목란이 고개를 번쩍 들었다가 소스라치게 놀랐다. 화목란을 바라보는 이탄의 유리알 같은 눈알이 섬뜩하기 이를 데 없어서였다. 화목란은 마치 상대의 눈이 자신의 뇌를 투명하게 꿰뚫어 보는 듯한 느낌을 받았다.

[절대 그렇지 않…… 습니다. 나, 나는 절대 그런 마음을 품지 않았습니다. 우으으으.]

화목란은 황급히 손사래를 쳤다. 어찌나 놀랐던지 그녀는 자신도 모르게 이탄에게 존댓말을 사용했다.

그리사드 가문을 힘으로 굴복시킨 뒤, 이탄은 곧바로 칼만 가문을 방문했다.

어차피 린의 점괘에도 '힘을 사용해야 편하다.'라고 나왔겠다, 이탄은 굳이 시간을 끌 이유를 찾지 못했다.

"쇠뿔도 단숨에 뽑으라고 했지? 바로 진행하자."

이탄은 이렇게 중얼거리며 북명 지역을 종단했다.

그리사드의 사냥꾼들이 북명 북쪽 산악지대에 똬리를 틀고 있다면, 칼만의 악어족들이 서식하는 지역은 1년 365일 독무가 끼어 있는 늪지였다.

이번에도 이탄은 칼만 가문을 방문하기 전, 그들에게 편지 한 장을 보냈다. 칼만 가문에 전달된 편지의 내용은 그리사드의 사냥꾼들이 받아본 것과 별반 다르지 않았다.

한데 칼만 가문의 대응 방법은 그리사드의 수인족들과 180도 달랐다.

이탄이 사령마의 등에 올라타 늪지 앞에 몸을 드러내었을 때, 그 앞에는 악어의 머리에 사람의 신체를 가진 칼만 전사들이 일렬로 늘어서 있었다.

짙은 독안개 때문에 전사들의 숫자가 몇 명이나 되는지는 보이지 않았다.

하지만 이탄의 눈에 보이는 전사들만 셈해도 10,000명은 족히 넘을 듯했다. 늪 안쪽에 도열해 있는 악어족 전사들까지 더하면 그 수가 가늠이 되지 않았다.

'역시 무력시위를 통해 나를 압박하려는 뜻인가?'

처음에 이탄은 이렇게 판단했다.

알고 보니 그런 의도가 아니었다. 칼만의 악어족 전사들은 이탄을 적대시하지 않았다. 오히려 그들은 귀빈을 맞아 군사 사열이라도 하는 것처럼 금빛 갈고리를 옆에 차고서 이탄을 환대했다.

"허."

이탄은 어이가 없었다.

이탄이 사령마의 등 위에서 굽어보는 가운데, 칼만의 전사들 사이에서 유독 체격이 건장한 수인족 한 명이 척척 걸어 나왔다.

이 수인족은 머리에 해골 투구를 쓰고 있었으며, 한 손에는 독향이 피어오르는 향로를, 다른 손에는 금빛 갈고리를 움켜쥔 모습이었다.

갑옷 뒤쪽으로는 굵은 꼬리가 늘어져 있었는데, 수인족이 발을 옮길 때마다 꼬리가 S자로 요동쳤다.

그의 이름은 쇼도.

당대 칼만 가문을 다스리고 있는 젊은 가주 쇼도가 직접 늪 밖으로 나와서 이탄을 맞은 것이다.

이탄은 쇼도를 슥 훑어보았다.

쇼도의 키는 2.6 미터로, 브라세 가문의 후계자인 브루커빈과 엇비슷했다. 쇼도의 외모는 흉포해 보였으나 눈빛만큼은 차분하고 깊었다.

이탄이 판단한 쇼도의 무력은 선5급 수준이었다.

선5급이면 한 세력을 대표하기에는 애매한 수준.

칼만의 젊은 가주는 선7급인 보쿠제에 훨씬 못 미칠 뿐 아니라 그리사드 가문의 가모인 화목란보다도 뒤처졌다. 화목란만 하더라도 선6급의 대선인이었다.

이처럼 다소 부족한 무력에도 불구하고 이탄은 쇼도를 높이 평가했다.

'쇼도 가주는 무식해 보이는 외모와 달리 실제로는 꽤 영리하구나. 최소한 천지분간을 못하는 막무가내 스타일은

아니야. 쩌업. 이러면 칼만 가문을 힘으로 굴복시키려던 내 계획이 어긋나는데 말이야. 쯧쯧쯧.'

이탄은 속으로 혀를 찼다.

쇼도가 정중하게 뇌파를 보냈다.

[최근 피사노교에 큰 경사가 있었다고 들었습니다.]

[경사?]

이탄이 말에서 내리지도 않은 채 고개를 갸웃했다.

쇼도가 뇌파를 이었다.

[피사노교에 열 번째 신인이 탄생했으니 그게 경사가 아니고 뭐겠습니까? 바로 그 주인공이신 쿠미 신인이 맞으시지요?]

[그렇다. 내가 쿠미다.]

이탄은 일부러 거만한 말투로 상대를 도발해 보았다.

쇼도는 흔들림이 없었다.

[어서 오십시오. 저희 칼만 가문은 신인의 방문을 환영합니다.]

처처척!

쇼도의 뇌파가 떨어지기 무섭게 칼만의 전사들이 금빛 갈고리를 뽑아서 하늘로 치켜들었다. 그런 다음 전사들은 갈고리의 손잡이를 자신들의 주둥이에 대고는 군례를 취했다.

이때 모든 전사들의 동작이 딱딱 맞아떨어졌다. 평소 칼만의 전사들이 얼마나 훈련이 잘 되어 있는지 보여주는 장면이었다.

이탄은 칼만 전사들의 절도 넘치는 동작을 보고는 깊은 인상을 받았다.

'동차원은 모두 수도자들만 있는 줄 알았는데, 칼만의 수인족들은 술법사라기보다는 전사에 가까운 느낌이구나.'

이탄의 예상대로였다. 칼만의 악어족들은 집단전투에 특화된 전사들이었다. 다만 이들은 언노운 월드의 전사들과 달리 무력과 더불어 술법을 병행하여 사용할 뿐이었다.

Chapter 10

쇼도가 앞장섰다.

이탄은 쇼도의 뒤를 따라 사령마를 몰았다.

첨벙, 첨벙, 첨벙.

사령마는 뼈만 남은 다리를 들어 질퍽한 늪으로 서슴없이 들어갔다.

독안개가 낀 늪 곳곳에는 죽은 동물의 사체들이 떠올라 있었기에 음산한 분위기가 절로 풍겼다.

아마도 일반 말이라면 기겁을 하면서 늪으로 들어가기를 거부했을 것이다.

사령마는 달랐다. 이탄이 명을 내리자 사령마는 한 치의 거리낌도 없이 늪으로 발을 들여놓았다.

칼만의 악어족들은 사령마가 풍기는 죽음의 기운이 편한 듯했다. 늪에 떠 있던 뼈다귀들이 데쓰 필드의 영향을 받아 들썩거려도 칼만의 전사들은 전혀 거부감을 느끼지 않았다. 오히려 칼만의 전사들은 사령마가 발산하는 죽음의 기운을 콧구멍으로 흠뻑 빨아들였다. 개중 몇몇 전사들은 죽음의 기운을 흡입하면서 기분 좋은 콧소리를 내기까지 했다.

이탄은 그 모습을 유심히 관찰했다.

브라세 가문의 투계족들이 피사노 쌀라싸와 손을 잡고 흑주술에 손을 댄 것은 사실이었다.

하지만 정도가 심하지는 않아서 브라세의 술법사들은 그저 암흑의 힘을 일부분만 받아들였을 뿐이었다.

그에 비해서 그리사드의 사냥꾼들은 브라세보다는 조금 더 부정한 기운에 물든 상태였다.

반면 칼만 가문은 부정한 힘에 완전히 중독된 것 같았다.

'이 악어족들이 풍기는 기세가 백 세력의 수도자라기보다는 오히려 피사노교의 교도들에 더 가깝구나.'

이탄은 이와 같은 결론을 내렸다.

이탄이 쇼도의 안내를 받아 도착한 곳은 늪 한복판에 박혀 있는 거대한 사체의 척추 쪽이었다.

이 사체는 상고시대의 악룡족을 연상시킬 정도로 거대했는데, 머리 부분인 두개골부터 시작해서 꼬리뼈 끝까지의 길이가 수십 킬로미터는 족히 넘는 것 같았다. 척추 옆으로 축 늘어진 4개의 다리뼈는 몸 길이에 비해서 상대적으로 뭉툭했다.

사체의 두개골 부위에는 거대한 뿔 3개가 우뚝 솟아 있었다. 안타깝게도 3개의 뿔 모두 중간쯤에서 부러진 모습이었다.

두개골과 다리뼈, 꼬리뼈가 반 이상 늪에 잠긴 것과 달리, 이 생명체의 척추는 아치 형태로 솟은 채 늪 위의 상공을 무지개처럼 가로질렀다. 척추에 매달린 굵은 갈비뼈들이 척추를 지탱하는 모양새였다.

갈비뼈 하나하나의 굵기는 수백 미터 이상이었다. 갈비뼈 위에 얹힌 척추도 연병장처럼 넓었다.

이처럼 뼈가 거대하다 보니 지금까지 이 사체의 전체 모습을 알아본 자는 거의 없었다. 하늘에서 내려다볼 수도 없는 것이, 늪지에 독안개가 짙게 껴있어 상공에서는 전체를 조망하는 것이 불가능했다.

하지만 이탄은 제3의 눈을 하늘에 띄워서 굽어보기라도 하는 것처럼 사체의 전체 윤곽을 파악해내었다.

'악어는 아닌 것 같고, 포유류의 시체 같은데? 꼬리뼈가 길고 가늘게 빠진 것으로 보건대 쥐와 같은 설치류인가? 아니면 도마뱀 종류인가?'

이탄도 사체의 살아생전 모습을 정확하게 짚어내지는 못하였다.

설치류와 도마뱀은 살아 있을 때는 생김새가 확연히 다르지만, 뼈만 남겨놓고 보면 구별이 쉽지 않았다. 이 방면의 전문가가 아니라면 뼈만 보고는 어떤 생명체인지 헷갈리게 마련이었다.

더군다나 두개골에 뿔이 돋아 있고, 무릎에도 뿔이 돋아 있어 더더욱 생명체의 본래 모습을 유추하기는 어려웠다.

'여하튼 한 가지는 확실하네. 오랜 상고 시대에 북명에는 부정 차원의 악룡족에 버금가는 거대한 동물이 살았고, 그 동물이 늪에서 죽어서 뼈를 남긴 거야.'

이탄은 이와 같은 결론을 내렸다.

해괴하게도 칼만의 선조들은 이 거대한 생명체의 뼈를 발견한 뒤, 아치형의 척추 위에 건물을 세우고는 자신들의 터전으로 삼았다.

쇼도가 손가락으로 위쪽을 가리켰다.

[저기 저 위로 올라가시면 녹색 건물이 세워져 있습니다. 신인께서는 그리로 자리를 옮기시지요.]

말이 끝나기 무섭게 쇼도가 허공으로 둥실 떠올랐다.

이탄이 자세히 보니 쇼도의 발밑에는 둥근 원반형의 비행법보가 자리했다.

칼만의 전사들도 원반형 비행법보를 타고 거대한 사체의 갈비뼈 사이를 지나 척추 쪽으로 비행했다.

이탄도 그냥 있지는 않았다.

펑!

이탄의 몸이 검푸른 연기로 변했다.

사령마도 이탄과 함께 검푸른 연기로 흩어졌다.

이탄과 사령마가 다시 모습을 드러낸 곳은 4 킬로미터 상공에 우뚝 솟은 척추 중간쯤이었다.

4 킬로미터면 어지간한 산꼭대기보다 더 높았다. 이 정도면 구름도 쫓아오지 못하는 높이건만, 짙은 독안개는 이곳 상공까지도 짙게 뒤덮은 상태였다.

이탄이 사령마와 함께 모습을 드러내자 쇼도를 섬기는 시녀들이 이탄을 향해서 말없이 머리를 숙였다.

이탄은 시녀들 뒤에 우뚝 솟아 있는 녹색의 건물을 올려다보았다.

뾰족한 탑 모양의 건물이었다.

이탄이 잠시 대기하는 가운데 쇼도가 비행법보를 타고 이탄 옆에 날아 내렸다. 잠시 후에는 쇼도의 부하들이 속속 도착했다.

[역시 신인의 능력은 남다르군요. 건물 안으로 드시지요.]

쇼도는 이탄의 비행 속도를 추켜세운 다음, 그를 건물 안으로 안내했다.

뾰족하게 생긴 이 건물은 겉에서 보았을 때는 금속탑처럼 보였다. 하지만 안에 들어오자 내부 인테리어가 온통 뼈로 이루어진 독특한 건축물이었다.

이탄과 쇼도는 건물 꼭대기 층에서 마주 앉았다.

둘이 짧은 대화를 나누는 동안, 주로 이탄이 칼만 가문에 요구하는 바를 읊었다. 쇼도는 이탄이 요구한 바를 대부분 다 수용했다.

'햐아, 이것 좀 보게나. 내가 무력을 쓸 것이라 미리 예측이라도 했나? 왜 이렇게 알아서 척척 맞춰주지?'

이탄은 점점 더 이상한 기분을 느꼈다.

어쨌거나 칼만 가문의 가주인 쇼도는 이탄이 원하는 대로 가문의 병력을 지원하겠노라고 약조했다. 이탄이 마르쿠제 술탑의 배후를 노릴 때에도 칼만 가문이 적극적으로 나서기로 하였다.

이탄은 아주 손쉽게 방문 목적을 달성한 셈이었다.

[이제 더 하실 이야기는 없으십니까? 그럼 먼 길 오시느라 고생하셨으니 오늘은 여기서 하루 묵으시지요.]

쇼도는 이탄에게 숙박을 권했다.

마침 이탄도 이곳 늪지대에 대해서 몇 가지 궁금한 점이 있는 터라 흔쾌히 하루를 머물기로 결정했다.

Chapter 11

쇼도는 이탄이 불편하지 않도록 빠릿빠릿한 소녀 한 명을 곁에 붙여주었다.

희한하게도 이 소녀는 악어족이 아니었다. 혼명에서 흔히 볼 수 있는 푸른 눈의 인간족 소녀였다.

소녀의 나이는 10대 후반……. 조금 더 정확히는 올해로 17세 생일을 맞이했다.

소녀는 스스로를 묵경이라고 밝혔다.

'묵씨 성을 가진 고래' 라는 의미의 이름이었다. 여자아이에게 흔히 붙일 만한 이름은 아니었으나, 그래도 그녀가 묵경인 것은 분명했다.

소녀의 할아버지는 혼명과, 남명, 그리고 북명을 오가면서 장사를 하는 상인이었다고 했다. 이것 또한 묵경이 이탄에게 스스로 밝힌 사실이었다.

"그런데 할아버지는 지금으로부터 11년 전 칼만 가문과 거래를 위해서 늪지대를 방문했다가 그만 오랜 지병이 도져서 숨을 거두고 말았어요. 하아아."

묵경이 한숨을 폭 쉬었다.

묵경은 이탄이 묻지도 않았는데 이런 이야기들을 늘어놓았다. 참으로 붙임성이 좋은 소녀였다.

게다가 묵경은 뇌파가 아니라 성대로 직접 이야기했다. 그것도 동차원의 언어가 아니라 언노운 월드의 언어를 능숙하게 구사했다.

여하튼 묵경은 부모 대신 할아버지의 손에서 커왔다고 하였다.

묵경의 아버지는 남명 출신이고, 묵경의 어머니는 금발에 푸른 눈동자를 가진 혼명 출신이라는 말도 덧붙였다.

"안타깝게도 두 분 모두 제가 태어나자마자 돌아가셨지만요."

묵경이 또 종알거렸다.

묵경은 이탄에게 회중시계를 꺼내서 보여주었는데, 그 안에는 동차원의 남자와 서차원의 여자가 갓난아이를 안고 있는 그림이 붙어 있었다. 환하게 웃고 있는 부모 사이에 사랑스럽게 폭 안긴 갓난아이가 바로 묵경이었다.

갓난아이를 감싼 포대기에는 남명의 글자로 '묵경'. 그리고 언노운 월드의 언어로 '시니아' 라는 이름이 새겨져 있었다. 시니아라는 이름은 묵경의 어머니가 어린 딸에게 붙여준 애칭이라고 하였다.

묵경의 행복은 딱 이때까지였다. 묵경이 태어나고 얼마 후, 그녀의 부모님들은 사고로 죽게 되었다.

태어나자마자 부모를 잃은 묵경은 유일한 핏줄인 할아버지의 손에서 자랐다. 그런데 그 할아버지마저 11년 전에 죽고 말았다. 묵경은 하루아침에 오갈 데가 없는 천애고아 신세로 전락했다.

당시 여섯 살에 불과한 어린 묵경 혼자서 늪을 건너 머나먼 남명으로 되돌아가는 것은 불가능했다.

설령 묵경이 남명으로 돌아간다고 한들 그녀를 키워줄 친인척도 없었다.

칼만의 젊은 가주인 쇼도가 어린 묵경을 불쌍히 여겨서 제 곁에 두고 잔심부름을 시켰다. 묵경은 눈치가 빠르고 밝은 성격이라 쇼도의 마음에 들었다.

하지만 쇼도가 아닌 다른 악어족 전사들은 묵경을 불편한 눈으로 쳐다보았다.

칼만의 악어족 전사들이 묵경을 못마땅하게 여기는 것은 당연했다. 이곳은 칼만 일족의 성지였다. 그런 곳을 인간족 소녀가 자유롭게 돌아다니는 것이 악어족들의 마음에 들리 없었다.

쇼도도 때가 되면 묵경을 인간족 사회에 돌려보낼 요량이었다. 그래서 오늘 쇼도는 묵경에게 특별한 지시를 내렸다.

[피사노교의 쿠미 신인은 너와 같은 인간족이니라. 묵경아, 너는 인간이니 우리 악어족이 아니라 인간들 틈에서 사는 게 좋을 것이야.]

[가주님, 하오나…….]

묵경이 고개를 가로저으려고 했다.

쇼도가 손을 들어 묵경의 의견을 막았다.

[아니. 거부하지 말거라. 인간족인 네가 언제까지 독안개가 자욱한 늪지에서 살 수 있을 것 같으냐?]

[가주님.]

[그리고 만약에 내가 실권을 잃기라도 한다면 네 처지가 어찌 될 것 같으냐? 우리 칼만의 형제들 가운데는 너희 인간족을 증오하는 자들이 많다.]

쇼도의 말은 사실이었다.

묵경도 쇼도의 말이 사실임을 잘 알았다.

쇼도가 뇌파를 계속했다.

[그러니 내 말대로 해. 혹시라도 쿠미 신인이 너를 마음에 들어 한다면, 나는 너를 쿠미 신인에게 딸려 보낼 생각이니라. 오늘 하루 네가 쿠미 신인의 잔심부름을 하면서 그의 환심을 사도록 애써 보거라.]

이상이 쇼도가 묵경에게 귀띔한 바였다.

쇼도의 명을 받은 묵경은 이탄의 심부름꾼이자 안내원이되어 이탄을 늪지대 이곳저곳으로 안내해주었다.

그러면서 묵경은 연신 이탄을 곁눈질했다.

피사노교의 쿠미 신인이 자신을 심부름꾼으로 거두어 줄것인지, 아닌지.

쿠미 신인도 쇼도 가주처럼 사려가 깊고 너그러운 성품인지, 아니면 소문처럼 생명체의 생기를 빨아먹는 사악한악마인지.

묵경은 이러한 점들을 파악해보려고 애썼다.

결과는 실패였다.

고아 출신답게 유난히 눈치가 빠르고 촉이 좋은 묵경이건만, 이탄에 대해서는 전혀 알아낼 수가 없었다. 가면 속이탄의 눈동자에는 단 한 점의 감정도 담겨 있지 않았다.

'마치 죽은 자를 보는 것 같아. 무서워.'

이것이 묵경이 이탄에게 받은 유일한 인상이었다.

묵경이 이탄을 탐색하는 동안, 이탄도 은근히 묵경에게 신경을 썼다.

칼만의 악어족들 사이에 어린 인간 소녀가 섞여 지낸다는 점부터가 희한했다. 그런데 그것 말고도 묵경은 이탄에게 기이한 감정을 불러일으키는 무언가를 가졌다. 묵경을 바라보고 있노라면 이탄은 가슴 한구석이 콕콕 찔리는 기분이 들었다.

'뭐지? 저 소녀가 뭔데 자꾸 내 신경을 자극하지?'

이탄은 묵경 몰래 고개를 갸웃거렸다.

Chapter 12

이탄이 사령마를 타고 공간을 건너뛰었다. 검푸른 연기가 펑! 터졌다가 수 킬로미터 밖에서 다시 이탄으로 변했다.

묵경은 사령마의 등에 올라타 이탄의 허리를 꼭 붙잡았다.

"으윽."

사령마가 공간이동을 할 때마다 묵경은 아찔한 현기증에 이빨을 꽉 물어야 했다.

이탄이 도착한 곳은 상고시대 거대 생명체의 두개골 부분이었다. 두개골의 80퍼센트가량은 늪에 파묻힌 상태였다. 오직 두개골의 상단부만이 공기 중에 드러났다.

두개골 상단부에서 가장 눈에 띄는 것은 3개의 부러진 뿔이었다.

그 뿔 하나하나가 어찌나 굵었던지, 한눈에 다 보기도 힘들었다. 뿔은 두개골의 코끝에 하나, 이마 양쪽에 2개가 위치했다.

탁탁탁.

이탄은 하늘을 떠받치는 기둥처럼 보이는 웅장한 뿔을 손바닥으로 두드려보았다.

"오랜 세월이 지났건만 속이 꽉 차 있네. 뼈에 풍화작용을 거부하는 힘이라도 담겨 있나?"

이탄이 독백했다.

묵경이 바로 말을 받았다.

"아마도요. 그러니까 칼만 가문의 선조님들께서 이 신비로운 뼈 위에 자신들의 가문을 세웠겠지요."

"그래. 네 말이 맞겠구나."

이탄은 고개를 끄덕인 다음, 뿔에 손바닥을 밀착한 채로 음차원의 마나를 끌어올렸다.

상고시대 생명체의 뿔이 음차원의 마나와 공명하여 웅웅

웅 울었다. 이탄은 그 공명을 통해서 뿔의 내부 구조와 두 개골의 모양 등을 조금 더 상세하게 파악했다.

이어서 이탄은 법력을 끌어올렸다.

후웅!

정상적인 법력이 주입되자 뿔이 반응을 보이지 않았다.

'법력은 아니란 이야기지? 다시 말해서 이 생명체는 흑 속성을 가진 녀석이었네.'

이탄은 음차원의 마나 대신 흑주술의 힘을 주입해 보았 다.

이번에도 뿔이 웅웅웅 공명했다. 단순히 음차원의 마나 를 주입했을 때보다 더 격렬한 반응이었다.

이탄이 방법을 또 바꿨다. 이번에 이탄이 끌어올린 것은 부정 차원의 인과율을 지배하는 만자비문의 힘이었다.

꽈배기 모양의 문자들이 이탄의 몸 속에서 툭툭 튀어나 왔다.

그 기운을 접한 순간, 상고시대의 생명체가 꿈틀 움직였 다. 상고시대 생명체는 마치 언데드로 부활하기라도 한 것 처럼 다리뼈를 미세하게 폈다. 두개골의 방향도 살짝 틀었 다.

그게 전부가 아니었다. 누렇게 빛이 바랬던 뼈가 새로운 활력을 얻어 푸르스름한 빛을 토했다.

거대한 뼈가 요동치자 그 뼈의 척추 위에 세워진 칼만 가
문의 건물들은 지진을 만난 듯 와르르 흔들렸다.

'이크!'

이탄은 황급히 뿔에서 손바닥을 떼었다. 뿔에 살짝 주입
했던 만자비문의 기운도 딱 끊어버렸다.

푸쉬쉭.

상고시대 생명체의 사체는 배터리를 잃은 로봇처럼 축
늘어졌다. 뼈에 잠시 감돌았던 푸르스름한 광채도 자취를
감추었다.

묵경이 눈을 동그랗게 떴다.

"신인님, 조금 전에 무얼 하신 건가요?"

"아니. 아무것도 아니다."

이탄은 시치미를 뚝 떼었다.

그날 밤, 이탄은 무한공의 권능을 사용하여 단숨에 숙소
를 벗어났다.

파스스스―.

물거품처럼 흩어졌던 이탄의 몸이 다음 순간 상고시대
거대 생명체의 두개골 위에 다시 나타났다.

"이 두개골에는 사념이라고나 할까? 아니면 원념이라고
나 할까? 하여튼 그런 것이 조금 남아 있더라고. 낮에는 묵

경 때문에 그냥 지나쳤지만, 대체 무슨 사념이 남아 있는 것인지 궁금하네.”

이탄은 부러진 뿔의 단면에 두 발을 딛고 서서 주변을 스윽 둘러보았다.

뿔의 단면은 어마어마하게 넓어서 연병장 몇 개를 붙여 놓은 크기였다. 이탄은 그 단면 위에서 한쪽 무릎을 꿇은 뒤, 단면 바닥에 자신의 손을 밀착했다.

후옹!

이탄의 손에서 은은하게 회색의 빛이 터졌다. 이탄이 만자비문의 권능을 살짝 끌어올렸다는 방증이었다.

만자비문의 기운이 주입되자 늪 속에 파묻힌 상고시대 생명체의 눈 부위에서 푸르스름한 안광이 발광했다.

하지만 낮에처럼 상고시대 괴수의 뼈 전체가 꿈틀거리지는 않았다. 누렇게 바랜 뼈의 색깔도 그대로였다. 낮에처럼 푸르스름하게 빛나지 않았다.

대신 이 거대 생명체가 생전에 가지고 있던 기억의 파편들이 일부 되살아나 이탄의 뇌로 전달되었다.

이탄의 머릿속에는 짙은 녹색의 털로 뒤덮인 거대 쥐의 형상이 떠올랐다.

‘역시 이 괴수는 설치류의 일종이었구나. 도마뱀 종류가 아니라 뿔이 3개 달린 쥐였어.’

이탄이 고개를 주억거렸다.

상고시대 거대 쥐가 살았던 시기를 정확히 특정 짓기는 힘들었다.

다만 이탄이 기억의 파편들을 뒤져본 결과, 이 거대 쥐가 활약할 당시에 북명 지역에는 거대 쥐를 상대할 만한 적수가 존재하지 않았다. 당시 북명의 수인족들은 지금처럼 강력한 술법을 펼치지도 못했다. 수인족들은 그저 원시적인 삶을 살 뿐이었다.

대신 그 시절의 북명에는 사악한 악마종들이 종종 등장했다.

거대 쥐는 부정 차원의 악마종들과 맞서 싸우면서 자신의 터전을 지켰다.

거대 쥐가 그렇게 하나둘 악마종들을 잡아먹다 보니 거대 쥐에 몸에도 부정 차원의 기운이 차곡차곡 쌓이기 시작했다.

거대 쥐는 부정한 기운을 자양분으로 삼아 점점 더 몸집을 불렸다. 급기야 거대 쥐의 크기는 수십 킬로미터를 넘어섰다.

부정 차원의 악마종들 가운데 초거대족인 악룡족들을 제외한다면, 이 녹색의 거대 쥐와 체격을 견줄 만한 생명체는 존재하지 않았다.

거대 쥐는 단지 몸만 커진 게 아니었다. 부정한 힘을 손에 넣은 이후로 거대 쥐는 점점 더 강해졌다.

급기야 거대 쥐는 부정 차원의 근간을 이루는 인과율에 대한 깨달음까지 얻었다.

그러던 어느 날이었다. 신격 존재 한 명이 타 차원으로부터 넘어와 거대 쥐가 살고 있는 북명 지역에 불시착했다.

거대 쥐의 기억에 따르면, 그 존재는 덩치가 크고 뚱뚱하며 수염이 덥수룩한 외모였다.

거대 쥐는 이 이방인 신을 자신의 터전에서 내쫓으려고 시도했다. 이내 거대 쥐와 외지에서 넘어온 이방인 신 사이에 치열한 전투가 벌어졌다.

결과는 거대 쥐의 패배.

거대 쥐가 부정한 권능을 마구 발휘하고 맹독을 퍼뜨려도 상대는 끄떡하지 않았다. 이방인 신은 하늘이 무너져 내리는 듯한 힘으로 거대 쥐를 찍어 누른 뒤, 거대 쥐로부터 부정한 권능을 빼앗아 버렸다.

제3화
북명 원정대 IV

Chapter 1

부정한 기운이 사라지고 나자 거대 쥐의 몸뚱어리는 스스로 무너졌다. 거대 쥐는 체격이 비정상적으로 커졌기에 부정한 에너지 없이는 생존이 불가능했던 것이다. 결국 불쌍한 거대 쥐는 자신의 무게도 지탱하지 못하고 생명을 잃게 되었다.

그 후 오랜 세월에 걸쳐서 거대 쥐의 피와 살이 썩었다. 그 피와 살이 오늘날 독안개를 뿜어내는 드넓은 늪지로 변했다.

시간이 오래 흐르면서 맹독의 기운도 약해졌다.

오늘날 이 늪지에 칼만의 악어족이 서식할 수 있었던 것도 본래의 독기운이 많이 약화된 덕분이었다.

그렇게 거대 쥐가 죽어서 늪으로 변할 동안, 거대 쥐를 거꾸러뜨린 이방인 신은 다시 머나먼 곳으로 떠나버렸다.

대신 이방인 신이 이 땅에 뿌린 씨앗이 자라나서 쿤룬이라는 신비로운 조직이 되었다. 쿤룬은 오늘날까지도 이방인 신이 지시한 사명을 다하기 위해서 전력투구 중이었다.

오늘날 쿤룬의 뿌리가 얼마나 깊은지, 그 뿌리가 어디까지 파고들어 있는지, 아는 사람은 아무도 없었다.

오직 이곳 늪지에 떠돌고 있는 상고시대 거대 쥐의 사념만이 쿤룬의 조직원들을 추적하며 차곡차곡 정보를 쌓아왔을 뿐이었다.

거대 쥐의 사념은 도대체 왜 쿤룬의 정보를 모았을까?

이유는 딱히 없었다. 그저 상고시대의 거대 쥐는 자신을 죽인 이방인 신에게 적개심을 품었고, 그 적개심이 죽은 뒤에도 원념처럼 남았다. 거대 쥐의 사념은 쿤룬에 대한 정보라면 사소한 것들도 놓치지 않고 모두 모으곤 했다.

그 후로 헤아릴 수 없이 긴 세월이 다시 흘렀다.

세월에는 장사가 없다고, 거대 쥐의 사념도 차츰차츰 마모되었다. 거대 쥐의 사념은 자신이 왜 쿤룬에 집착하지는 것인지 그 이유도 기억하지 못했다. 그저 하루하루 습관적으로 쿤룬을 살피고 또 관찰할 따름이었다.

그렇게 상고시대로부터 축적된 정보가 이탄의 뇌로 흘러들어 왔다.

정보는 연속적이지 않았다.

어쩌면 이것은 당연한 결과였다. 거대 쥐의 사념은 제대로 된 사고를 하지 못했다. 그저 파편처럼 흩어진 정보들을 마구잡이로 모았을 뿐이었다.

이렇게 뿔뿔이 흩어진 정보란 대부분 쓸모없는 쓰레기가 될 뿐. 그런데 그 방대한 쓰레기가 이탄의 손에 들어가자 결과가 달라졌다.

이탄은 과거 알블—롭 일족의 기억의 바다를 뒤져서 쓸만한 지식을 뽑아내 본 경험이 있었다.

그 알찬 노가다(?)의 경험이 이번에도 이탄에게 결실을 안겨주었다. 이탄은 뇌를 수천만, 아니 수억 개의 공간으로 나눈 다음, 그 공간 안에 방대한 정보의 파편들을 쓸어 담았다.

그러자 이탄이 가진 수억 개의 뇌 공간들이 거대 쥐가 무작위로 모은 정보의 파편들을 신속히 분류하여 유의미한 정보들만 따로 정리했다.

밤이 지나 동이 터올 무렵, 이탄은 거대 쥐의 사념으로부터 꽤 유용한 정보들을 캐내게 되었다.

이방인 신.

쿤룬.

무덤지기, 혹은 문지기.

천추부동.

태초에 먼 차원으로부터 넘어온 존재들.

간씨 세가 세상에서 간용음이 수집한 고대의 전설들.

얼핏 생각하기에 이상의 단어나 문장들은 서로 연관성이 없어 보였다.

그런데 이탄이 깨닫고 보니 이것들은 서로 밀접한 연결고리를 공유하고 있었다. 그것은 이탄이 놀라서 뒤로 자빠질 만큼 놀라운 정보였다.

"아아아아!"

이탄이 뜻 모를 신음을 흘렸다. 터오는 해를 품은 이탄의 눈동자는 사정없이 좌우로 흔들렸다.

이탄은 늪의 주축인 오대가문 가운데 세 곳을 차례로 손에 넣었다.

전투에 특화된 브라세 가문.

타고난 사냥꾼들이 모인 그리사드 가문.

늪의 지배자 칼만 가문.

이상이 이탄이 접수한 가문들이었다.

비록 이탄이 이 가문들과 신뢰 관계를 맺은 것은 아니었다. 하지만 이탄이 세 가문의 약점을 쥐고 그들의 목에 목줄을 채운 것은 분명한 사실이었다.

이탄의 과감한 행보는 여기서 멈추지 않았다.

"1인 가문인 피피르는 굳이 들쑤실 필요가 없지. 은빛 살쾡이족인 실론 가문도 당분간은 건드릴 이유가 없어. 다섯 가문 가운데 과반수를 손에 넣었으니 이제 이만하면 슭을 움직일 만은 해."

이탄이 슭 다음으로 눈독을 들이고 있는 곳은 다름 아닌 하버마였다. 북명의 삼대세력 가운데 가장 먼저 언급되는 바로 그 하버마 말이다.

슭이 다섯 가문이 주도하는 가문연합체의 성격이라면, 하버마는 딱히 몇 개의 주도 세력을 꼬집어서 말하기 힘들었다. 하버마의 특성상 외부에는 정보가 거의 알려져 있지 않았기 때문이었다.

그럼에도 불구하고 이탄은 하버마에 대해서 상당히 깊이 파악한 상태였다.

이는 그동안 이탄이 어둠의 숭배자들인 코이오스 일족을 포로로 붙잡아서 가혹하게 심문한 결과였다.

이탄이 포로들로부터 빼낸 첩보에 따르면, 현재 하버마를 좌지우지하는 곳은 3개의 가문과 한 개의 문파라고 하였다.

이탄은 종이 한 장을 품에서 꺼내어 촛불에 비췄다.

　　— 코이오스 가문(잿빛 늑대 일족).
　　— 디모스 가문 (유령족).
　　— 루코른 가문 (흰곰 일족).
　　— 쿤룬 (무덤지기).

　이상 4개의 세력 가운데 외부에 이름이 제대로 알려진 곳은 단 한 곳도 없었다. 남명 사대종파의 정보기관에서도 이 4개의 세력에 대해서 파악하지 못했다.

　이탄도 코이오스 가문과 몇 차례 충돌하지 않았더라면 이런 은밀한 정보를 손에 넣지 못했을 것이다.

　그만큼 하버마는 베일에 싸인 세력이었다.

Chapter 2

　"그래 봤자 발가벗기면 그만이지."

　이탄이 손바닥을 슥슥 비볐다. 이탄은 이번 기회에 꽁꽁 싸인 베일을 하나씩 풀어헤쳐 볼 마음을 먹었다.

이탄이 코이오스 가문의 포로를 심문하여 알아낸 바에 따르면, 코이오스 가문은 태초에 존재했던 옛신을 숭배한다고 하였다.

그 신의 정체는 어둠과 혼돈의 신.

그리하여 코이오스의 잿빛 늑대족들은 스스로를 '어둠의 숭배자'라 자부하며, 사악한 제단을 쌓고 인신공양을 통해 혼돈의 신에게 제사를 지냈다.

또한 코이오스의 늑대족들은 혈관 속에 스파이럴 적혈구를 지닌 자들이었다.

이탄은 이 대목에서 펄쩍 뛰었다.

"스파이럴 적혈구라고? 그럼 피사노교와 관련이 있잖아."

피사노교의 혈족으로 인정받으려면 검은 드래곤의 피를 각성하는 의식을 통과해야 한다. 과거에 이탄도 밍니야를 통해서 피의 각성 의식을 거쳤다.

그런데 검은 드래곤의 피라는 것은 곧 스파이럴 적혈구를 의미했다.

"그럼 뭐야? 코이오스의 늑대 놈들이 피사노교와 같은 뿌리란 말이야?"

이탄이 고개를 갸웃했다.

이건 뭔가 이상했다.

이탄이 코이오스의 수뇌부 중 한 명인 루암 코이오스의 기억을 뒤져서 알아낸 바가 정확하다면, 코이오스 일족은 분명히 피사노교를 적으로 규정했다. 코이오스뿐 아니라 모든 어둠의 숭배자들이 태초의 마신 피사노를 증오하고 있었다.

 그런데도 코이오스 늑대족의 혈관 속에 흐르는 피는 분명 피사노교 혈족들의 피와 동일했다. 둘 다 스파이럴 적혈구를 특징으로 삼았다.

 "거참, 알 수가 없네."

 이탄은 머릿속이 잔뜩 헝클어졌다.

 코이오스에 이어서 디모스 가문도 골치가 아팠다.

 디모스 가문은 코이오스와 마찬가지로 어둠의 숭배자들이었다.

 다만 디모스 가문은 유령이라는 표현에 걸맞게 감춰진 바가 많았다. 이탄에게 포로로 잡힌 루암 코이오스도 디모스 가문에 대해서는 깊이 알지 못했다.

 그렇다고 하더라도 다음 세 가지는 확실했다.

 첫째, 디모스 일족도 혈관 속에 스파이럴 적혈구를 지녔다.

 둘째, 디모스 일족은 북명의 다른 가문들과 달리 수인족이 아니며, 생김새는 남명의 수도자들과 비슷하다.

셋째, 디모스 일족은 무슨 장갑 같은 것을 애타게 찾아 헤매는 중이다.

"설마?"

이탄은 디모스 가문의 세 번째 특징을 떠올리고는 자신의 손을 들어서 이리저리 돌려보았다.

이탄은 손에 아주 얇고 투명한 장갑을 착용 중이었다. 이 장갑은 이탄이 금강종주의 보고에서 획득한 법보로, 귀장갑(鬼掌匣)이라는 무시무시한 이름이 붙어 있었다.

"에이, 설마 아니겠지. 디모스 가문이 애타게 찾는다는 장갑이 이 귀장갑은 아닐 거야."

이탄은 고개를 절레절레 흔들었다.

디모스에 이어서 이탄이 눈여겨 봐야 할 또 다른 가문이 바로 루코른이었다.

흰곰 수인족들의 가문인 루코른도 코이오스나 디모스 못지않게 숨겨진 비밀이 많았다. 루코른은 달리 '집행하는 곰족'이라 불리는데, 그들에게 왜 이런 별명이 붙었는지는 루암 코이오스도 명확하게 알지 못했다.

다만 한 가지는 확실했다.

루코른 가문은 어둠의 숭배자가 아니었다.

이탄이 루암 코이오스의 기억을 뒤져서 캐낸 정보에 따르면, 코이오스 가문의 늑대족들은 '언젠가 루코른 놈들을

멸족시켜야 한다. 그 흰곰 놈들은 어둠과 혼돈의 신을 적대
하는, 죽어 마땅한 자들이다.' 라는 각오를 가슴에 품고 살
았다.

마지막으로 쿤룬.

이곳은 가문이 아니라 하나의 문파였다. 그런데 다음과
같은 질문에 대한 답이 전혀 알려져 있지 않았다.

'문파가 어떻게 구성되어 있지?'

'문파를 이끄는 문주는 누구지?'

'문파의 제자들은 총 몇 명이나 되지?'

'쿤룬의 본진이 어디에 위치해 있을까?'

'쿤룬은 과연 얼마나 강하지?'

세상에 이 질문에 대한 답을 할 수 있는 자는 거의 없었
다. 심지어 쿤룬은 설립 목적조차 불분명했다.

따지고 보면 디모스보다 더 짙은 베일에 싸인 곳이 쿤룬
이었다. 그래도 이탄은 쿤룬에 대해서 두 가지 사실을 파악
했다.

첫째, 쿤룬이 장의사, 혹은 무덤을 지키는 무덤지기들이
모여서 만든 문파라는 사실.

둘째, 쿤룬을 만든 자는 오래 전 이 땅을 떠난 이방인 신
이라는 사실.

이상 두 가지를 파악한 것만으로도 이탄은 동차원에서

쿤룬을 가장 많이 아는 외부인일지도 몰랐다.

이탄은 지금까지 모은 정보들을 정리하여 하나의 표로 만들었다.

명칭	형태	외모적 특징	적대관계	구분
코이오스	가문	잿빛 늑대 수인족	피사노교/ 마르쿠제 술탑/ 루코른 등	어둠의 숭배자 (스파이럴 적혈구 보유)
디모스	가문	유령체(외모는 남명인을 닮았음)		
쿤룬	문파	인간족 장의사		어둠의 숭배자가 아님
명칭	가문	흰곰 수인족	피사노교/ 어둠의 숭배자 등	

표의 내용은 위와 같았다.

"표를 보니까 더 확실해졌네. 코이오스 가문과 디모스 가문이 한 패거리였어. 그리고 쿤룬은 경우에 따라서 어둠의 숭배자와 한 패거리처럼 지내지만 사실 혼돈의 신을 믿지는 않지, 그들은 다른 신을 섬기고 있어. 그렇다면 우선 이쪽부터 손을 봐야겠구나."

이탄은 작성된 표를 내려다보면서 다음 타겟을 결정했다.

현재 하버마의 주요 세력들 가운데 가장 뚜렷하게 겉으로 드러난 곳은 코이오스 가문이었다.

반면 가장 종적을 찾기 힘든 세력은 쿤룬이었다.

"내가 본격적으로 이 지역을 손에 넣는다고 치자. 그럼 눈치 빠른 쿤룬 녀석들이 위기감을 느끼고는 잠적하듯 숨어버리겠지?"

이탄은 골치 아픈 사태를 군이 자초할 생각이 없었다. 그래서 이탄은 쿤룬을 최우선 타겟으로 삼았다.

Chapter 3

만약 이탄이 거대 쥐의 사념으로부터 확보한 정보가 없었더라면?

그럼 이탄도 쿤룬을 공략할 방법을 찾지 못했을 것이다. 쿤룬은 이탄이 신적 권능을 발휘한다고 하더라도 쉽게 발견할 수 있는 조직이 아니었다. 이 신비로운 무덤지기들은 심지어 신의 눈조차 피할 수 있는 괴상한 자들이었다.

게다가 쿤룬은 일반 문파와는 궤를 달리했다.

지금까지 쿤룬의 무덤지기들은 결코 한 자리에 모인 적이 없었다. 한 차원에 모여본 적도 없었다.

일반적으로 동차원의 문파는 특정 장소에 집합 건물을 짓고 그곳을 총단으로 삼는다.

한데 쿤룬에는 총단이라는 개념도 없었다.

쿤룬의 무덤지기들은 여러 차원에 뿔뿔이 흩어져 있으

며, 서로 연락도 주고받지 않았다. 쿤룬은 완벽한 점조직 형태라 동료들 사이에도 서로 누가 누구인지 몰랐다. 또한 쿤룬에는 뿔뿔이 흩어진 점조직을 하나로 통합할 만한 윗선도 없었다.

명령을 내릴 윗선이 없는데 어떻게 조직이 유지되느냐?

쿤룬의 무덤지기들은 타인으로부터 명령을 받지 않았다. 무덤지기로 각성한 바로 그 순간부터 그들은 사명감을 가지고 특정한 정보를 수집할 뿐이었다.

그렇게 여러 차원에 걸쳐서 무덤지기들이 모은 정보는 신비로운 권능에 의해서 한 곳으로 집결되었다.

이건 마치 실개천이 흐르고 흘러서 바다로 모이는 것과 같은 원리였다. 그리고 그렇게 모인 정보는 태초부터 준비된 거창한 계획(?)을 위해서 사용될 따름이었다.

이탄은 쿤룬이 작동하는 이 이해하기 힘든 방식을 의외로 쉽게 납득해 버렸다. 이미 이탄은 이와 유사한 경험을 가졌다.

"이거 참, 따지고 보면 쿤룬의 작동방식은 간씨 세가의 망령목이나 정보창 기능과도 흡사한 면이 있구나.?"

이탄이 무릎을 쳤다.

그 말이 옳았다. 간씨 세가의 선조들은 망령을 제조한 뒤, 그 망령들을 언노운 월드로 들여보냈다.

각각의 망령들이 언노운 월드에서 싸이킥 에너지를 채취하고 또 정보를 모으면, 그 에너지와 정보는 간씨 세가의 망령목으로 저절로 모였다.

어쩌면 이방인 신은 만든 쿤룬이라는 조직도 망령목과 비슷한 개념일지 몰랐다.

"내 예상이 맞을 거야. 쿤룬과 망령목은 비슷한 점이 있다고."

이탄은 팔짱을 끼고 손가락으로 턱을 조몰락거렸다.

그러다 이탄이 문득 고개를 갸우뚱 기울였다.

"그런데 이방인 신의 의도를 잘 모르겠네? 쿤룬을 통해 정보를 모은 다음, 그는 과연 무엇을 할 생각일까? 거 참."

이탄이 머리를 긁적였다.

거대 쥐의 사념도 이방인 신의 머릿속까지 들여다볼 수는 없었을 터, 이탄은 궁금한 것은 그냥 궁금한 채로 내버려 두었다.

지금 당장 이탄이 이방인 신의 계획을 안다고 해서 달라질 일도 없었다. 이탄이게 당장 급한 일은 쿤룬에 대한 처리였다.

제아무리 이탄이라고 할지라도 여러 차원에 뿔뿔이 흩어진 쿤룬의 무덤지기들을 동시에 몽땅 잡아들일 방법은 없었다.

하지만 북명에서 암약 중인 무덤지기들을 일거에 소탕하는 것은 가능해 보였다.

"우후훗. 우선 첫 단추부터 잘 꿰어야지. 북명에서 활동 중인 무덤지기들부터 치워버리겠어."

이탄이 손으로 입을 가리고 음흉하게 웃었다.

사실 북명에서 활동 중인 모든 무덤지기들을 소탕하는 것은 결코 쉬운 일이 아니었다.

이탄이 운 좋게 무덤지기 한 명을 잡았다고 치자.

이탄이 그 무덤지기를 아무리 고문하고 뇌를 탐색해도 동료 무덤지기들에 대한 정보를 얻을 수는 없으리라. 쿤룬이라는 문파는 윗선도 없고 체계도 없이 100퍼센트 뿔뿔이 흩어져 있는 점조직이니까.

그런데도 이탄은 북명 지역에 한해서는 무덤지기들의 일거 소탕을 자신했다. 헤아릴 수 없이 긴 세월 동안 거대 쥐의 사념이 수집한 정보 덕분이었다. 이탄은 이 정보를 바탕으로 북명에서 활동 중인 모든 무덤지기들의 명단을 작성해 놓았다.

다만 쿤룬의 무덤지기들이 워낙 눈치가 빠르니까 처음에는 다른 곳을 공격하는 척 페인트 모션을 취할 필요가 있었다.

"여기가 딱이네. 우선은 이들을 공격하는 척해야겠어."

이탄은 무덤지기들을 속이기 위한 방법으로 디모스 가문을 선택했다.

상고시대 거대 쥐의 사념은 놀랍게도 북명 일대를 넘어서 혼명이나 남명 지역까지도 탐색 범위로 두었었다.

그 결과 거대 쥐의 사념 속에는 쿤룬의 무덤지기들뿐 아니라 다른 유용한 정보들도 많았다.

이탄은 거대 쥐가 가진 파편과도 같은 정보들을 알아보기 쉽게 재분류를 해놓았는데, 이 가운데는 디모스 가문에 대한 극비정보도 포함되었다.

디모스는 반은 인간, 반은 유령인 자들이었다. 그들은 낮에는 유령처럼 형체를 잃고, 밤이 되면 인간의 몸으로 돌아오곤 했다.

북명 지역에서 디모스가 유령 일족이라고 불리는 것도 바로 이러한 독특한 신체적 특성 때문이었다.

다음 날 아침.

"디모스 일족들을 잡아야겠다. 다들 준비태세를 갖춰라."

이탄이 북명 원정대에 출전 명령을 내렸다.

"위대하신 신인의 명을 받들겠나이다."

원정대에 소속된 사도와 교도들은 즉각 전투를 준비했다.

브라세 가문도 울며 겨자 먹기로 병력을 보냈다. 보쿠제

가주는 전투에 특화된 투계족 술법사 100명을 선발하여 이탄에게 지휘권을 넘겼다.

그리사드 가문도 이탄의 명을 거역하지 못했다. 화목란 가모가 키운 특수사냥꾼 부대가 이탄의 원정대에 합류했다. 특수부대에 소속된 그리사드 사냥꾼들의 숫자도 브라세 가문과 마찬가지로 딱 100명이었다.

아마도 보쿠제와 화목란은 서로 의논하여 병력의 규모를 맞춘 것 같았다. 이탄은 이런 수작들을 눈치채고도 그냥 눈감아 주었다.

반면 칼만의 젊은 가주 쇼도는 좀 더 적극적이었다. 쇼도는 300명으로 이루어진 악어족 전사들을 전쟁에 투입했다. 거기에 더해서 쇼도는 인간족 소녀 묵경도 이탄에게 함께 보내주었다.

쇼도가 묵경을 보낸 이유는 간단했다. 이탄이 그에게 묵경을 거둘 뜻을 내비쳤기 때문이었다.

Chapter 4

단 하루 만에 쿠미(이탄)의 깃발 아래 604명의 병력이 집결했다.

피사노교의 북명 원정대 100명 (사도 5명, 교도 95명).

피사노교에 포로로 잡힌 동차원의 수도자 3명 (시곤, 봉룡, 죽룡)

브라세 가문의 투계족 술법사 100명.

그리사드 가문의 오소리족 특수사냥꾼 100명.

칼만 가문의 악어족 전사 300명.

인간족 소녀 묵경.

이상 604명에 이탄까지 더하면 총 605명이 구성되었다.

간씨 세가 세상에서 600명이면 제법 규모 있는 부대로 취급되었다.

언노운 월드나 동차원은 달랐다. 이곳 차원들은 간씨 세가의 세상과는 비교도 되지 않을 정도로 드넓었다. 인구수도 어마어마하게 많았다.

따라서 이곳에서 605명이면 정말 소규모였다. 이 정도면 전쟁을 위한 병력이라기보다는 정찰대, 혹은 특수 공작을 위한 별동대 수준에 불과했다. 이탄은 딱 이 정도 인원만 이끌고 북명의 깊은 암석 계곡으로 공간이동할 요량이었다. 험준하기 이를 데 없는 암석 계곡 안에 디모스 가문이 웅크리고 있는 까닭이었다.

공간이동을 위한 상세 좌표는 이탄이 일러주었다.

그곳으로 이동하기 위한 마법진은 피사노교의 사도와 교

도들이 힘을 합쳐서 설치했다.

마법진이 완성되자 5명의 사도들이 진법 안에 마나를 불어넣어 가동시켰다. 마법진 주변으로 번쩍번쩍 전하가 휘몰아쳤다.

이탄이 앞장섰다.

"가자."

이탄은 가면을 쓰고 사령마를 몰아서 마법진 안으로 진입했다.

"신인의 명을 받들겠나이다."

이탄의 뒤를 이어서 피사노교의 원정대가 줄줄이 진군했다.

브라세, 그리사드, 칼만으로 이어지는 슭의 수인족 병력들도 차례로 마법진에 발을 디뎠다.

묵경과 시곤, 붕룡, 그리고 죽룡은 피사노 교도들과 함께 움직였다. 물론 자의에 의한 이동은 아니었다.

'제기랄. 우리를 이디로 끌고 가는 거야?'

붕룡은 시뻘건 눈으로 피사노 교도들을 노려보았다. 특히 붕룡의 눈이 가장 많이 노려본 곳은 이탄의 등짝이었다.

죽룡도 붕룡과 같은 심정이었다. 죽룡은 시곤을 등에 업은 채 이탄을 찢어 죽일 듯이 응시했다.

3명의 포로 가운데 오직 시곤만이 정신이 가물가물하여

이탄을 노려보지 못했다. 만약 시곤이 정신을 잃지 않았다면 그 또한 이탄을 향한 증오를 불태웠을 것이다.

남명의 포로들이 이탄에게 적개심을 품는 것은 너무나도 당연한 일이었다. 붕룡 등은 피사노교의 쿠미 신인이 이탄과 동일인일 것이라고는 상상도 하지 못했다. 그들에게 이탄은 믿음직스러운 후배 수도자였다. 그들에게 쿠미는 날벼락을 맞아 뒈져야 할 흉악한 마두 그 자체였다.

부글부글 끓는 속마음과 달리 막상 붕룡과 죽룡은 감히 피사노교로부터 벗어나려는 시도를 하지는 못하였다.

붕룡과 죽룡은 여기가 서차원(언노운 월드)이 아니라 동차원이라는 사실을 알고 있었다. 비록 고향에 돌아온 셈이라 하더라도 그들이 도망치기란 쉽지 않았다. 주변에 감시하는 눈이 많을뿐더러, 지금 3명의 포로 모두 법력이 억압당한 상태였다.

'술법을 쓰지 못하니 답답하구나. 현 상황에서 무리하게 도주를 시도해봤자 괜한 개죽음만 당할 뿐이야. 죽룡, 우리 조금만 더 참으세.'

붕룡이 죽룡에게 자중하라는 의미의 눈짓을 보냈다.

죽룡도 눈빛으로 마주 대답했다.

'자중하고말고. 꾹 참다 보면 분명히 우리에게도 살아날 기회가 올 거야. 이곳은 서차원이 아니라 우리의 고향인 동

차원이 아니던가.'

'맞아. 저 지독한 지하감옥을 벗어난 것만 해도 어디인가. 그곳을 벗어나 동차원으로 돌아오다니, 하늘이 우리를 도우심이야.'

남명 출신의 두 수도자는 은밀하게 눈빛을 주고받았다.

그 즉시 뒤에서 둔기가 날아왔다.

빠악! 빡!

연달아 터진 둔탁한 소리와 함께 붕룡과 죽룡의 눈앞에서는 불똥이 튀었다.

"크헉."

"이런 썅."

붕룡과 죽룡은 수갑을 찬 손으로 자신들의 뒤통수를 감싸며 새우처럼 몸을 앞으로 숙였다. 뒤통수가 깨질 듯이 아파 왔다.

붕룡이 힐끗 뒤를 돌아보았다.

굵은 창대로 붕룡과 죽룡의 뒤통수를 냅다 후려갈긴 놈은 피사노교의 교도들 가운데 한 명이었다.

"이 더러운 포로 놈들이 뭔 눈짓을 주고받아? 엉? 죽고 싶어?"

창을 휘두른 교도가 허리에 손을 척 얹고 붕룡 등에게 눈을 부라렸다.

주변의 다른 교도들은 붕룡과 죽룡을 보면서 킬킬거렸다.

"크크크큭. 네놈들, 여기가 동차원이라 탈출할 마음이 들었나 보지? 혹시 기회를 엿보느라 눈짓을 주고받은 거냐?"

"야야야, 괜한 헛수고 하지 마라. 네놈들이 설령 탈출한다고 치자. 그래 봤자 너희들이 무사할 성싶으냐?"

"암. 절대로 무사할 수 없지. 너희들은 이미 우리 피사노교의 약에 중독되었거든. 우리가 제공하는 약을 하루라도 복용하지 않으면 네놈들의 내장이 줄줄이 녹아 흐를 거다. 키킥킥킥."

그 소리에 붕룡과 죽룡이 두 눈을 부릅떴다.

원래 붕룡과 죽룡은 언노운 월드의 언어를 몰랐었다. 그런데 피사노교의 감옥에 오래 갇혀 지내다 보니 두 사람 모두 자연스럽게 언노운 월드의 언어가 들리기 시작했다.

물론 붕룡과 죽룡이 언노운 월드의 말을 자유롭게 구사할 수 있는 것은 아니었다. 두 사람 모두 듣기 실력만 늘었을 뿐이었다.

지금도 붕룡과 죽룡은 피사노교의 교도들이 비웃는 말을 대부분 알아들었다.

'뭣이? 우리에게 약을 중독시켰다고?'

'크으윽, 빌어먹을. 내 이럴 줄 알았지. 오염된 신의 자식들이 우리를 그냥 내버려 뒀을 리 없어.'

붕룡과 죽룡의 얼굴은 썩은 돼지 간처럼 색이 변했다.

피사노교의 교도들은 얼굴색이 변한 포로들을 창끝으로 떠밀다시피 하면서 공간이동 마법진 안으로 집어넣었다.

후오옹!

밝은 빛이 마법진을 가득 채웠다. 붕룡과 죽룡, 시곤 등은 마법의 힘에 이끌려 암석 계곡으로 순간이동 했다.

Chapter 5

북명 원정대가 공간을 뛰어넘어 도착한 곳은 울퉁불퉁한 암석이 가득한 계곡 중간쯤이었다.

'여기가 어디지?'

원정대원들은 도착과 동시에 주변 지형부터 살폈다.

이 지역은 경사가 극도로 급해서 계곡이라기보다는 가파른 절벽에 가까웠다. 그런 절벽이 사방을 막고 있다 보니 원정대원들은 좁은 우물 속에 갇힌 듯한 느낌을 받았다. 절벽 위쪽으로 칙칙한 하늘이 조그맣게 보였다.

원정대원들은 시선을 내려서 계곡 밑바닥을 살펴보았다.

북명 원정대가 도착한 곳은 절벽 중간에 형성된 좁은 평지였다. 그 아래를 내려다보니 아찔한 절벽이 계속해서 이어졌다. 밑바닥은 가늠조차 되지 않았다.

　가파른 절벽 아래쪽에서 휘이잉— 휘이이잉— 바람 부는 소리가 울렸다. 그 소리가 마치 유령이 손짓하는 소리처럼 느껴졌다. 왠지 모를 음산함이 북명 원정대를 사로잡았다. 대원들의 팔뚝엔 오소소 소름이 돋았다.

　반면 이탄의 사령마는 이곳의 음침한 분위기가 마음에 든 모양이었다. 사령마가 푸르릉 콧소리를 내더니 절벽 아래쪽으로 휙 뛰어내렸다.

　"악! 신인님."

　사도들이 깜짝 놀라서 지켜보는 가운데, 이탄을 태운 사령마는 마치 산양이 가파른 절벽을 타고 내려가는 것처럼 양쪽 절벽 사이를 지그재그로 오가며 아래로 향했다.

　"우리도 신인님의 뒤를 따른다."

　싸쿤이 곧바로 몸을 날렸다. 싸쿤은 푸짐한 몸집과 달리 무척 민첩하게 움직이며 이탄을 뒤따랐다.

　싸쿤에 이어서 푸엉과 밍니야도 망설임 없이 절벽 아래로 몸을 던졌다. 밍니야는 이탄의 뜻을 받들어 린을 등에 꽉 묶었다.

　"쳇. 다들 성격도 급하군."

힐다가 눈을 깊게 찌푸렸다. 솔직히 힐다는 자신이 북명 원정대에 차출된 점이 마음에 들지 않았다.

하지만 신인 앞에서 이런 내색을 할 수는 없는 법. 결국 힐다는 한숨을 한 번 내쉰 다음, 절벽 아래로 몸을 날렸다.

사도들이 앞장서자 95명의 교도들도 각자의 방법으로 절벽을 내려갔다. 그중 몇몇 교도들은 붕룡과 죽룡도 끌고 갔다.

브라세 가문의 투계족들은 화를 치듯 날개를 퍼덕여 하강했다.

그리사드 가문의 사냥꾼들도 암석 절벽을 타는 데에 거리낌이 없었다.

그에 비해 칼만의 악어족들은 이런 환경이 익숙하지 않았다. 하지만 결국 악어족 전사들도 용기를 내어 절벽을 기어 내려가기 시작했다.

이탄을 태운 사령마가 펄쩍 펄쩍 뛰면서 절벽을 20분쯤 내려갔을 때였다.

스아아악—.

음습한 소리와 함께 희끄무레한 것들이 나타나 이탄을 스쳐 지나갔다.

이 희끄무레한 존재들의 정체는 다름 아닌 디모스의 유령 일족.

유령들은 눈, 코, 입이 뭉개져서 경계가 불분명했다. 그저 얼굴 전체가 희끄무레하고 흐릿한 느낌이었다.

유령 일족은 팔다리도 이상했다. 물론 이들도 인간처럼 두 팔이 똑똑히 붙어 있었다. 반면 다리 부분은 제대로 형체를 분간하기 어려울 정도로 흐릿했다.

유령 일족들은 괴상한 소리로 울부짖으면서 이탄의 주변을 빠르게 맴돌았다.

[사아아아아.]

[스사아아아아.]

유령들이 발산하는 뇌파가 이탄의 정신을 허물어뜨릴 듯이 공격했다.

이탄은 눈썹 하나 까딱하지 않았다.

"환영을 해주러 나왔느냐?"

이탄은 호쾌한 한 마디와 함께 오른손을 수평으로 쓸었다.

후웅!

이탄의 오른손이 녹색 빛을 내뿜는가 싶더니, 그 손이 수십 미터 크기로 부풀어 올랐다.

이것은 고스트 핸드(Ghost Hand: 유령의 손).

피사노교의 사도들이 즐겨 사용하는 흑마법이 펼쳐졌다.

[끼약!]

[컉!]

이탄의 주변을 맴돌던 유령들은 녹색의 반투명한 고스트 핸드에 얻어맞아 멀리 튕겨 나갔다.

이탄은 오른손에 한 번 더 힘을 주었다. 그러자 두 번째 고스트 핸드가 등장하여 주변에 거치적거리는 유령들을 붙잡았다.

유령들이 괴성을 지르면서 커다란 고스트 핸드를 피해 다녔다.

디모스 일족은 낮에는 유령의 몸을 가지되, 밤이 되면 인간으로 돌아오는 특수한 종족이었다. 따라서 디모스 일족은 낮 동안에는 모든 물리적인 공격에 영향을 받지 않는 이뮨(Immune: 면제, 면역)이었다.

하지만 이것은 디모스 일족을 물리적인 수단으로는 포획할 수 없다는 의미일 뿐이었다. 유령들이 고스트 핸드와 같은 흑마법까지 회피할 수 있는 것은 아니었다.

수십 미터나 되는 고스트 핸드 한 쌍이 서로 협동하여 파리를 붙잡듯이 주변을 휩쓸었다.

[스아아아악!]

디모스의 유령 일족들은 크게 당황했다. 몇몇 불운한 유령들은 2개의 고스트 핸드 사이에 끼어서 그대로 폭발했다.

펑! 펑! 펑!

요란하게 몸이 터진 유령들은 얼마 후 되살아났다.

대신 몸이 한번 폭발했던 유령들은 당분간 정신을 차리지 못하고 끈 떨어진 연처럼 빈 허공을 뱅글뱅글 맴돌았다.

한 쌍의 고스트 핸드로 유령들을 쫓아낸 다음, 이탄은 느긋하게 사령마를 몰아서 점점 더 깊은 계곡으로 내려갔다.

한편 싸쿤과 푸엉, 밍니야 등도 이탄을 흉내 내었다. 피사노교의 사도들은 고스트 핸드로 유령들을 물리치면서 절벽을 타고 내려왔다.

다만 사도들이 소환한 고스트 핸드는 이탄의 것처럼 크지 않았다. 당연히 고스트 핸드의 위력도 떨어졌다.

피사노교의 교도들은 사도들보다도 더 미약한 고스트 핸드로 유령들을 물리치면서 조심조심 뒤를 따랐다.

브라세의 투계족들은 피사노교와 다른 방법을 사용했다.

꼭끼오~.

우렁찬 계명성이 터졌다. 투계족들의 머리에 매달린 빨간 벼슬이 잔뜩 부풀었다.

그 즉시 투계족 술법사들의 몸 주변에 술법으로 이루어진 투명한 막이 형성되었다.

디모스 가문의 유령들은 이 투명한 막을 뚫지 못했다. 그저 바깥쪽에서만 막을 긁으면서 아우성을 칠뿐이었다.

그리사드의 사냥꾼들은 어깨에 두른 가죽을 활짝 펼쳐서 등 뒤에 망토처럼 둘렀다. 가죽 망토가 푸르스름한 기운을 토했다.

희한하게도 유령들은 가죽 근처에는 접근도 하지 못했다.

Chapter 6

칼만의 악어족들은 또 다른 참신한 방법을 사용했다. 악어족들은 위아래로 동시에 여닫는 눈꺼풀을 움직여 시야를 차단했다. 청각도 꽉 틀어막았다. 악어족 전사들은 콧구멍도 바짝 좁혀서 숨을 쉬지 않았다.

그렇게 외부와의 통로를 완전히 차단하자 유령들도 칼만의 악어족들을 공략할 방법을 찾지 못했다. 디모스의 유령들은 적의 정신을 공격하는 데는 능하지만, 물리적 공격을 퍼부을 수는 없었다.

칼만의 전사들은 바로 이 점을 이용하여 모든 오감을 차단한 채 절벽을 타고 꾸준히 기어 내려갔다.

원정대원들과 늪의 수인족 술법사들이 각자의 방법으로 절벽을 내려오는 동안, 이탄은 점점 더 빠른 속도로 하강했다. 이탄이 절벽 깊숙이 내려오면 올수록 점점 더 많은 유령들이 나타났다.

'흥. 그래 봤자 하찮은 유령들일 뿐이지.'

이탄은 고스트 핸드를 2개 더 만들었다.

총 4개의 녹색 손이 이탄의 주변을 빙글빙글 맴돌면서 희끄무레한 유령들이 이탄에게 접근하는 것을 차단했다.

그때였다. 이탄의 발밑에서 고래처럼 거대한 유령이 솟구쳤다.

고래를 닮은 유령도 형체가 흐릿한 것은 다른 유령들과 동일했다. 대신 이 유령은 덩치가 어마어마하게 크고 외형이 인간보다는 고래에 더 가까웠다.

[쿠워웍.]

그 큰 유령이 이탄을 한 입에 집어삼킬 듯 아가리를 쩍 벌렸다.

이탄은 손가락을 빙글 돌려 고래를 닮은 유령을 지목했다.

그러자 이탄의 등에서 뿔 같은 쭉 돋아나더니, 그것이 뚝 떨어져 나와 불멸의 리치 아나테마가 되었다.

[끼요오오옵.]

아나테마는 등장과 동시에 괴상한 소리를 한 번 내질렀다. 그런 다음 아나테마는 한 손으로 본 사이드를 꽉 움켜쥐고는 다른 손으로 마법진을 그렸다.

이것은 속박마법진.

좀 더 정확히는 '사역마 종속 법체대진법'이라는 긴 이름을 가진 고대의 마법진이 아나테마에 의해서 구현되었다.

고대 악마사원의 사도들이 부정 차원의 악마종을 포획하기 위해 고안해낸 이 마법진은 악마, 유령, 악령과 같은 존재들을 상대하기에 최적화된 수법이었다.

과거에 이탄도 아나테마에게 배운 속박마법진으로 절망과 비탄과 통곡의 악마종 화이트니스를 생포했었다.

당시 이탄은 마법에 젬병이었다.

솔직히 이탄은 체술이나 술법 분야에는 세상에 둘도 없는 천재 중의 천재였으나 이상하게도 마법만큼은 잘되지 않았다.

그렇게 마법 둔재인 이탄도 속박마법진으로 화이트니스를 생포하는 데 성공했을 만큼 속박마법진의 위력은 뛰어났다.

하물며 지금 속박마법진을 펼친 장본인은 다름 아닌 아나테마였다.

아나테마는 고대 악마사원의 역사를 통틀어서 몇 손가락 안에 꼽히는 대천재였다. 그런 대천재가 구현해낸 속박마법진이니만큼 당연히 이탄이 과거에 펼쳤던 속박마법진보다 훨씬 더 정교하고 위력적이었다.

촤촤촤촹!

하늘에서 노란 빛이 연달아 떨어졌다. 그 노란 빛이 고래를 닮은 유령의 머리에 낙인을 찍듯이 틀어박혔다. 노란 빛한 가닥 한 가닥이 포승줄이 되어 덩치 큰 유령을 꽁꽁 옭아매었다.

[쿠우워어어—.]

고래 유령은 힘으로 포승줄을 끊으려는 듯 몸부림쳤다. 마구 날뛰었다.

그래 봤자 소용없었다. 아나테마의 속박마법진이 노란빛을 연달아 쏘아서 고래 유령을 칭칭 휘감았다.

그렇게 포승줄이 중첩되면 될수록 고래 유령은 빠르게 지쳐 갔다.

이탄은 아나테마에게 고래 유령을 떠넘긴 뒤, 빠르게 하강했다.

"생각보다 훨씬 더 깊네."

이탄이 낮게 투덜거렸다.

그로부터 얼마 후, 마침내 이탄이 절벽 밑바닥에 도착했다. 그곳에는 온갖 형태의 유령들이 대기 중이었다.

어떤 유령은 하얀 솜뭉치를 닮아 있었다. 또 다른 유령들은 웃자란 대나무처럼 체형이 길쭉했다. 대부분의 유령들은 인간족과 비슷한 형태였다.

이처럼 생김새는 제각각이었으나 한 가지 공통점이 엿보였다. 절벽 밑바닥에 모인 모든 유령들은 모두 다 이탄에게 적의를 품고 있다는 점이었다.

이탄은 헤아릴 수 없이 많은 유령들을 둘러본 다음, 눈을 찌푸렸다.

"여기에는 없네. 계곡 안쪽에라도 숨어 있나?"

이탄이 실망감을 감추지 못했다. 오늘 이탄이 진짜로 노리는 목표는 디모스 가문의 유령들이 아니었다. 이탄은 유령 일족을 공격하는 척하면서 사실은 쿤룬의 무덤지기들을 목표로 삼았다.

이탄은 무덤지기들 가운데 일부가 디모스 가문에 숨어들었다는 사실을 알아내었다. 이는 이탄이 상고시대 거대 쥐의 사념을 통해서 파악한 사실이었다.

이탄은 자신의 진짜 목적을 숨긴 채 뇌파를 터뜨렸다.

[나는 피사노교의 쿠미다.]

이탄은 언노운 월드의 언어로 이야기하였기에 유령들 가운데 상당수는 이탄이 지금 무슨 말을 하는지 알아듣지 못했다.

단, 디모스 가문의 지도자급 유령들은 이탄의 뇌파를 정확히 듣고는 주변에 통역을 해주었다.

유령들은 피사노교라는 단어에 움찔했다.

이탄이 위엄 있게 뇌파를 내뱉었다.

[나는 오늘 너희 디모스 가문을 무릎 꿇려 동차원 정벌의 주춧돌로 삼으려 한다. 디모스의 가주는 어디에 있느냐? 당장 내 앞에 나와서 나를 맞으라.]

이탄의 이야기는 오만하기 이를 데 없었다.

[키야아아악!]

[저놈을 찢어 죽여랏.]

유령들이 일제히 들고 일어나 이탄을 덮쳤다.

유령들은 물리적인 실체가 없는 존재였다. 물리적 존재들은 좁은 계곡 안에 겹쳐 있기 불가능하지만, 유령들은 공간적으로 얼마든지 겹치는 것이 가능했다. 겹겹이 몸을 중첩한 유령들은 그에 비례하는 파워를 낼 수 있었다.

디모스의 유령들이 넓은 평야에서 싸우면 그리 큰 힘을 발휘하기 힘들지만, 이처럼 좁은 계곡 밑바닥에서는 이야기가 달랐다.

이곳 밑바닥에서 싸우는 한, 유령 일족은 하버마의 다른 세력들이 몽땅 쳐들어온다고 하더라도 승리를 자신했다.

Chapter 7

쏴아아아ㅡ.

길고 좁은 절벽 밑바닥에 가득 차있던 유령들이 한순간에 이탄에게 밀려들면서 서로 몸을 겹치고 또 겹쳤다. 중첩하고 또 중첩했다.

대나무처럼 길쭉한 유령 위로 인간을 닮은 유령이 몸을 겹쳤다. 다시 그 위로 표범을 연상시키는 유령이 더해졌다. 이렇게 수도 없이 겹쳐진 유령 군단이 폭풍처럼 이탄을 쓸어버렸다.

중첩된 거력 앞에서는 사령마도 버티지 못하고 찢겨나갈 판국이었다.

딱!

이탄은 손가락을 튕겨서 사령마를 다시 아공간으로 돌려보냈다. 그런 다음 이탄은 맨몸으로 수천만, 수억 명의 유령들을 맞았다.

헤아릴 수 없이 많은 숫자의 유령들이 몸을 겹쳐서 이탄을 공격하는 것은 엄연한 사실이었다.

하지만 이탄의 피부와 근육, 뼈에도 중첩되고 또 중첩된 겹코팅층이 존재하는 것 또한 엄연한 현실이었다.

금강체의 술법으로 미친 듯이 강화한 이탄의 몸뚱어리는

물리적 실체가 없는 유령들조차 파고들지 못할 만큼 빡빡
했다.

퍼엉! 펑! 퍼퍼펑! 펑펑!

이탄과 충돌한 유령들이 우르르 튕겨 나갔다.

물론 유령들은 물리적 존재가 아니기에 이탄과 충돌해도
100배의 반탄력을 적용받지는 않았다.

설령 그렇다손 치더라도 유령들이 받은 정신적 충격은
엄연히 존재했다. 멀찍이 튕겨난 유령들은 벙벙한 표정으
로 이탄을 바라보았다.

[이게 무슨?]

[이런 미친?]

와르르 흩어졌던 유령들이 다시금 몸을 하나로 겹쳤다.
수도 없이 중첩된 유령들이 일거에 이탄을 향해 몰아쳤다.

뻐엉! 뺑! 뺑! 뺑!

이번에는 더 요란한 폭음이 터졌다. 디모스의 유령들은
우당탕탕 고꾸라지고 넘어지면서 저 먼 곳까지 날아갔다.

그 바람에 이탄을 중심으로 텅 빈 공간이 발생했다. 원래
는 희끄무레한 유령들로 가득 차 있던 장소가 순간적으로
텅 비게 되었다.

이탄은 텅 빈 바닥에서 조그만 구멍 하나를 발견했다. 사
람 한 명이 겨우 들어갈 만한 크기의 구멍 안쪽에서는 으스

스한 기운이 물씬 풍기는 중이었다.

"이 구멍이 바로 디모스 가문의 중심부로 통하는 통로구나."

이탄이 검푸른 연기로 흩어졌다. 그 연기가 유령들이 다시 몰려들기 전에 구멍 속으로 쏙 빨려 들어갔다.

[안 돼.]

[저 인간족이 성지로 향한다. 어서 놈을 막아랏.]

디모스의 유령들이 당황했다. 유령들은 와르르 날아들더니 이탄을 뒤쫓아 조그만 구멍 속으로 속속 들어갔다.

깊은 구멍 속에서 이탄의 뇌파가 크게 울렸다.

[북명 원정대여, 절벽 밑바닥의 유령 놈들을 쓸어버려라. 놈들에게 피사노교의 무서움을 알려주어라.]

이탄의 뇌파는 피사노교의 병력들뿐 아니라 숲의 수인족들 뇌리에도 함께 울렸다.

가장 먼저 밑바닥에 도착한 사람은 싸쿤이었다. 두꺼비처럼 생긴 싸쿤은 계곡 바닥에 내려서자마자 악마종을 소환하여 디모스 가문의 유령들을 상대했다.

이어서 푸엉이 싸쿤 곁에 도착했다. 푸엉은 육중한 프레일을 풍차처럼 휘두르면서 절벽 양쪽을 텅! 텅! 무너뜨렸다.

밍니야는 마나 드레인(Mana Drain: 마나 고갈)을 변형한 에너지 드레인을 펼쳤다.

유령들은 물리적 실체가 없기에 오히려 에너지에 대한 의존도가 더 높았다.

그런데 밍니야가 주변 에너지를 마구 고갈시키자 유령들의 존재 자체가 위협을 받았다. 흐릿하던 유령들이 순간순간 다시 인간족의 모습으로 돌아오곤 했다.

피사노교의 교도들은 에너지 드레인에 걸려서 사람으로 돌아온 유령들을 집중적으로 공격했다.

힐다도 최선을 다했다.

힐다는 부정 차원의 여악마종과 결합한 이후로 새로운 지식에 눈을 뜬 상태였다. 그 지식들 가운데는 유령형 악마종을 상대하는 방법도 당연히 포함되었다.

힐다가 선택한 흑마법은 밍니야와 마찬가지로 에너지 드레인이었다. 다만 힐다는 거기에 더해서 속박마법과 소멸마법도 적절히 병행했다.

3개의 흑마법 조합이 디모스의 유령족들을 괴롭혔다. 유령들은 감히 힐다의 근처에도 접근하지 못하고 피해 다니기에 급급했다.

그즈음 숲의 수인족들도 전투에 합류했다.

꼭끼오~.

브라세의 투계족 술법사들이 붉은 벼슬을 부르르 떨면서

계명성, 즉 음파를 쏘았다. 붉은 벼슬이 가진 특수한 힘이 음파에 깃들었다.

디모스의 유령들은 투계족의 음파 공격을 버티지 못하고 퍽퍽 터져나갔다.

브라세에 이어서 그리사드의 사냥꾼들이 절벽 밑바닥에 도착했다. 사냥꾼들은 유령들과 많이 싸워보기라도 한 것처럼 능숙하게 사냥을 시작했다.

원래 그리사드의 사냥꾼들은 크로스 보우로 적들을 원거리에서 공격한 다음, 손등에 착용한 송곳으로 마무리를 짓는 방식을 즐겨 사용했다.

그런데 유령을 상대할 때는 사냥방법이 달라졌다. 그리사드의 사냥꾼들은 어깨에 두른 가죽으로 유령들을 덮어씌운 다음, 하나하나 목을 졸라 죽이는 방식을 택했다.

이러한 방식은 적을 제거하는 속도는 느렸으나 효과는 좋았다. 이상하게도 유령들은 푸른빛이 감도는 가죽을 접할 때마다 기겁을 하며 뒤로 물러섰다.

마지막으로 칼만의 악어족들도 전투에 뛰어들었다. 300명이나 되는 악어족 전사들은 눈과 코, 귀와 입을 꽉 막은 채로 금빛 갈고리를 휘둘렀다.

칼만의 악어족 전사들은 평소에도 시각과 청각, 후각을 차단한 상태에서 전투하는 훈련을 받아왔다. 따라서 전사들은 감각이 없는 상태에서도 육감만 가지고 디모스의 유령들과 능숙하게 싸웠다.

게다가 악어족 전사들의 금빛 갈고리에는 투계족의 벼슬과 마찬가지로 영혼을 파괴하는 힘이 담겼다.

디모스의 유령족들은 금빛 갈고리를 피하느라 바빴다.

이처럼 피사노교의 북명 원정대와 수인족 연합군은 디모스의 유령족을 상대로 월등한 기량을 선보였다.

그렇다고 해서 북명 원정대가 승기를 잡았느냐?

이건 또 아니었다.

북명 원정대는 고작 600여 명에 불과했다. 이 정도 소규모 병력으로 무수히 많은 유령들을 상대하기란 쉽지 않았다.

Chapter 8

유령들은 쓰러뜨리고 또 쓰러뜨려도 다시 나타나 북명 원정대에게 달려들었다.

싸쿤이 불평을 했다.

"제기랄. 지독히도 많구나."

"맞아. 정말 지독해. 허허헉."

푸엉은 숨을 몰아쉬면서 대꾸했다.

밍니야의 이마에서도 구슬땀이 뚝뚝 흘렀다.

그나마 힐다는 비교적 안색이 편안했다. 힐다는 초마의 식을 통과하면서 한 단계 무력이 도약했을 뿐 아니라 유령을 상대하는 요령도 뛰어났다.

그런 힐다조차도 무한정 쏟아지는 유령들의 숫자에는 기가 질렸다.

늙의 수인족들도 처음에는 자신만만하게 유령족들을 몰아붙였으나 어마어마한 숫자의 유령들이 쏟아져 나오자 서서히 진이 빠졌다.

그래도 이들의 사정은 나은 편이었다. 이 자리에서 가장 죽겠는 사람은 다름 아닌 붕룡과 죽룡, 린, 그리고 묵경이었다.

붕룡과 죽룡은 법력이 제압을 당해 술법을 펼치지 못하는 상태였다. 다시 말해서 이들은 손발이 꽁꽁 묶인 채 전쟁터에 내팽개쳐진 셈이었다.

시곤은 아예 정신을 잃은 터라 아무런 보탬이 되지 않았다. 시곤은 오히려 죽룡에게 짐만 될 따름이었다.

묵경도 디모스 가문의 유령족을 상대로 제 한 몸 지킬 실력이 못 되었다.

린의 경우가 그나마 나았다. 하지만 린도 미래를 읽는 신탁사도이지 전쟁터에 직접 뛰어들어서 싸우는 호교사도는 아니었다.

다행히 이탄은 묵경과 린, 붕룡, 죽령, 그리고 시곤을 위해서 아나테마에게 특별한 부탁을 해놓았다.

아나테마는 이탄의 부탁을 받아 이들 5명을 집중적으로 지켜주었다.

서걱! 서걱! 서걱!

온몸이 뼈로 이루어진 불멸의 리치 아나테마가 본 사이드를 휘두를 때마다 공간이 마구 잘려나갔다.

그렇게 썽둥 잘린 공간의 틈새로부터 음차원의 에너지가 휘몰아쳤다.

이 음험한 에너지는 뱀이 쥐를 낚아채는 것처럼 유령들을 단숨에 휘감은 다음, 공간의 균열 속으로 끌고 들어갔다.

한 번 균열로 빨려 들어간 유령은 다시는 되돌아오지 못했다.

[쿠우우우.]

디모스의 유령들은 감히 아나테마의 근처로는 접근할 엄두도 내지 못했다. 덕분에 린, 묵경, 그리고 세 포로들의 안전도 저절로 확보되었다.

'엄청 강하구나. 제기랄. 오염된 신의 자식들 가운데 이

런 악마가 있었다니.'

'도대체 이 해골 마법사는 뭐란 말인가?'

붕룡과 죽룡은 아나테마의 뒷모습을 바라보면서 심정이 복잡해졌다. 그들이 보기에 아나테마는 신인에 버금갈 만큼 막강했다.

북명 원정대가 무려 수억 명이 넘는 유령 군단을 상대로 고군분투를 벌이는 동안, 이탄은 좁은 구멍을 지나 디모스 가문의 근원지로 향했다.

이탄의 뒤에서는 유령들이 기를 쓰면서 쫓아왔다. 유령들은 어떻게든 이탄을 저지하려고 애썼다.

이탄은 뒤쫓아 오는 유령들을 거들떠보지도 않았다. 앞을 가로막는 유령들은 맨몸으로 부딪쳐서 멀리 튕겨내었다.

유령들이 비록 물리적인 타격에는 영향을 받지 않는다지만, 이탄은 예외였다. 유령 일족은 이탄과 부딪칠 때마다 펑! 펑! 가죽 북 터지는 소리를 내면서 튕겨 나갔다. 그렇게 한번 튕겨 나간 유령들은 한동안 일어나지도 못하고 끙끙 앓았다.

이탄은 적진을 일직선으로 관통하여 내부로 파고들었다.

좁게 이어지던 구멍이 갑자기 확 넓어졌다. 그러면서 이탄의 눈앞에 탁 트인 지하 공동이 드러났다.

지하 공동의 중앙에는 수직으로 곧게 뻗은 나무 한 그루가 자리했다. 나무는 흑단처럼 색이 검었다.

검게 번들거리는 나무는 수십 미터 높이까지는 굵은 기둥만 있었고, 그 기둥 위에 나뭇가지가 있어야 할 부위에는 희끄무레한 유령들이 수도 없이 뭉쳐서 나선형으로 천천히 회전했다. 나무 위에서 회전 중인 유령들은 마치 반딧불이라도 된 것처럼 영롱한 빛을 반짝거렸다.

"오호라. 드디어 찾았구나."

이탄은 나무의 용도를 한눈에 알아보았다. 상고시대 거대 쥐의 사념은 이탄에게 저 나무에 대한 정보도 남겼다.

지금 이탄이 올려다보고 있는 검은 나무는 '순환의 나무', 혹은 '신목'이라는 이름으로 불리는 식물이었다.

본래 디모스 가문의 유령 일족은 정해진 수명이 없이 무척 긴 세월 동안 세상에 머무르곤 하였다.

그러다 적당한 때가 되면 유령의 의식과 혼이 마모되어 사라졌다. 대신 세상에는 그 유령이 가지고 있던 빈 껍질만 남았다.

유령 일족은 혼을 잃은 선배의 껍질을 순환의 나무 위에 던져두었다. 그러면 그 껍질 속에 새로운 영혼이 깃들어 유령 일족으로 되살아나는 것이다.

이것이 바로 유령의 순환 과정이었다.

디모스의 유령 일족은 이 순환 과정을 통해서 영원히 살 수 있었다. 그러므로 유령들에게 순환의 나무란 없어서는 안 될 생명줄이나 마찬가지였다.

이탄이 바로 그 중요한 나무 앞에 도착했다.

순환의 나무를 지키는 유령들이 기겁을 하며 악을 썼다.

[외적이 쳐들어왔다. 놈을 막아라.]

[저놈이 우리의 신목을 오염시키지 못하도록 물리쳐야 한다.]

쩌렁쩌렁하게 뇌파가 울렸다. 지하 공동 여기저기서 새로운 유령들이 퐁퐁퐁 솟구쳤다. 유령들은 육탄돌격하듯 이탄을 덮쳤다.

"하하하하."

이탄이 이빨을 드러내고 하얗게 웃었다.

그가 웃은 이유?

이탄은 순환의 나무를 발견한 게 기뻐서 웃은 것이 아니었다. 해일처럼 덮쳐드는 유령 일족을 깡그리 쓸어버릴 생각에 아드레날린이 분비된 것도 아니었다. 이탄이 웃는 이유는 우르르 튀쳐나온 유령들 중에 특별한 3명을 발견해서였다.

이탄이 이 깊은 지하 공동까지 찾아온 이유가 무엇이던 가. 암석 계곡 깊은 곳에 이탄이 찾고자 하는 대상이 숨어 있기 때문이었다.

제4화
쿤룬의 무덤지기 I

Chapter 1

문제는 숫자였다.

디모스 가문의 유령들은 인구수가 많아도 너무 많았다. 따라서 이탄이 원하는 유령을 찾으려면 상대를 광역 도발 하여 몽땅 다 뛰쳐나오게 만들 수밖에 없었다.

이탄은 자신의 목적을 달성하기 위해서 유령들이 가장 애지중지하는 순환의 나무를 노렸다. 그 계획이 딱 맞아떨 어져서 드디어 이탄이 원하는 유령 3명이 이탄의 눈앞에 등장했다.

누런 눈알 3개를 가진 유령.

뒤통수에 외뿔이 길게 돋은 유령.

개구리의 얼굴에 몸통은 거북이인 유령.

이 세 유령이야말로 이탄의 진짜 목표였다. 이들 3명이야말로 수만 년, 아니 수십만 년도 넘게 디모스 가문에 숨어 지내온 쿤룬의 무덤지기들이었다.

"아하하하하. 드디어 찾았구나."

이탄은 환한 미소와 함께 전방을 향해서 몸을 날렸다.

이탄이 허공으로 도약하자 온갖 종류의 유령들이 이탄을 향해서 마구 돌격했다. 그 유령들은 이탄과 충돌하자마자 펑! 펑! 펑! 튕겨 나갔다.

이탄은 온몸으로 디모스의 유령들을 치받으면서 순환의 나무 가까이 접근했다.

사실 이탄의 진짜 목표는 순환의 나무가 아니라 3명의 유령들이었지만, 유령들 가운데 이 점을 눈치챈 자는 없었다.

이탄이 가까이 접근하자 놀랍게도 순환의 나무가 직접 이탄을 공격했다. 나무 꼭대기 부근에서 쏘아진 연두색의 발광체 4개가 이탄을 향해서 완만한 포물선을 그리며 날아왔다.

피융~ 피유웅~.

쾅! 쾅! 쾅! 쾅!

연두색의 발광체들은 이탄 근처에 떨어져 무시무시한 폭

발을 일으켰다.

이것은 간씨 세가의 폭탄처럼 물리적인 타격을 주는 무기가 아니었다. 연두색 발광체에 직접 얻어맞아 봤자 몸뚱어리가 입는 피해는 전혀 없었다.

대신 이 연두색 발광체는 적의 영혼을 직접 타격했다. 발광체가 폭발하면서 발생한 폭발력은 적의 방어력을 무시한 채 적의 영혼만 꼭 찍어서 날려버리는 특성을 지녔다.

상대가 제아무리 단단한 방어구를 몸에 둘러도 소용없었다. 상대가 방어구 위에 마법 보호막을 열 겹, 스무 겹으로 쳐놓았다고 하더라도 무의미했다. 일단 연두색 발광체의 폭발에 노출되면, 그 즉시 타겟의 영혼은 몸뚱어리에서 이탈하여 수백 미터 밖으로 튕겨 나가게 마련이었다.

지금 이 순간에도 연두색 발광체가 가진 특수한 힘이 발휘되었다. 강렬한 연쇄 폭발과 함께 연두색 빛이 이탄을 장님으로 만들어 버릴 듯이 쏟아졌다. 밝은 연두색 광망 속에서 검은 연기 몇 줄기가 피시시식 피어올랐다.

검은 연기는 나선형을 그리며 이탄에게 확 날아들었다.

설령 이탄이 민첩하게 검은 연기를 피한다고 하더라도 별 의미는 없으리라. 이탄의 동공에 연두색 광망이 맺힌 순간, 이미 승부는 끝났다. 이제 이탄의 영혼은 몸에서 이탈하여 멀리 튕겨 나갈 차례였다.

유령들은 모두 그런 일이 벌어질 것이라 믿었다.

한데 웬걸?

연두색 발광체 4개가 폭발한 순간, 이탄의 영혼 속에서 붉은 금속이 노을처럼 일어났다. 거창하게 일어난 붉은 노을은 이탄의 영혼을 단단히 감싸서 보호했다.

푸시식! 푸시시식!

연두색 발광체의 공격은 이탄의 영혼 속으로 파고드는 것과 동시에 잔불이 꺼지듯이 소멸해 버렸다.

순환의 나무가 연두색 발광체를 거듭 쏘았다.

피유우웅~, 콰콰쾅!

영혼을 타격하는 공격이 재차 퍼부어졌다.

"흥."

이탄은 가볍게 코웃음만 칠뿐이었다.

이탄은 발광체가 그리는 포물선 궤적을 쳐다보지도 않았다. 적의 공격을 무시한 채 순환의 나무를 향해서 달려들었다.

포물선을 그리며 날아온 연두색의 발광체 5개가 이탄의 주변에서 연달아 폭발했다.

이번에도 붉은 금속이 노을처럼 일어나 이탄의 영혼을 보호해주었다. 연두색 발광체들은 아무런 효과도 거두지 못하고 푸시식 꺼져버렸다.

[말도 안 돼.]

[육체와 영혼의 연결을 끊어버리는 공격을 어찌 막아낸단 말인가? 이건 아무리 뛰어난 마법사나 검수라고 해도 불가능한 일인데?]

디모스 가문의 유령들이 당황했다.

순환의 나무가 공격의 형태를 바꾸었다.

슈워어어웡~.

나무 위쪽에서 천천히 회전 중이던 유령의 혼들이 한꺼번에 괴상한 굉음을 쏟아내었다. 그와 동시에 지하 공동 상공에서는 하얀 장막 같은 것이 나풀나풀 떨어졌다.

이 장막은 지하 공동 전체를 뒤덮을 만큼 거대했다.

이탄은 환상처럼 드리운 하얀 장막을 빤히 바라보았다.

눈앞에 드러난 하얀 장막은 삶과 죽음의 경계를 모호하게 만드는 것이 특징이었다. 따라서 일단 하얀 장막에 사로잡히면 산 자의 생명은 바람 앞의 촛불처럼 푸쉬쉭 꺼지게 마련이었다.

문제는 이탄이 언데드라는 점.

이탄에게는 이미 생명의 촛불이라는 게 존재하지 않았다. 하얀 장막이 온몸에 드리워 봤자 이탄에게는 아무런 해도 되지 않았다.

[뭐얏?]

[저놈이 어떻게 멀쩡하지?]

이탄이 하얀 장막에 뒤덮이고도 끄떡없자 유령들이 당황했다. 순환의 나무도 당황한 듯 슈워웡 슈워웡 소리를 내었다.

이탄은 웅성거리는 유령들을 무시한 채 허공으로 점프했다. 그런 다음 이탄은 순환의 나무 위 상공에 몸을 고정하고는 두 팔을 수평으로 곧게 폈다. 두 다리도 가지런히 모았다.

이탄은 그렇게 몸을 '十'자 형태로 만든 상태에서 두 주먹을 불끈 쥐었다.

하늘을 떠받치는 기둥은 결코 움직이는 법이 없으리라.

천주부동(天柱不動) 초현!

이탄이 음양종의 자한선자로부터 선물 받고, 그 후 이탄 스스로 얼개부터 다시 짜서 재현해낸 막강한 술법이 북명 지역에서 최초로 펼쳐졌다.

쿠쿠쿵!

암석 계곡 지하에 하늘의 기둥이 내리 찍혔다.

천주부동이 발동한 순간, 지하 공동의 모든 유령들은 꼼짝도 못 하고 구속되었다. 이 일대의 모든 흐름도 하늘의 기둥에 짓눌려 멈추다시피 했다. 심지어 순환의 나무 위에서 천천히 회전 중이던 유령들도 회전을 멈추었다.

Chapter 2

[끄업?]

[이게 무슨!]

유령들은 그 자리에 고정되어 몸을 뒤틀었다.

아니, 유령들은 몸을 뒤틀려고 시도만 했을 뿐 실제로는 전혀 뒤틀 수 없었다. 유령들은 손끝 하나 꼼지락거리지 못하였다.

이런 결과만 놓고 보면 천주부동은 시간을 정지시키는 무한시의 권능과도 흡사해 보였다.

하지만 속을 들여다보면 천주부동과 무한시는 달랐다.

시간의 흐름 자체를 멈추게 만드는 것이 무한시라면, 천주부동은 '구속'에 초점이 맞춰져 있었다. 따라서 디모스의 유령들은 하늘의 기둥에 구속되어 움직이지만 못할 뿐 의식은 그대로였다.

이게 오히려 더 무서웠다. 친주부동에 묶인 유령들은 몸이 꼼짝도 못 하는데 생각만 멀쩡하다 보니 오히려 공포가 가중되었다.

"자, 어디 보자."

이탄이 손바닥을 슥슥 비볐다. 하늘이 통째로 얹힌 듯 묵직한 기운이 사위를 짓누르는 가운데 오직 이탄만이 자유롭게 움직였다.

　이탄은 어느새 누런 눈을 가진 유령의 코앞에 나타나 손가락으로 도형을 그렸다.

　파창! 파창! 파창!

　도형으로부터 노란 빛이 튀어나와 밧줄처럼 상대를 포박했다. 이것은 이탄이 아나테마로부터 배운 속박마법진이었다.

　"영혼이나 악령, 유령 등을 붙잡는 데는 속박마법진만 한 것도 없지."

　이탄의 뇌리에는 '아나테마 영감에게 속박마법진을 배워두기 잘했구나.' 라고 생각이 깃들었다.

　'헉?'

　누런 눈알의 유령은 기겁을 하며 이탄을 바라보았다.

　'이자가 왜 다른 유령들은 내버려 두고 나만 묶지? 혹시 내 정체를 알아차렸나?'

　누런 눈알의 유령은 겁이 덜컥 났다. 그는 이탄으로부터 도망칠 채비를 했다.

　실제로도 누런 눈알의 유령은 이탄의 눈앞에서 감쪽같이 사라져버렸다.

　원래는 이런 일이 일어나서는 안 되었다. 일단 천주부동의 영역에 사로잡힌 이상, 상대가 유령이건 사람이건 손가락 하나 까딱하지 못해야 마땅했다.

그런데도 누런 눈알의 유령은 고대 악마사원의 속박마법진을 풀어냈을 뿐 아니라 천주부동의 권능마저 어느 정도 극복해 내었다.

이게 가능한 이유는, 누런 눈알의 유령이 차원과 차원을 자유롭게 오갈 수 있는 특수한 체질이기 때문이었다.

제아무리 천주부동이 이탄의 권능들 가운데 몇 손가락 안에 꼽히는 무서운 술법이라고 할지라도, 차원의 문을 열고 도망치는 쿤룬의 무덤지기를 붙잡아둘 수는 없는 법이다. 누런 눈의 유령은 미꾸라지처럼 이탄으로부터 벗어났다.

물론 이탄도 상대를 호락호락 그냥 보내주지 않았다. 이탄이 언령의 권능을 발휘하자 상대의 도주로가 그대로 드러났다.

이탄은 시간의 지배자이자 공간을 통제하는 신격 존재였다. 이탄은 시간과 공간에 관련된 두 가지 최상격의 언령을 모두 가지고 있기에 누런 눈알의 유령이 지금 수십 미터 밖으로 이동한 뒤 차원의 문을 그리고 있다는 사실을 한눈에 알아차렸다. 세상의 다른 모든 피조물들은 차원의 문을 볼 수 없겠으나, 이탄만큼은 예외였다.

"아아, 곤란해. 네가 그냥 도망치면 내 체면이 뭐가 되겠어?"

이탄이 여유롭게 손을 썼다.

무한시.

무한공.

이탄이 보유하고 있는 최상격의 언령 2개가 동시에 발휘되었다.

이 가운데 무한시의 권능이 누런 눈알의 유령이 머무는 주변의 시간을 흐트러뜨렸다. 무한공의 권능은 그 일대의 공간을 구불구불하게 왜곡시켰다.

시간과 공간이 뒤틀리는 바람에 누런 눈의 유령이 열심히 만들고 있던 차원의 문이 와장창 깨져버렸다.

이탄은 어느새 누런 눈의 유령에게 다가가 목줄기를 다시 움켜잡았다.

[꾸웩?]

이탄에게 목이 붙잡힌 순간, 누런 눈의 유령은 3개의 눈알이 밖으로 튀어나올 것처럼 불거졌다.

이탄이 누런 눈의 유령을 빤히 들여다보면서 뇌까렸다.

"역시 무덤지기들은 보통이 넘는구나. 공격력이나 방어력만 보면 분명히 신격 존재가 아니거든. 그런데 신도 쉽게 시도하지 못하는 차원 이동을 식은 스프 마시듯이 척척 해내네? 이거 아주 흥미로워."

이탄은 무덤지기들에 대한 평가를 상향조정했다.

그럴 수밖에.

이탄 본인도 그릇된 차원에서 부정 차원으로 넘어가기 위해서 갖은 고생을 다 했다. 그릇된 차원에서 이탄이 온갖 희귀한 재료들을 모으느라 애를 쓴 것도 그만큼 차원 이동이 어렵다는 방증이었다.

물론 이탄도 마음만 먹으면 차원을 넘어가는 것이 불가능하지는 않았다. 실제로도 이탄은 주먹으로 차원의 벽을 때려 부수고 그 벽을 통과한 전례가 있었다. 다만 이탄이 차원의 벽을 허무는 데는 시간이 엄청 오래 걸렸을 따름이었다.

그런데 누런 눈알의 유령은 단 몇 번의 손짓만으로도 차원 이동을 해낼 것처럼 보였다. 이탄이 타이밍 좋게 방해하지 않았더라면 아마도 누런 눈의 유령은 다른 차원으로 도망쳤을 것이다.

어쨌거나 이탄은 누런 눈알의 유령을 다시 생포하는 데 성공했다.

[아흐으으.]

이탄에게 붙잡힌 순간, 누런 눈알의 유령은 심장이 멎을 뻔했다.

이탄이 뇌파로 상대를 윽박질렀다.

[어디 또 한 번 도망쳐봐라.]

이탄은 상대가 도망치지 못하도록 목줄기를 좀 더 강하게 틀어쥐었다.

이것은 물리적인 힘으로 틀어쥔 게 아니었다. 이탄은 시간과 공간의 힘으로 누런 눈의 유령을 붙잡았다. 그러니 누런 눈의 유령이 아무리 바동거려봤자 이탄의 손아귀에서 도망치기란 불가능했다.

이쯤 해서 이탄은 또 다른 묘안을 떠올렸다.

"이 녀석을 언제까지 손에 쥐고 다닐 수는 없잖아? 또 다른 구속방법을 찾아야 한단 말이지. 혹시 녀석을 이곳에 처넣어도 그 안에서 차원의 문을 열고 도망을 칠 수 있을까? 한번 테스트나 해보자."

이탄은 오랜만에 아조브를 꺼내들었다. 정육면체 큐브 모양의 아조브는 이탄의 손에 들리자마자 대형 낫으로 형태를 바꾸었다.

Chapter 3

써—걱!

이탄은 아조브를 길게 휘둘러 다른 세상으로 통하는 균열을 만들었다.

이 균열 속이 대체 어떤 세상인지는 가늠이 되지 않았다. 균열 속 세상은 온통 불길함으로만 가득했다.

이탄은 누런 눈의 유령을 붙잡아 균열 속으로 푹 집어넣었다.

[아, 안 돼. 아아아, 안 돼. 살려 줘.]

누런 눈의 유령은 균열 속으로 추락하면서 손을 허우적거렸다.

휘리릭—.

이탄이 아조브를 풍차처럼 회전시켰다. 그러자 빈 허공에 생생히 새겨졌던 균열이 거짓말처럼 사라졌다.

누런 눈의 유령은 차원의 문을 자유롭게 여닫을 수 있는 쿤룬의 무덤지기였다. 그러나 아조브가 만들어낸 균열에서 빠져나오기란 쉽지 않을 듯했다.

"이제 한 놈은 잡았고."

이탄이 또다시 한 발을 내디뎠다.

어느새 이탄은 새로운 유령 앞에 모습을 드러내었다. 뒤통수에 외뿔이 길게 돋은 유령이 이탄의 다음 목표였다.

외뿔 유령은 누런 눈알이 3개 달린 유령보다도 눈치가 더 빨랐다. 외뿔 유령은 전투 초반에 이탄을 보자마자 차원의 문을 열고 도망치려 시도했다.

바로 그 타이밍에 이탄이 천주부동을 펼쳐서 외뿔 유령

의 도주를 방해했다. 그런 다음 이탄은 누런 눈알 유령을 먼저 처리했다.

이탄은 납작하게 짓눌린 외뿔 유령 앞에 서서 혀를 찼다.

"이 외뿔 녀석은 누런 눈알보다 체력이 약하군. 천주부동에 짓눌려서 제대로 움직이지도 못하잖아. 쯧쯧쯧."

이탄의 판단에는 외뿔 유령보다 누런 눈알의 유령이 조금 더 강해 보였다.

물론 그래 봤자 도토리 키 재기였다. 누런 눈 유령도 그렇고, 외뿔 유령도 그렇고, 디모스 가문 안에서 나름 지위는 높을지 모르겠지만 여섯 눈의 존재나 인과율의 여신과 같은 신격 존재에는 훨씬 못 미쳤다.

"그런데도 쉽게 차원을 오갈 수 있다니, 정말 대단한 특성이야."

이탄은 거듭 무덤지기들의 특성에 감탄했다.

[으으으. 아으으으윽.]

외뿔 유령은 당황해서 어쩔 줄 몰랐다. 외뿔 유령의 눈가에 눈물이 그렁하게 고였다.

지금으로부터 수만 년 전, 외뿔 유령은 동차원 전체를 살펴서 특이한 존재가 탄생하는지 여부를 파악하라는 사명을 부여받았다.

목표 달성을 위해서 외뿔 유령은 자신의 원래 몸을 버리고 유령이 되었다. 디모스 가문에 투신해야 특이한 존재를 살피기에 수월할 것 같아서였다.

그렇게 외뿔 유령이 디모스 가문에 침투한 지도 오랜 세월이 지났다. 긴 세월 동안 외뿔 유령은 뛰어난 예지력을 발휘하여 가문 내에서 중요한 인물로 성장했다. 유령들이 모두 인정할 만큼 외뿔 유령의 예지력은 탁월했다.

외뿔 유령은 그렇게 촉이 좋고 눈치가 빠른 능력자이지만, 누런 눈알이 자신과 동료라는 사실을 전혀 알아차리지 못했다.

무덤지기들은 그만큼 자신을 숨기는 능력이 뛰어났다.

또 한 가지.

외뿔 유령의 뛰어난 예지력도 오늘만큼은 제 역할을 못했다. 만약에 외뿔 유령이 오늘의 이 상황을 미리 예측했더라면 그는 결코 이 자리에 나타나지 않았을 것이다. 어디론가 꽁꽁 숨어버리거나, 아예 다른 차원으로 도망쳤겠지.

불행히도 외뿔 유령은 이탄의 존재를 전혀 예지하시 못했다.

다만 외뿔 유령의 촉은 이탄을 목격한 바로 그 순간부터 제대로 작동했다.

먼발치에서 이탄을 본 순간 외뿔 유령의 마음속에 폭풍이 몰아쳤다. 외뿔 유령의 육감이 마구 아우성을 쳐댔다.

'우리와 상극인 자다. 위험해.'

위기감을 느낀 외뿔 유령은 곧장 차원의 문부터 열려고 시도했다.

그 순간 천주부동이 발동하여 주변을 짓눌렀다. 외뿔 유령이 황급히 그려나가던 차원의 문은 천주부동에 짓눌려 폭삭 망가졌다.

'으으으, 안 돼. 안 돼.'

외뿔 유령은 에너지를 최대한 쥐어짜서 다시 한번 차원의 문을 그렸다.

이 두 번째 시도 또한 무산되었다. 무한공과 무한시라는 최상격 언령에 의해서 시간의 축이 흐트러지고 공간이 왜곡된 탓이었다.

애써 그린 두 번째 차원의 문마저 박살 난 순간, 외뿔 유령은 손발을 벌벌 떨었다.

그 앞에 이탄이 불쑥 나타났다.

콱!

이탄은 진땀을 뻘뻘 흘리는 외뿔 유령을 단숨에 틀어쥐었다. 한 손으로 상대의 목을 움켜잡은 뒤, 이탄은 다른 손으로 아조브를 길게 휘둘러 알 수 없는 세상으로 통하는 균열을 만들었다.

이탄은 거침이 없었다. 그는 묻지도 따지지도 않고서 외뿔 유령을 균열 속에 휙 내던져버렸다.

[으아아아악―.]

무저갱으로 빨려들 것 같은 캄캄한 균열 속에서 외뿔 유령의 비명이 아스라이 울렸다.

"어디 한번 재주가 있으면 그곳에서 빠져나와 봐라."

회리리릭―.

이탄은 다시금 아조브를 풍차처럼 돌려서 균열을 다시 제거했다.

"이제 한 놈만 남았나?"

이탄은 개구리의 얼굴에 거북이의 몸을 가진 유령 앞에 나타났다.

이 유령은 단단한 껍질 속에 머리를 감추고는 사시나무처럼 와들와들 떨었다.

[아으으으. 이건 마, 말도 안 돼. 쿤룬의 신이 왜 우리 쿤룬의 일꾼들을 공격한단 말인가? 도대체 왜? 아아아, 신이시여.]

거북이 유령이 혼란스럽게 뇌까렸다.

"응?"

이탄이 눈을 번쩍 빛냈다.

[쿤룬의 신? 너 지금 나를 쿤룬의 신이라 불렀느냐?]

이탄은 거북이 등껍질을 번쩍 들어 구멍 속에 눈을 가져다 대고는 으스스한 말투로 물었다.

[끄윽.]

거북이 유령은 그렇지 않아도 짧은 목을 더욱 짧게 웅크렸다.

이탄이 다시 한번 상대를 다그쳤다.

[조금 전에 뭐라고 지껄였더냐? 나를 쿤룬의 신이라 불렀느냐? 너희가 쿤룬의 무덤지기이거늘, 그렇다면 내가 너희들의 신이란 뜻이냐?]

이탄의 뇌파는 거북이 유령의 뇌를 곤죽으로 만들 듯 강렬하게 울려 퍼졌다.

[끄으으웃.]

거북이 유령은 이탄이 너무나도 무서워서 아무런 판단도 하지 못했다. 지금 자신이 어떤 상황에 처했는지도 인식하지도 못했다. 거북이 유령은 그저 사시나무처럼 벌벌 떨면서 홀로 독백할 따름이었다.

Chapter 4

[끄으으. 하늘의 기둥은 결코 움직이는 법이 없지. 천주부동……. 끄으으으. 천주부동이 펼쳐졌어. 쿤룬의 신께

서 창안하신 신격 권능이 발휘되었다고. 그런데 왜지? 왜 신께서 우리 일꾼들을 향해서 천주부동을 사용하신 것일까? 끄으으으. 투명마신을 찾아서 머나먼 세계로 떠나버리신 신께서 왜 이곳으로 되돌아오신 것일까? 끄으으으으으……]

거북이 유령은 지금 자신이 무슨 이야기를 내뱉는지도 자각하지 못했다.

이탄이 눈을 찌푸렸다.

'이게 무슨 소리야? 천주부동은 자한선자가 내게 선물한 고대의 술법이잖아. 그런데 그 천주부동이 쿤룬의 신으로부터 비롯된 권능이라고? 그리고 쿤룬의 신이 찾아갔다는 투명마신은 또 누구야?'

무덤지기들의 단체를 만든 신이 천주부동을 창안했다니, 이건 아무래도 한 귀로 듣고 그냥 흘려 넘길 사안은 아닌 듯했다.

이탄은 곰곰이 생각에 잠겼다.

'이거, 이거, 쿤룬의 무덤지기들만 추적할 때가 아니었네. 까마득한 고대에 쿤룬을 조직했다는 수상쩍은 신에 대해서도 알아봐야겠어.'

여섯 눈의 존재, 인과율의 여신, 그리고 까마득한 옛날에 쿤룬을 만들었다는 새로운 신에 이르기까지.

이탄은 요 근래 들어서 신격 존재들과 자꾸 얽힌다고 생각했다.

'거 참. 내 인생, 아니 언데드생이 왜 이렇게 자꾸만 꼬이지?'

솔직히 이탄은 신격 존재들과 자꾸 엮이는 것이 좋은 일인지 아니면 나쁜 일인지 판단이 서지 않았다.

이탄은 아랫입술을 지그시 깨물었다.

이탄이 상념에 잠긴 동안에도 거북이 유령은 넋이 나간 것처럼 계속해서 중얼거렸다. 이탄은 혹시나 싶어서 거북이 유령의 독백에 귀를 기울여 보았다.

아쉽게도 상대가 흘리는 이야기들은 그다지 영양가가 없는 잡설에 불과했다.

"쳇."

이탄은 아조브로 한 차례 더 균열을 만든 다음, 개구리의 머리에 거북이의 몸을 가진 유령을 그 속에 휙 집어던졌다.

[끄아아아악—.]

거북이 유령은 어두컴컴한 나락 속으로 떨어지면서 비명을 질렀다.

이탄이 아조브를 핑그르르 회전시켜 균열을 다시 메꿨다.

이로써 이탄은 쿤룬의 무덤지기 3명을 무사히 생포했다.

일단 오늘의 목적은 모두 달성한 셈이었다.

'그렇다고 여기서 멈출 수는 없지.'

이탄은 내친김에 디모스의 유령 일족을 몽땅 무릎 꿇릴 요량이었다. 이탄이 비행법보를 구동하여 순환의 나무 상공에 몸을 띄웠다.

원래 이 신목은 끊임없는 순환을 통해서 유령 일족의 미래를 이어가야만 했다. 순환이 멈추면 유령 일족의 미래도 없었다.

한데 천주부동 때문에 신목의 순환 과정이 강제로 멈췄다.

나무의 회전력은 여전히 남아 있는데 그걸 강제로 눌러 놓았으니 파탄이 발생할 수밖에.

신목의 윗부분에서 뿌드드득 소리가 기분 나쁘게 울렸다. 신목의 기둥도 쩌저적 갈라질 기미를 보였다.

'아, 안 돼.'

'제발 우리의 신목을 부수지 마.'

디모스 가문의 유령들이 속으로 비명을 질렀다.

순환의 나무, 즉 신목이 부러지는 순간 유령 일족의 미래도 끝장이었다. 유령들은 미칠 것만 같았다.

그때였다. 유령들의 뇌리에 이탄의 경고가 전달되었다.

[다시 한번 말한다. 나는 피사노교의 쿠미다. 나는 오늘

너희 디모스 가문을 무릎 꿇려 동차원 정벌의 시금석으로 삼으려 한다. 디모스의 가주는 어디에 있느냐? 당장 내 앞으로 나와서 나를 영접하라.]

이탄은 오만했다. 이탄은 폭력적이었다. 디모스 가문은 피사노교에게 죄를 지은 바 없건만, 피사노교의 신인이라는 자가 다짜고짜 쳐들어와서 유령 일족의 소중한 신목을 부러뜨리려 들었다. 유령 일족의 가주를 굴욕적으로 무릎 꿇리려 했다.

이 무자비한 폭력 앞에서 모든 유령들이 피눈물을 흘렸다.

이탄이 거듭 소리쳤다.

[가주는 당장 내 앞에 나와라. 너희가 나를 거부한다면 나는 오늘 너희 유령 일족을 멸족의 길로 인도할 것이니라. 너희들이 목숨보다 소중히 여기는 이 신목을 내 앞에 쓰러뜨릴 것이란 말이다.]

이탄의 협박에 유령들이 화들짝 놀랐다.

'억! 피사노교의 신인은 저 나무가 우리 일족에게 얼마나 소중한 존재인지 알고 있잖아.'

'저 괴물은 우리 디모스 가문에 대해서 속속들이 정보를 쥐고 있다고.'

상대(이탄)는 나(디모스)를 훤히 들여다보고 있는데, 나는 상대에 대해서 전혀 모르는 상태라니.

다시 말해서 이건 상대방에게 무조건 끌려다닐 수밖에 없는 상황이었다.

'최악이구나.'

'우린 망했어.'

유령들이 절망했다.

그 와중에도 순환의 나무는 쩌저적 쩌저적 소리를 내면서 갈라져만 갔다. 이대로 내버려 두면 유령 일족의 생명줄이나 다름없는 순환의 나무가 둘로 쪼개질 것 같았다.

'크윽. 가주님, 안 되겠습니다.'

'지금은 저 괴물의 협박을 따를 수밖에 없겠습니다. 으허허헝.'

유령들이 마음속으로 가주를 불렀다.

물론 유령들은 천주부동의 힘에 짓눌려 있는지라 가주가 있는 방향을 쳐다보거나 손가락으로 가주를 지목할 수는 없는 처지였다. 그러나 다들 마음속으로는 가주가 나서서 이 위기를 해결해주기를 바랐다.

디모스 가문의 당대 가주는 킴이었다.

유령 일족은 남녀의 구별이 없었기에 킴도 남성체나 여성체라는 개념은 적용되지 않았다. 굳이 따져서 말하자면 킴은 무성체였다.

다만 킴의 외모나 말투는 인간족에 비교했을 때 여성체에 가까웠다.

킴은 머리카락이 치렁치렁하게 길었다. 킴은 얼굴은 달걀처럼 갸름했다. 킴은 피부가 유난히 창백했다.

킴의 눈 밑에는 다크 서클이 짙게 끼어서 어딘지 모르게 우울해 보였다. 킴은 상체는 인간족 소녀와 비슷했으되 다리가 흐릿하여 두 발로 걸어 다니지 않고 허공에 둥둥 떠다녔다. 킴은 늘 하얀색 드레스를 걸쳐 입고 다녔다.

킴은 머리에 가시관을 썼다.

이 가시관은 일견 허름해 보였으나, 디모스 가문의 유령들은 가주의 가시관이 무척 멋스럽다며 부러워했다.

Chapter 5

그 킴이 뇌파를 열심히 가동해 이탄에게 신호를 보내려고 했다.

그러나 천주부동에 막혀서 킴의 의도는 이루어지지 않았다. 킴이 아무리 노력해도 뇌파 전송은 불가능했다.

디모스의 유령 일족은 남명의 인간족 수도자들과는 체질자체가 달랐다. 유령들은 북명의 수인족들과도 판이했다.

따라서 유령 일족의 강한 정도를 선1급, 선2급, 이런 식으로 표현하기란 쉽지 않았다.

그렇다고 하더라도 가주인 킴만큼은 무력 수준이 대략 드러나 있었다. 킴의 수준은 선6급에서 7급 사이 정도였다.

대선인 레벨인 킴조차도 천주부동에 묶여서 뇌파 하나 마음대로 전송이 불가능했다. 이탄이 책만 보고 스스로 재현해낸 천주부동은 그만큼 대단했다.

킴은 속으로 이탄을 욕했다.

'빌어먹을. 나더러 앞으로 나오라며. 나와서 무릎을 꿇으라며. 그렇지 않으면 우리의 소중한 신목을 부러뜨려 버리겠다며. 그럼 내가 나가서 무릎을 꿇을 수 있도록 이 속박을 풀어줘야 할 것 아냐. 괴상한 힘으로 꼼짝 못 하게 짓누르면 내가 어떻게 항복을 하겠느냐고.'

이탄이 한 번 더 웅장하게 뇌파를 쏘았다.

[어허. 정녕 이럴 것이냐? 너희의 가주는 대체 어디에 숨어 있느냐? 내가 너희의 소중한 신목을 부러뜨려야 겨우 기어 나오겠느냐? 그걸 원치 않는다면 지금 당장 나와라. 가주가 직접 나와서 나를 맞으란 말이다.]

'아으으으. 나간다고. 나도 나가고 싶다고. 이런 쌍.'

킴이 발버둥을 쳤다.

그래 봤자 킴은 손가락 하나도 움직이지 못했다.

'뇌파. 제발 뇌파 전송이라도 받아달라고. 우리의 소중한 신목을 부러뜨리지 말고 제발 이 빌어먹을 속박 좀 풀어주라니까.'

킴은 어떻게든 이탄에게 의사를 전달하려고 기를 썼다. '내가 가주다.'라고 외치고 싶어서 발악을 했다.

킴의 간절한 마음이 이탄에게 포착되었다.

'오호라. 거기에 있었구나. 네가 디모스 일족을 이끄는 가주였어.'

이탄이 킴을 정면으로 바라보았다.

킴은 이탄과 시선이 마주치자 흠칫했다.

킴이 까마득한 세월 동안 이 세상에 머무르면서 단련해온 노련함도, 선6급에 도달한 술법의 경지도 다 소용없었다. 깊은 무저갱과 같은 이탄의 눈을 마주한 순간, 킴은 혼백마저도 덜덜덜 떨렸다.

딱!

이탄이 손가락을 튕겼다.

주변의 모든 것은 그대로인데, 킴을 짓누르던 기운만 싹 사라졌다. 천주부동에서 풀려난 킴은 제자리에 털썩 엎드려 거칠게 숨을 몰아쉬었다.

[어헉, 헉, 헉, 허허헉. 으허헝, 으허허헝.]

킴은 숨을 몰아쉬다 말고 울음을 터뜨렸다. 처음에 꺽꺽거리며 울던 킴은 급기야 체면도 불사하고 대성통곡했다.

이탄은 서럽게 흐느끼는 킴을 허공에서 굽어보았다.

디모스 가문은 북명 하버마의 한 축을 이루는 가문이었다. 특히 디모스의 유령들은 상대하기 까다롭기로 유명했다.

북명 원정대는 그런 막강한 곳을 소수의 병력만으로 굴복시켰다. 비록 슭의 세 가문이 도왔다고 하나, 그래 봤자 전체 병력은 600명이 조금 넘는 수준이었다.

이러한 일이 가능했던 이유는, 이탄과 아나테마 덕분이었다. 이탄이 디모스 가문의 지하 성지로 파고들어 천주부동을 펼치자 디모스의 주력병력들은 몽땅 그곳에 발이 묶였다.

사실 계곡 밑바닥에서 북명 원정대와 치열하게 싸웠던 유령들은 디모스 가문의 주력이 아니었다. 그들은 숫자만 많았을 뿐 부력의 질은 떨어졌다.

그나마 이 병력들을 감당한 것은 북명 원정대나 슭의 수인족들이 아니라 아나테마였다. 이탄이 지하 공동에서 디모스의 유령 일족을 굴복시키는 동안, 아나테마는 계곡 밑바닥에서 본 사이드를 휘두르며 본격적으로 유령들을 때려

잡기 시작했다.

아나테마가 펼쳐내는 고대 악마사원의 저주마법은 하나같이 기괴하고 위력적이기 이를 데 없었다.

또한 아나테마는 영혼이나 악령을 다루는 데 능통했다.

아나테마가 뼈로 만들어진 대형 낫을 들고 전쟁터를 휘저을 때마다 디모스의 병력들은 가을바람에 낙엽이 떨어지는 것처럼 우수수 몰살을 당했다. 아나테마의 활약이 어찌나 대단했던지 피사노교의 사도들조차 입을 쩍 벌렸다.

"대체 저분은 뉘시지?"

"이거 열 번째 쿠미 신인님에 이어서 열한 번째 신인이 탄생하는 것 아냐?"

싸쿤과 푸엉, 그리고 힐다는 유령 일족을 맞아 열심히 전투를 벌이는 와중에도 힐끗힐끗 아나테마를 곁눈질했다.

브라세 가문의 투계족 술법사들도, 그리사드의 오소리과 수인족 사냥꾼들도, 칼만의 악어족 전사들도 모두 아나테마에게 강한 인상을 받았다.

그런 와중에 디모스의 가주인 킴이 등장했다.

가주가 직접 나서자 유령들이 환호했다. 유령들은 킴이 아나테마를 거꾸러뜨리고 가문을 지켜낼 것이라고 굳게 믿었다.

한데 웬걸?

킴은 항복을 선포했다.

[크허.]

유령들이 입을 쩍 벌렸다. 맥이 빠진 유령들은 제자리에 털썩 털썩 주저앉았다.

막상 디모스 가문이 항복하자 아나테마가 길길이 날뛰었다.

[끼요옵. 이런 게 어디 있어? 세상에 이런 법이 어디 있느냐고. 이 아나테마 님은 아직까지 제대로 몸도 풀지 못했단 말이다. 그런데 벌써 전투가 끝나고 적들이 항복을 하다니, 이게 무슨 날벼락이란 말이더냐. 끼요오오옵.]

아마테마는 뼈다귀만 남은 손가락으로 자신의 두개골을 마구 쥐어뜯었다.

아나테마는 원래 머리카락을 잡아 뜯고 싶었으나, 해골의 몸을 가진 터라 머리에 터럭 한 올 없었다.

디모스의 유령 일족들은 미친놈처럼 날뛰는 아나테마를 보면서 복잡한 표정을 지었다.

'으으으. 저런 미치광이 언데드와 싸우는 것은 무리야.'

'역시 가주님께서 현명하셨어. 저런 돌아이 언데드와 치고받고 싸우느니 차라리 항복하기 잘했다고.'

유령들의 뇌리에는 은근히 이런 안도감이 깃들었다.

다행히 북명 원정대는 디모스 가문의 항복을 받아들였

다. 킴이 공식적으로 항복을 선언하자 북명 원정대도 더 이상의 공격을 멈췄다.

북명 원정대의 목적은 세상에서 디모스 가문을 지워버리는 것이 아니었다. 디모스 가문을 굴복시킨 다음, 그들을 앞장세워 마르쿠제 술탑의 배후를 공격하겠다는 게 북명 원정대의 야심 찬 계획이었다.

Chapter 6

이탄이 사령마를 타고 킴 앞에 등장했다.

킴이 이탄 앞에 순순히 무릎을 꿇고 패배를 인정했다.

킴은 이미 순환의 나무 앞에서 이탄에게 굴복한 터였다. 그러니 여기서 한 번 더 무릎을 굽히는 것쯤은 속상할 일도 없을 듯했다.

하지만 막상 이탄 앞에 공식적으로 무릎을 꿇고 항복 선언을 하게 되자 킴의 마음 깊은 곳에서 울컥하고 서러움이 폭발했다. 킴은 사령마의 말발굽 아래 머리를 조아린 채 어깨를 들썩이며 흐느꼈다.

[크흐흑.]

가주의 굴욕적인 모습에 수많은 유령들도 왈칵 울음을

쏟았다.

이탄은 사령마의 등에 올라타 위압적인 태도로 킴의 굴복을 받아들였다. 그러면서 이탄은 손에 낀 귀장갑을 만지작거렸다.

'나중에 디모스의 가주를 불러서 한번 물어봐야겠구나. 디모스 가문이 애타게 찾고 있다는 장갑이 혹시 이게 아닌지 떠봐야겠어.'

이탄은 속으로 이렇게 중얼거렸다.

치열했던 전투가 모두 끝났다.

전쟁 종료 후, 북명 원정대는 피해 상황부터 점검했다.

사망자 11명.

중상자 35명.

단, 사망자와 중상자는 모두 교도들 중에서만 나왔다. 5명의 사도들은 전원 다 무사했다.

피사노교의 피해만 이 정도였다. 여기에 숨의 세 가문이 입은 피해까지 더하면 605명의 병력 가운데 3분의 1 이상이 전투 불능이 되었다.

그렇다고 해서 북명 원정대의 사기가 떨어졌냐?

이건 또 아니었다. 사실 200명 수준의 피해만으로 디모스의 유령 일족을 무릎 꿇렸다고 하면 아무도 믿지 않을 것이다. 북명 원정대는 이번 전투를 통해서 정말 기적과도 같은 대승을 거두었다.

이탄은 여기서 만족하지 않았다.

'쿤룬의 무덤지기들이 코이오스 가문과 루코른 가문에도 침투해 있단 말이지. 최소한 코이오스 가문에 침투한 놈들만이라도 잡아들여야 해.'

이탄은 디모스 가문을 굴복시키자마자 서둘러 다음 목표를 설정했다.

"병력을 챙겨라. 다음은 코이오스의 잿빛 늑대족들을 공략한다."

이탄의 입에서 가을 서릿발과도 같은 명령이 떨어졌다.

"헙! 지금 곧바로 말씀이십니까?"

싸쿤이 자신도 모르게 이렇게 반문했다.

그러다 이탄으로부터 눈총을 받자 싸쿤은 목을 쑥 움츠렸다.

5명의 사도들은 이탄의 질풍과도 같은 지휘에 정신이 쏙 빠졌다. 특히 힐다는 불만이 많았다.

"숨 가쁜 전투가 지금 막 끝났다고. 그런데 곧바로 또 다른 전쟁을 벌인다고? 햐아아, 이건 너무하잖아."

힐다도 이탄의 명령에 대놓고 반발을 하지는 못했다. 그저 힐다는 모기 앵앵거리는 듯한 목소리로 투덜거렸을 뿐이었다.

밍니야가 힐다에게 인상을 썼다.

"이봐. 신인께서 내리신 명령이다. 우리는 그분의 명을 따르기만 하면 될 뿐, 항명은 용서하지 않아."

"쳇. 누가 뭐래? 그저 신인님께서 너무하시는 것 같다 이거지. 체엣."

힐다가 한발 물러섰다.

힐다는 초마의식을 성공적으로 마친 이후로 동료 사도들을 눈 아래로 보는 경향이 생겼다. 그런 힐다건만 밍니야에게는 함부로 대하지 못했다.

[저 여자, 아주 위험해. 저 여자의 무력은 별 볼 일 없는 게 분명한데, 저 여자의 영혼 속에 아주 무시무시한 게 들어차 있는 느낌이야. 그러니까 너도 조심해. 간이 배 밖으로 나오지 않은 이상 저 밍니야라는 여자를 함부로 건드리지 말라고.]

힐다와 결합한 여악마종이 힐다에게 이렇게 경고했다.

여악마종이 언급한 '무시무시한 존재'란 다름 아닌 이탄의 분혼을 의미했다. 지금 밍니야는 이탄의 숙주에 불과하며, 그녀의 영혼 속에는 이탄의 분혼 한 가닥이 들어가서 조종 중이었다.

물론 여악마종의 실력으로는 이탄의 분혼을 정확하게 꿰

뚫어 볼 수 없었다. 그저 여악마종은 밍니야로부터 미지의
위험을 느꼈을 뿐이었다.

여악마종의 경고가 먹혔다. 힐다는 여악마종의 충고를
들은 이후로는 밍니야를 대할 때 지극히 조심스러웠다.

조금 전 밍니야의 한 마디에 힐다가 움찔하여 후퇴한 것
은 바로 이러한 속사정 때문이었다.

사망자와 부상자를 제외하자 북명 원정대의 총 구성원은
56명으로 줄어들었다. 이 56명도 이탄과 아나테마까지 모
두 포함한 숫자였다.

붕룡과 죽룡, 시곤은 병력에 포함시킬 수 없으니 제외.

묵경도 제외.

엄밀하게 따져서 신탁사도인 린도 전투에는 도움이 되지
않았다. 따라서 북명 원정대의 가용 병력은 55명에 불과했
다.

여기에 숲의 세 가문이 보내준 병력을 더하면 400명 선
이 간신히 유지되었다.

400명이면 코이오스 가문을 공격하기엔 말도 안 되게 적
은 수였다.

이탄 혼자서 코이오스 가문에 쳐들어가 깽판을 치는 것
이 목적이라면 사실 400명이면 충분했다.

하지만 이탄의 목적은 그게 아니었다.

'당당히 전면전을 펼쳐서 코이오스의 늑대족들을 정신 못 차리게 만들어야지. 그런 다음, 혼란을 틈타서 쿤룬의 무덤지기들을 생포하는 거야.'

이탄은 나름 계획이 있었다. 그런데 그 계획을 달성하려면 400명만으로는 부족했다.

결국 이탄은 킴에게 지원병을 내놓으라고 요구했다.

[때깔 좋고 참한 놈으로 1,600명만 채워라. 내가 그들을 이끌고 출전하여 코이오스의 잿빛 늑대들을 무릎 꿇릴 것이니라.]

[네에?]

킴이 당황했다.

디모스 가문과 코이오스 가문은 상호협력 관계였다. 하버마 내에서도 이 두 가문은 늘 사이좋게 손발을 맞춰왔다.

'그런데 배신을 때리라고? 피사노교에 정보를 팔아넘기는 것만으로도 부족하여, 대놓고 코이오스 가문을 공격까지 하란 말인가?'

킴은 기가 막혔다.

유령 일족은 어디에 가져다 놓더라도 유령인 티가 팍팍 났다.

그런데 디모스 가문의 유령들이 코이오스 가문을 공격한
다? 바로 그 순간, 코이오스의 잿빛 늑대들은 디모스 가문
의 배신을 알아차릴 것이다.

'아 놔, 이거 미치겠네.'

킴이 머리를 벅벅 긁었다.

그렇다고 해서 이탄의 명을 거절할 수도 없는 형편이었
다. 디모스 가문의 가주는 난생 처음 두통이라는 것을 느끼
게 되었다.

Chapter 7

당대 코이오스 가문은 2명의 공동가주가 힘을 합쳐서 일
족을 이끄는 모양새였다.

이 가운데 코번 코이오스는 어린 늑대들을 양성하고, 잊
혀져 가는 가문의 술법을 복원하며, 코이오스 일가의 내실
을 기하는 역할을 담당했다.

또 다른 가주인 커트럽 코이오스는 가문의 대외활동을
주도하며, 어둠의 숭배자들을 이끄는 업무를 맡았다.

2명의 공동가주 바로 밑에는 루암 코이오스가 자리했다.

루암은 여러 차원에 걸쳐서 혼란을 조장하는 임무를 담

당했다. 그릇된 차원에서 셋뽀 일족의 왕족을 납치하는 일도, 마르쿠제 술탑주의 후계자인 비앙카를 납치하는 일도 모두 루암이 주도한 프로젝트였다.

그러다 루암은 그만 이탄에게 걸려버렸다. 이탄에게 제압을 당한 뒤, 루암은 마르쿠제 술탑으로 신병이 넘겨져 감옥에 갇힌 상태였다.

루암이 사라지자 어쩔 수 없이 커트럽이 루암의 역할까지 도맡았다.

최근 커트럽은 혼돈의 신이 부활할 조짐을 발견하고는 오랫동안 준비해 놓았던 계획을 실행에 옮겼다. 과감하게도 커트럽은 언노운 월드로 넘어가 용인들의 가문인 레온을 전격적으로 공격한 것이다.

커트럽은 레온 가문을 성공적으로 공략하기 위해서 추이타 대초원의 타우너스 족과 폰스 족까지 끌어들였다.

결과는 레온 가문의 파멸.

놀랍게도 커트럽은 용인들의 가문을 단숨에 무너뜨렸을 뿐 아니라 다수의 용인들을 포로로 붙잡았다.

레온을 무너뜨린 뒤, 커트럽은 언노운 월드를 떠나서 북명으로 복귀했다.

하지만 커트럽은 북명에도 오래 머물 수는 없는 처지가 되었다. 비록 커트럽이 레온 본가를 무너뜨렸다고는 하지만, 세상에는 아직 강맹한 용인들이 제법 남아 있었다. 그 용인들이 복수를 위해서 커트럽을 추격해 온다면 코이오스 가문이 위험해질 판국이었다.

그게 아니더라도 커트럽에게는 시간이 필요했다.

'용인들의 피를 뽑아서 법제를 끝마쳐야 해. 그런 다음 용혈을 법제한 단약으로 우리 잿빛 늑대족의 전투력을 급증시켜야지.'

용인들의 피, 즉 용혈로 코이오스 가문의 전투력을 극대화시키는 것.

이것이 바로 커트럽의 진짜 목적이었다.

한데 용혈로 단약을 만들기 위해서는 많은 시간과 약재, 법보, 그리고 안정된 장소가 필요했다.

결국 커트럽은 가문의 단약사들을 대거 이끌고 북명을 떠나 그릇된 차원으로 넘어가기로 결심했다.

그릇된 차원과 북명 사이에는 차원을 오가는 통로가 존재했다. 오래 전 알블—롭의 지배자였던 신왕 프사이가 바로 이 통로를 이용하여 북명에 다녀갔다. 프사이의 딸인 벨린다는 거꾸로 이 통로를 통과하여 그릇된 차원에 진입했다.

그러던 것이 지금은 코이오스 가문에서 이 차원이동 통로를 관리하게 되었다. 최근에 코이오스 가문들이 그릇된 차원에서 이러저러한 음모들을 진행할 수 있었던 것도 바로 이 통로 덕분이었다.

그리고 이번에는 커트럽이 차원이동 통로를 사용했다. 커트럽은 가문의 단약사들과 포로로 붙잡은 용인들, 그리고 늑대족 수도자들을 이끌고 그릇된 차원으로 출발했다.

북명을 떠나기 전, 커트럽은 공동가주인 코번에게 가문의 전권을 넘겼다.

[코번 가주, 나는 용혈을 충분히 뽑아서 수천 개의 단약을 만들 거요. 그 단약만 있으면 우리 코이오스 일족은 지금보다 몇 배나 더 강해지겠지. 목표를 이루기 전까지 나는 돌아오지 않을 터이니 그동안 가문을 잘 부탁하리다.]

이것이 커트럽의 당부였다.

코번은 기꺼이 커트럽의 당부를 받아들였다.

[커트럽 가주, 안심하고 다녀오시구려. 가문은 걱정할 필요 없고. 부디 단약 제조에만 신경을 써주시구려.]

이상이 지금으로부터 일주일쯤 전에 벌어진 일이었다.

그 무렵 이탄이 북명 원정대를 이끌고 북명에 첫발을 디딘 상태였다. 커트럽은 운이 좋게도 바로 그 시점에 그릇된 차원으로 떠나버렸다. 커트럽이 그릇된 차원으로 떠나면서 코이오스의 병력도 절반으로 줄어들게 되었다.

그러니까 오늘 이탄이 상대해야 할 코이오스 가문은 반

쪽짜리인 셈이었다.

10월의 마지막 날.

밤이 되자 옅은 달빛이 지상을 비춰주었다. 창백한 달빛 아래서 2,000여 명의 병력이 조심스럽게 움직였다.

이탄이 이끄는 병력들이었다.

[스톱.]

척후를 맡은 그리사드 사냥꾼이 오른손을 들었다.

2,000여 병력들은 제자리에 즉각 멈췄다.

그리사드 사냥꾼들은 손에 장착한 크로스 보우로 전방을 겨누더니 소리 없이 화살 다발을 날렸다.

한데 화살은 크로스 보우를 떠나자마자 공기 중에 녹아들듯이 사라졌다.

기척도 없이 사라지는 이 화살이야말로 그리사드의 가모인 화목란이 심혈을 기울여서 개발해낸 무음시(無音矢)였다.

무음시란 '소리 없이 날아가는 화살'이라는 의미로 남명제련종의 특기 중 하나였다. 화목란은 그 무음시를 한 단계 개량하여 소리만 없는 게 아니라 기척도 전혀 느껴지지 않는 화살로 만들어내었다.

화목란의 무음시가 무서운 위력을 발휘했다.

퍼퍼퍽!

술법에 의해서 눈 녹듯이 사라졌던 화살 10여 발이 전방 풀숲 초소에서 경비 중이던 코이오스 초병들의 목줄기에 틀어박힌 것이다. 성대가 막힌 코이오스 초병들은 비명도 제대로 지르지 못하고 고꾸라졌다.

사사삭—.

그리사드 사냥꾼들이 다시 움직였다.

그렇게 척후병들이 안전을 확보하자 2,000 병력이 그 뒤를 따랐다. 이탄의 군대는 차근차근 진격하여 마침내 코이오스 본가를 눈앞에 두었다.

제5화
쿤룬의 무덤지기 II

Chapter 1

야심한 밤.

어둠 속에 웅크린 코이오스 본가의 모습이 바위 아래에 드러났다.

"여기인가?"

이탄은 적진이 한눈에 내려다보이는 바위 위에 뒷짐을 지고 서서 사방을 둘러보았다. 서늘한 가을바람이 이탄의 의복을 흔들고 지나갔다.

이탄의 등 뒤에는 싸쿤과 힐다를 포함한 5명의 사도들이 무릎을 꿇었다.

그 옆에는 슭의 세 가문, 즉 브라세, 그리사드, 칼만의 부대장들이 피사노교의 사도들과 행동을 같이했다.

다시 그 옆에는 디모스의 유령 1,600명을 책임지는 부대장이 눈에 띄었다. 그는 정해진 형체가 없이 계속해서 모습이 변하는 유령이었다.

사도들과 부대장들은 이탄의 명이 떨어지기만을 기다렸다.

의외로 이탄은 공격명령을 내리지 않고 오래 침묵했다.

사도들 가운데 지금 이탄이 무슨 생각을 하고 있는지 짐작하는 사람은 아무도 없었다. 이것은 슭과 디모스의 부대장들도 마찬가지였다. 다들 이탄이 뿜어내는 심각한 분위기에 짓눌려 숨도 제대로 쉬지 못했다.

이탄은 지금 어둠의 숭배자들, 그리고 쿤룬의 무덤지기들에 대해서 생각 중이었다.

'이 둘이 하나인가? 아니면 따로인가?'

처음에 이탄은 어둠의 숭배자들과 쿤룬의 무덤지기들이 한패라고 생각했었다. 그 수상쩍은 자들이 흑과 백 사이를 이간질하여 여러 차원에서 혼돈을 유발하고 있다고 여겼다.

한데 어째 그게 아닌 것 같은 느낌이 들었다.

'쿤룬의 무덤지기들은 흑과 백뿐 아니라 어둠의 숭배자들조차도 몰래 감시 중인 느낌이야. 한데 어둠의 숭배자들

은 쿤룬의 무덤지기가 은밀하게 숨어서 자신들을 관찰 중이라는 사실을 모르는 것 같아.'

당장 디모스 가문만 하더라도 어둠의 숭배자에 속한 족속들이었다. 비록 그들이 유령일 때는 몸에 피가 흐르지 않지만, 인간으로 돌아왔을 때 그들의 혈관 속에는 스파이럴 적혈구가 떠다녔다.

이탄은 이 점을 직접 확인했다.

'그런데 쿤룬의 무덤지기들은 디모스 가문이 막 태동하던 그 시절부터 유령 일족들 틈에 스며들어 무언가를 계속해서 탐색 중이잖아. 그럼에도 디모스 가문은 누런 눈알 유령, 외뿔 유령, 거북이 유령의 정체를 전혀 모른단 말이지.'

심지어 가주인 킴조차도 쿤룬의 무덤지기에 대해서 깜깜했다.

'이번에 코이오스 가문을 후벼 파보면 알겠지. 저곳에 침투해 있는 무덤지기를 통해서 좀 더 정확한 정황을 파악할 수 있을 거야. 자, 그럼 이제 가볼까?'

마침내 이탄이 총공세를 결심했다.

그 즉시 이탄의 가랑이 사이에서 사령마가 소환되었다. 일반 말보다 머리 하나는 더 큰 해골 말이 검푸른 연기와 함께 등장했다. 사령마 위에 올라탄 이탄은 어느새 2 미터

위로 솟구쳤다.

'으읏. 드디어 시작인가?'

'이제 곧 코이오스 가문과 싸우겠구나.'

사도들과 부대장들이 침을 꼴깍 삼켰다.

이탄이 강렬한 뇌파를 터뜨렸다.

[전구—운, 진격하라. 위대한 검은 드래곤의 깃발 아래 코이오스의 잿빛 늑대들을 무릎 꿇릴 것이다.]

"신인의 명을 받들겠나이다."

싸쿤이 우렁차게 응답했다.

푸엉과 밍니야, 힐다와 린이 자리를 박차고 일어섰다.

늙의 수인족들, 그리고 디모스의 유령들도 바위 뒤에 웅크리고 있던 몸을 벌떡 일으켜 세웠다.

퍼엉!

그때 이미 이탄은 검푸른 연기로 변해서 바위 아래로 뛰어내렸다. 저 아래 똬리를 틀고 있는 코이오스 본가가 이탄의 목적지였다.

싸쿤이 오른 주먹을 번쩍 들었다.

"피사노교의 교도들이여, 다들 신인님의 뒤를 따르라."

"우와아아아아—."

그 즉시 교도들의 함성이 터져 나왔다. 교도들의 머리 위에는 검은 드래곤의 깃발이 세차게 펄럭거렸다.

[우리도 가자.]

브라세 가문의 투계족 술법사들은 하얀 날개를 활짝 펴고 바위 아래로 날아 내렸다.

그리사드의 사냥꾼들은 어느새 바위 아래 수풀 속으로 몸을 던져 사냥에 나섰다.

칼만의 악아족 전사들이 금빛 갈고리를 움켜쥐고 그 뒤를 따랐다.

전투에 나선 수인족들의 눈이 어둠 속에서 형형하게 빛났다.

수인족에 뒤질세라 디모스의 유령들도 행동에 나섰다. 희끄무레한 유령들이 밤하늘을 뒤덮었다.

얼마 전 커트럽 코이오스가 용인들의 가문을 덮칠 때와 비슷한 장면이 이번에도 펼쳐졌었다.

다만 이번에는 코이오스가 공격을 받는 쪽이었다.

이탄을 태운 사령마가 바람처럼 허공을 날았다. 사령마의 뒤쪽으로 검푸른 연기가 꼬리를 물고 이어져 긴 흔적을 남겼다. 그 모습이 마치 고요한 물속에 검푸른 먹물이 일직선으로 쭉 퍼지면서 지나가는 듯했다.

그렇게 이탄이 코이오스 본가를 향해서 쳐들어갈 때였다. 본가 정문을 100미터쯤 남겨 놓은 상황에서 이변이 일

어났다. 본가로 통하는 길목 양편에 세워진 잿빛 석상 2개
가 갑자기 움직인 것이다.

이 석상들은 높이 50 미터에 머리는 늑대이고 몸은 사람
인 모습이었다.

석상 하나는 한 손에 철퇴를 들었다.

다른 석상은 책을 쥐었다.

두 석상 모두 코이오스 가문의 옛 영웅들을 조각해 놓은
것으로, 코이오스 가문의 방문자들은 석상 앞에 도착하면
말에서 내려서 옛 영웅들에게 짧은 묵념을 올리고 이곳을
통과하곤 했다.

이탄은 그런 예의를 차리지 않았다. 그는 사령마를 몰아
서 단숨에 두 석상 사이를 지나쳤다.

바로 그때 두 석상이 눈을 번쩍 빛내더니 이탄을 공격했
다.

Chapter 2

철퇴를 움켜쥔 석상이 이탄의 머리통을 으깨버리려는 듯
이 무기를 휘둘렀다.

또 다른 석상은 들고 있던 책을 활짝 펼쳤는데, 그 책의

한쪽 페이지로부터 잿빛 무지개가 떠올라 이탄에게 날아들었다.

이탄은 일종의 데자뷰를 느꼈다.

예전에 이탄이 남명의 수도자들과 함께 피사노교를 공격했을 때에도 피사노교 총단에 세워져 있던 거대한 조각상들이 움직여서 남명의 수도자들을 공격했었다. 당시 이탄은 거신강림대진으로 피사노교의 조각상들을 상대했었다.

그런데 코이오스 본가로 향하는 관문에서도 그 당시와 비슷한 일이 벌어졌다. 움직이지 못하는 조각상처럼 보였던 석상들이 불청객인 이탄을 향해서 물리 공격과 술법 공격을 조합하여 퍼부은 것이다.

"흥."

이탄이 코웃음을 쳤다.

이탄은 자신의 머리통을 후려갈기는 철퇴를 피하지 않았다. 막지도 않았다. 그냥 머리로 철퇴를 맞아주었다.

그 즉시 철퇴가 100배의 반탄력으로 튕겨 나가 폭발했다. 이탄에게 철퇴를 휘둘렀던 잿빛 조각상은 철퇴의 파편에 부딪쳐 뒤로 넘어졌다. 거대한 석상이 뒤로 주저앉으면서 땅이 크게 울렸다.

이탄은 잿빛 무지개 공격도 그냥 맨몸으로 받아내었다.

콰창!

무지개가 날아와 부딪친 직후, 이탄의 몸 주변에서는 잿빛 광채가 폭발하여 사방으로 산란했다.

잿빛 무지개는 강한 반발력을 감당하지 못하고 크게 출렁거렸다. 그 모습이 마치 기다란 비단이 딱딱한 암벽에 부딪쳐 출렁거리는 것과 비슷했다.

이탄은 석상들을 굳이 상대하지 않고 그대로 통과해버렸다.

땅에 주저앉았던 석상이 머리를 부르르 털고는 다시 일어났다. 책을 든 석상도 제자리로 돌아와 관문을 지켰다.

석상들은 이탄을 포기했다. 대신 그들은 이탄을 뒤따르는 침입자들, 즉 북명 원정대와 맞서 싸우려는 자세를 취했다.

잿빛 석상이 들고 있던 철퇴도 어느새 원상복구 되었다.

이 철퇴는 분명히 이탄의 반발력에 의해서 산산이 부서졌었다. 그런데 눈 깜짝할 사이에 다시 재생된 것이다.

코이오스 가문의 관문지기들은 덩치만 큰 게 아니라 놀라운 재생 능력까지 갖추었다. 솔직히 이탄이니까 우격다짐으로 단숨에 관문을 돌파했지, 어지간한 술법사들은 잿빛 석상들을 상대하느라 시간을 꽤 허비할 것 같았다.

'저것들 뚫으려면 고생 좀 하겠는데?'

이탄은 뒤따라오는 후속부대를 걱정했다.

오늘 코이오스 가문을 한바탕 거하게 휘저어서 혼란스럽게 만들겠다는 것이 이탄의 의도였다. 그 의도를 달성하려면 북명 원정대를 포함한 후속부대의 신속한 진입이 필요했다.

'안 되겠다. 좀 도와줘야지.'

결국 이탄은 노파심 때문에 손을 다시 썼다.

우두둑, 우두둑, 우두두둑.

이탄의 등 뒤를 뚫고서 뿔 3개가 길게 자라났다. 날개 뼈처럼 쑥쑥 자라난 뿔로부터 아나테마가 툭 튀어나왔다.

[끼요오오옵! 기특한 녀석 같으니. 나를 또 불러주었구나. 끼요옵, 그래. 이번엔 어떤 놈들의 심장을 뽑고 뇌를 헤집어 주면 되겠느냐?]

아나테마가 골반 뼈에 손목뼈를 척 얹고서 물었다.

이탄은 뒤도 돌아보지 않고 아나테마에게 일거리를 맡겼다.

'영감은 저 석상들이나 치워주쇼.'

[엥? 뭐야? 고대의 지성인이자 불멸의 리치인 이 아나테마님에게 고작 석상 따위나 상대하라는 게냐? 싫다. 저것들은 내가 공격해봤자 고통도 느끼지 않고 피도 흘리지 않잖아. 나는 살아있는 생명체의 멱을 따서 고통을 주고 싶다고. 그들이 피를 흘리며 울부짖는 모습을 보고 싶다니까.

끼요오옵.]

아나테마가 어린아이처럼 칭얼거렸다.

이탄은 말 달리는 속도를 줄이지 않고 멀어지면서 아나테마를 달랬다.

'저 석상들을 완전히 해체한 다음엔 영감 마음대로 하소. 피를 보고 싶으면 피를 보고, 살육을 하고 싶으면 마음 내키는 대로 살육을 하라고.'

[오홋! 그거 마음에 드는 제안이구나. 끼요옥.]

흥분한 아나테마가 본 사이드를 꺼내서 대지를 쾅 찍었다.

본 사이드는 이탄이 그릇된 차원의 희귀 재료들을 투입하여 만든 가공할 무기였다. 뼈로 이루어진 낫으로부터 저주 받은 기운이 뭉게구름처럼 쏟아져 나왔다. 그 기운이 잿빛 석상들을 향해서 스멀스멀 뻗어나갔다.

책을 든 석상이 책장을 휘리릭 넘겼다. 새로운 페이지로부터 잿빛 화염이 화르륵 쏟아져 나오더니 파도처럼 밀려드는 아나테마의 저주마법에 맞섰다.

또 다른 석상도 대응 공격을 했다. 이 석상은 양손으로 철퇴를 내리찍어 땅바닥에 크레바스를 깊게 만들었다. 깊은 크레바스가 땅거죽을 타고 벼락처럼 뻗어나가 아나테마를 직접 타격했다.

[끼욕. 어림없는 수작.]

아나테마는 손가락을 빠르게 놀려서 저주마법을 강화했다.

그러자 저주의 기운을 물씬 품고 있는 뭉게구름이 잿빛 화염을 압도하며 석상들을 향해서 해일처럼 밀려갔다.

아나테마는 공격 강화와 동시에 방어에도 신경을 썼다.

아나테마의 발밑에서는 하얀 뼈다귀들이 우르르 돋아나 눈 깜짝할 사이에 본 타워(Bone Tower: 뼈의 탑)를 형성했다.

9층 높이로 솟구친 본 타워는 그 자체가 우수한 방어시설이었다. 본 타워는 땅을 통해 전파한 크레바스의 에너지를 그대로 흡수해버렸다. 거기에 더해서 본 타워의 양옆에서 뼈다귀 같은 것들이 우르르 돋아나더니 아나테마의 주변을 철벽처럼 감쌌다. 본 타워 덕분에 아나테마는 석상의 공격을 무사히 흘려 넘겼다.

방어에 성공했으니 이제 다시 공격에 전념할 차례.

[끼요옵!]

아나테마는 본 타워 위에 우뚝 서서 밤하늘을 향해 한 손을 길게 뻗었다.

그러자 하늘에서 구릿빛에 가까운 빛의 기둥들이 쿵쿵 떨어져 내렸다. 빛의 기둥이 작렬한 곳에서는 죽은 시체들이 땅거죽을 뚫고서 우르르 일어났다.

끄웨에엑—.

아나테마가 소환한 언데드들은 귀청을 찢는 듯한 괴성과 함께 잿빛 석상들을 향해서 달려들었다.

이 언데드들은 아나테마의 저주마법과 궁합이 딱 맞았다. 뭉게구름 속으로 파고든 언데드들은 속도가 몇 배나 빨라지고 힘도 세졌다.

강화된 언데드들이 코이오스 가문의 잿빛 석상에 달라붙어 손톱으로 할퀴고 이빨로 물어뜯었다.

그즈음 저주마법을 품은 뭉게구름도 잿빛 석상들을 완전히 뒤덮었다.

놀랍게도 아나테마의 저주마법은 돌로 이루어진 석상에 강한 풍화작용을 일으켰다.

잿빛 석상 곳곳이 마모되었다. 석상 표면으로부터 돌가루가 우수수 떨어졌다.

Chapter 3

[쿠우우.]

[끄어.]

잿빛 석상들이 고통스럽게 몸부림을 쳤다.

잿빛 석상 가운데 하나가 몸뚱어리가 허물어지는 피해도 감수한 채 풀쩍 뛰어서 아나테마를 직접 철퇴로 내리찍었다.

본 타워에서 돋아난 뼈들이 후두둑 자라나 커다란 방패가 되었다. 뼈로 이루어진 그 방패가 잿빛 석상이 휘두른 철퇴를 대신 막았다.

이어서 본 타워는 사방에서 밀려드는 잿빛 화염도 거뜬히 막아내었다.

그즈음 잿빛 석상 하나는 완전히 허물어져서 뒤로 넘어갔다. 석상의 무릎 부위가 붕괴하면서 육중한 상체가 땅거죽을 콰앙! 찍었다.

철퇴를 휘두르던 석상도 발목 부위가 허물어지면서 몸 전체가 앞으로 고꾸라졌다.

[끼요옵, 드디어 걸렸구나. 킥킥킥.]

아나테마는 본 사이드를 수평으로 휘둘렀다. 뼈의 낫에서 뿜어진 섬뜩한 예기가 고꾸라진 석상의 목 부위를 훑고 지나갔다.

석상의 머리가 썽둥 잘려 바닥에 나뒹굴었다.

아나테마가 잿빛 석상 두 기를 쓰러뜨릴 즈음, 피사노교의 사도들이 관문을 스쳐 지나갔다.

싸쿤은 아나테마의 옆을 지나가면서 힐끗 곁눈질을 했다.

'대체 저 흑마법사는 정체가 뭐지? 아니, 흑마법사가 맞기는 한가?'

싸쿤은 지난 전투에서 아나테마를 처음 보았을 때 충격을 받았다. 그런데 다시 보니 그 충격이 더 커졌다.

힐다도 고개를 갸웃했다.

'아무래도 흑마법사가 아니라 악마종 같아. 혹시 언데드 계열의 악마종이 아닐까?'

힐다는 아나테마가 쿠미 신인과 결합한 악마종일지 모른다고 짐작했다.

그리 잘못된 짐작은 아니었다. 확실히 이탄은 초마의식에 참여했을 때 악룡족 대신 아나테마와 결합하는 척했다.

힐다가 아나테마를 빤히 쳐다보자 아나테마도 두개골에 뚫린 시커먼 눈구멍으로 힐다를 응시했다.

'이년아, 뭘 그렇게 꼴아보냐?'

아나테마가 턱뼈를 움직여 막말을 내뱉는 시늉을 했다.

[저게 감히!]

힐다와 결합한 여악마종이 발끈했다.

그러면서도 여악마종은 함부로 아나테마를 도발하지 못했다. 상대가 진마 최상급 이상의 악마종이라면 상대하기

버거워서였다.

[쳇. 나중에 두고 보자.]

여악마종은 속으로 으르렁거린 다음, 힐다를 재촉했다.

힐다가 아나테마로부터 시선을 거두고는 코이오스 본가
를 향해서 다시 달렸다.

그녀의 뒤를 이어서 피사노교의 교도들도 눈에 독기를
품고 진격했다. 수인족들도 지축을 울리며 코이오스 가문
을 향해서 달려들었다.

아나테마도 9층 타워에서 풀쩍 뛰어내렸다.

[끼요옵. 애송이 녀석들에게 내 장난감을 빼앗길 수는 없
지. 끼요오옥. 하찮은 늑대 녀석들아, 목을 씻고 기다려라.
이 아나테마 님이 네 녀석들의 모가지를 예쁘게 잘라주마.
끼요오오옵.]

아나테마는 신이 잔뜩 나 있었다.

같은 시각.

코이오스 본가에서는 이미 피의 수레바퀴가 구르기 시작
했다. 이탄과 사령마는 검푸른 연기로 변해서 적의 정문을
콰앙! 들이받은 뒤, 그대로 코이오스 일족의 연무장에 내려
섰다.

이곳 제1연무장은 코이오스의 늑대족들이 집단으로 군

사훈련을 하는 장소였다.

이탄이 제1연무장에 도착했을 때 연무장 주변은 이미 횃불들로 인해서 환했다. 횃불 옆에는 늑대족 술법사 수백 명이 로브를 깊게 눌러쓴 채 이탄을 맞이했다. 다들 주홍색 로브들이었다.

담장 위에도 늑대족 술법사 수백 명이 우르르 등장했다. 이 술법사들은 활이나 석궁 종류의 법보를 꽉 움켜쥐고는 이탄을 향해서 화살촉을 겨누었다.

이탄은 수백 개의 화살이 겨누고 있는데도 눈썹 하나 까딱하지 않았다. 이탄이 여유롭게 사령마를 몰아서 제1연무장 한복판에 섰다.

잿빛 늑대족들은 노란 눈으로 이탄을 노려보았다.

늑대족들 사이에서 으르렁거리는 뇌파가 울렸다.

[네놈은 누구냐?]

뇌파를 보낸 장본인은 턱수염이 하얗게 돋은 노년의 늑대족 술법사였다. 그는 루암 코이오스와 마찬가지로 목에 굵은 염주를 둘렀다.

이탄은 상대의 물음에 답을 하지 않았다.

퍼펑!

이탄의 몸이 갑자기 터져서 검푸른 연기로 변했다. 그 연기가 늙은 술법사의 코앞에서 다시 뭉쳐서 이탄이 되었다.

이탄이 손을 휙 뻗었다.

[흡?]

흠칫 놀란 늙은 술법사가 발로 밟고 있던 원숭이 나무 조각을 걷어차 수십 미터 밖으로 순간이동 했다.

이탄이 피식 웃었다.

"루암 코이오스라는 늙은 늑대와 똑같은 법보를 사용하는군."

이탄은 검푸른 연기로 변해서 상대에게 따라붙었다.

이탄이 다짜고짜 공격을 시작하자 코이오스의 술법사들도 재빨리 대응했다. 담장 위의 술법사들은 일제히 활과 석궁을 쏘았다.

술법이 걸린 화살은 추적 기능이라도 포함된 것처럼 허공에서 스스로 방향을 틀어서 이탄을 공격했다.

이탄은 수백 개의 화살이 등 뒤에서 날아오는 데도 전혀 신경을 쓰지 않았다. 이탄이 오른손을 뿌려서 검록색 편린들을 일으켰다. 그 편린들이 나비처럼 훨훨 날아 제1연무장을 둘러싼 담장에 퍽퍽 꽂혔다.

화르르르륵!

그 즉시 담장 전체에서 검록색 화염이 솟구쳤다.

일단 이 검록색 화염에 휩싸이면 끝장. 절대 꺼지지 않는 불길에 휘말린 늑대족 술법사들은 괴성을 지르며 땅바닥을 뒹굴었다. 화염의 피해자들은 동료들이 지켜보는 가운데 촛농처럼 몸이 녹았다.

[어헉, 조심해라.]

[침입자 놈이 괴상한 주술을 사용한다.]

코이오스 가문의 늑대족 술법사들은 검록색 편린들을 감히 상대하지 못하고 한 발 물러났다.

문제는 담장 안쪽의 술법사들이었다. 제1연무장을 둘러싼 담장 전체가 눈 깜짝할 사이에 불길에 휩싸이자 그들은 도망칠 곳을 잃었다.

늑대족 술법사들은 뜨거운 열기를 견디지 못하고 연무장 안쪽으로 몸을 피신했다. 그렇게 적들이 한 곳에 뭉치자 이탄은 그곳을 향해서도 검록색 편린들을 방출했다.

나비처럼 날아간 검록색 편린들이 늑대족 술법사들이 뭉쳐 있는 곳에 퍽퍽 틀어박혔다. 그 즉시 검록색 화염이 무섭게 일어나 주변의 모든 것들을 녹였다.

늑대족 술법사들의 몸뚱어리가 흐물흐물해졌다. 그들은 검록색 화염이 품고 있는 만자비문의 힘을 감당할 능력이 없었다.

[아아악, 내 옷에 불이 붙었어. 제발 꺼줘.]

[끄아아악, 안 돼. 안 돼.]

늑대족 술법사들이 검록색 화염에 휩싸여 거칠게 몸부림

쳤다. 그 바람에 사방으로 검록색 불똥이 튀었다.

불길은 순식간에 전파되었다.

그와 비례하여 공포는 더 빠르게 전염되었다.

Chapter 4

코이오스의 늑대족 술법사들은 이탄을 포위공격하려 들다가 한꺼번에 떼몰살을 당하게 생겼다.

부하들을 지휘해야 할 늙은 술법사는 이탄을 피해서 순간이동으로 도망치기에 급급했다.

결국 늙은 술법사는 도망을 포기하고 이탄과 맞서 싸우기로 마음을 바꿨다. 술법사가 목에 걸고 있던 염주를 와득 끊어버렸다.

36개의 염주알이 허공으로 비산하면서 하마의 머리에 표범의 몸통, 뱀의 꼬리를 가진 괴수를 소환했다.

괴수가 아가리를 크게 벌려 이탄을 덮쳤다.

평상시의 이탄이라면 이 괴수부터 북북 찢어 죽였을 것이다.

하지만 지금은 정체를 숨겨야 할 때였다. 이탄은 평소와 다른 방식으로 싸우기로 했다.

이탄은 검푸른 연기로 변해서 괴수를 지나쳤다. 그런 다음 이탄은 늙은 술법사의 주변을 빠르게 한 바퀴 돌았다.

이때 이탄이 사용한 발걸음의 수는 딱 일곱 걸음.

피사노교의 흑체술 가운데 하나인 세븐 스탭(Seven Step: 일곱 걸음)이 발휘되었다. 이탄이 단지 일곱 걸음을 내디뎠을 뿐인데, 그 한 걸음 한 걸음이 늙은 술법사의 숨통을 조였다.

[크헉, 킥, 킥, 킥, 케엑, 켁, 꾸악.]

일곱 번의 비명이 연달아 터졌다.

이탄이 첫 번째 걸음을 내딛자 늙은 술법사의 갈비뼈가 으스러졌다.

이탄이 두 번째 걸음을 내디뎠을 때는 늙은 술법사의 심장이 강하게 짓눌려 피가 역류했다.

이탄이 세 번째 걸음을 딛자 늙은 술법사의 코에서 검붉은 핏물이 홍수처럼 쏟아졌다.

이탄이 네 번째 걸음을 걷자 늙은 술법사의 뒤통수가 저절로 함몰되었다.

이탄이 다섯 번째 걸음을 내딛자 늙은 술법사는 새우처럼 등을 구부리며 땅바닥에 뚝 떨어졌다.

이탄이 여섯 번째 걸음을 걸은 순간, 늙은 술법사의 심장과 뇌가 동시에 폭발했다.

이탄이 마지막 일곱 번째 걸음을 내딛기도 전, 늙은 술법사는 이미 숨을 거둔 상태였다.

"이라 오너라."

죽음의 일곱 걸음을 완성한 뒤, 이탄이 늙은 술법사를 향해서 손을 뻗었다. 죽은 술법사의 발밑에서 나뒹굴던 원숭이 조각상도 허공으로 휙 떠올라 이탄의 손아귀 안으로 빨려 들어가듯이 회수되었다.

죽은 술법사의 이름은 루호른.

그는 루암의 친동생이자 코이오스 가문의 장로들 가운데 한 명이었다.

제1연무장에서 검록색 화염이 지옥불처럼 솟구치고 루호른이 죽음을 맞이하자 코이오스 가문도 크게 경각심을 가졌다.

코이오스의 공동가주 가운데 한 명인 코번은 팔짱을 끼고 나무 마루에 앉아서 침입자들을 모두 생포했다는 소식이 들리기만을 기다리던 중이었다.

그런데 생포 소식은커녕 비보만 들렸다. 루호른의 숨이 멎는 순간, 코번 옆쪽 벽에 걸린 수백 개의 명패들 가운데 루호른의 명패에 저절로 불이 붙었다. 불길은 루호른의 명패를 호르륵 태우고 나서야 꺼졌다.

[허! 루호른 장로가 죽었단 말인가?]

코번은 믿기지 않는 듯 인상을 찌푸렸다.

루호른은 선5급의 장로였다. 이곳 북명에서 루호른의 목숨을 이처럼 쉽게 거둘 수 있는 초강자는 각 세력의 가주들 정도밖에 없었다.

나무 마루 아래쪽에 도열해 있던 장로들이 굽혔던 상체를 우르르 폈다.

[가주님, 제가 출전하겠습니다.]

[아닙니다. 저를 보내주십시오. 제가 루호른 형님의 복수를 하겠습니다.]

[침입자들을 물리치기에는 제가 적격입니다.]

장로들은 앞다투어 참전을 원했다.

코번은 출전할 장로를 선정하는 대신, 말없이 근육질의 몸을 일으켰다. 코번이 몸을 일으키자 마치 산악이 융기하는 듯한 위압감을 주었다.

[가주님……]

장로들이 침을 꿀꺽 삼켰다.

코번은 천천히 고개를 가로저었다.

[장로들이 나설 때가 아닌 듯하군. 아무래도 귀한 손님이 우리 코이오스를 방문한 것 같으이. 그러니 가주인 내가 직접 귀빈을 맞을 수밖에.]

코번은 낮게 중얼거리는 것과 동시에 제1연무장 방향을

향해서 왼손을 들었다. 그렇게 코번은 왼손으로 방향을 잡고 오른손으로 활시위를 당기는 시늉을 했다.

텅!

코번이 오른손 손가락을 놓자 화살이 쏘아지는 듯 음파가 울렸다.

이것은 투명궁(透明弓)이다.

코번의 투명궁은 커트럽 공동가주의 유리궁(琉璃弓)과 함께 코이오스 가문의 절대비기 중 하나였다.

빠아앙―.

단숨에 음속을 돌파하여 날아간 투명궁은 곧바로 이탄의 심장을 노렸다. 처음 쏘아졌을 때는 음속을 막 돌파한 정도였지만, 중간에 가속을 더하면서 음속의 18배까지 빨라졌다.

코번의 투명궁은 커트럽의 유리궁보다 공격 범위가 좁았다.

하지만 투명궁은 연사가 가능하고 속도가 훨씬 빠르며 관통력도 뛰어난 것이 특징이었다. 코번이 작정을 하고 투명궁을 연사하면, 그 힘으로 불과 몇 초 만에 산악 하나를 뚫어버릴 정도의 위력을 가졌다.

게다가 투명궁은 유리궁과 마찬가지로 눈으로 볼 수도 없었다.

그 무시무시한 화살이 이탄의 심장 어림에 꽂혔다. 아니, 투명궁이 이탄의 심장을 뚫고 등 뒤로 튀어나오는 것처럼 보였다.

그보다 한발 앞서 이탄이 검푸른 연기로 변해서 투명궁의 공격을 흘려버렸다. 이탄이 사령마의 고삐를 낚아채 밤하늘 높은 곳으로 뛰어올랐다.

빠바바바방!

코번은 이탄의 궤적을 추적하여 투명궁을 연사했다. 화살 하나가 쏘아지면 바로 이어서 다음 화살이 튀어나갔다. 새로 쏘아진 화살은 이전 화살의 꼬리에 화살촉을 잇댄 채 무서운 속도로 공간을 찢었다.

이탄은 검푸른 연기기 되어 투명궁을 모두 흘려보낸 다음, 높은 상공에서 코번을 굽어보았다.

코번이 이해할 수 없다는 듯이 눈을 찌푸렸다.

[어떻게 투명궁의 영향을 받지 않지?]

세상에는 물리 이뮨들이 존재했다. 예를 들어서 디모스 일족은 유령이라 물리적인 화살에는 전혀 영향을 받지 않았다.

하지만 유령이라고 할지라도 코번의 투명궁에는 와르르 흔들려야 정상이었다. 음속을 돌파하면서 날아간 투명궁은 주변 공간을 뒤트는 권능이 포함되어 있기에 영혼마저도 타격을 받을 수밖에 없었다.

하물며 검푸른 기체 따위는 투명궁에 관통을 당한 순간 단숨에 흩어져야 마땅했다.

한데 이탄이 코번의 예상을 깨뜨렸다. 이탄은 투명궁에 전혀 영향을 받지 않은 듯 허공에서 코번을 내려다보았다.

Chapter 4

다음 순간, 이탄이 빛의 입자로 흩어졌다.

샤라랑~.

자잘한 빛 알갱이로 허물어졌던 이탄이 어느새 코번의 코앞에 불쑥 등장했다. 이탄은 다짜고짜 손바닥으로 코번의 머리통을 내리찍었다.

눈앞에서 벌어진 괴사에 코번이 기함했다.

[으헙?]

코번은 진짜로 깜짝 놀랐다. 코번은 선7급의 경지에 올라선 이후로 자신감이 하늘을 찔렀다.

[동차원에서 나의 적수는 없다. 남명의 최강자인 극양노조나 현음노조, 혹은 금강종주나 멸정 늙은이가 쳐들어오지 않는 이상, 나는 그 어떤 불청객이 찾아와도 모두 물리

칠 자신이 있도다.]

평소 코번은 이런 공언을 할 정도로 기세가 등등했다.

한데 이탄의 불가사의한 권능은 코번의 자신감을 단숨에 허물어뜨렸다.

[안 돼.]

코번은 황급히 투명궁을 들어서 머리 위를 막았다.

콰직!

코번의 머리 위에서 단단한 막대기가 부러지는 듯한 소리가 울렸다.

[큽.]

코번은 이탄의 괴력을 견디지 못하고 두 다리가 나무 마루 아래로 푹 파고들었다. 코번의 코에서는 뜨끈한 피가 터졌다.

코번의 몸뚱어리가 마루에 박힌 채라도 이탄의 공격을 막아내었다면 다행일 텐데, 불행히도 이탄의 괴력은 코번이 감당할 수 있는 수준이 아니었다.

이탄은 손짓 한 방에 코번의 투명궁을 부쉈다. 그런 다음 이탄의 손가락 5개가 상대의 머리통을 붙잡았다.

행성도 붙잡아 으스러뜨릴 수 있는 괴물이 이탄이었다. 선7급의 코번 따위가 이탄에게 비벼볼 수는 없었다.

콰직!

호두껍질 으깨지는 듯한 소음과 함께 코번의 두개골이 박살 났다. 이탄의 손바닥 안에서 두개골의 파편과 뇌수가 쥐어짜듯 뒤섞였다.

'말도 안 돼.'

죽기 전 코번은 이런 생각을 했다. 코번의 눈알은 불신을 가득 품은 채 이탄의 손가락 사이로 투두둑 떨어졌다.

코번은 머리가 으스러진 상태에서도 앞이나 뒤로 쓰러지지 않았다. 그의 두 다리가 나무 마루에 깊숙하게 박힌 덕분이었다.

"에이, 지저분해졌잖아."

이탄은 죽은 코번의 옷에 손을 슥슥 닦았다. 그런 다음 여유롭게 코번의 품을 뒤졌다.

"어디 보자. 루암 늙은이도 제법 신기한 법보들을 가지고 있었으니 네 녀석은 좀 더 나은 물건들을 가지고 있겠지."

이탄이 코번의 품에서 발견한 것은 뭉툭한 나무조각이었다.

이제 와 되새겨보면, 코이오스 가문의 늑대 일족은 나무를 무척 즐겨 사용하는 것 같았다. 루암이 사용하던 비행법보도 원숭이 모양의 나무조각이었다. 루호른의 비행법보 또한 루암의 것과 동일했다.

코번의 시체가 말뚝처럼 박혀 있는 곳도 나무 마루였다. 이곳 벽면에 줄 지어 걸려 있는 명패들도 모두 나무 재질이었다.

'신왕 프사이의 알블—롭 일족도 나무와 늑대족이 결합한 독특한 종족이었지. 그곳의 대모나 현자들은 몸이 나무와 하나였어. 그런데 코이오스의 잿빛 늑대족도 나무와 인연이 깊은가 보네. 하하.'

이탄은 잠시 알블—롭 일족을 떠올렸다.

하지만 이탄의 웃음은 이내 멎었다. 이탄은 코번에게 빼앗은 나무 조각을 손에 들고는 두 눈을 부릅떴다.

"어헉? 이건은!"

이탄은 이와 똑같이 생긴 나무 조각을 피사노교의 부정의 요람 안에서 발견했었다. 뭉툭하고 밋밋하게 생긴 그 나무 조각에는 팔곡(八曲)이라는 신비로운 악보 가운데 세 곡이 새겨져 있었다.

<춘일지지(春日遲地)>
<폭염유화(暴炎流火)>
<엄동우맥(嚴冬于貉)>

이상이 악보의 제목들이었다.

이탄은 부정의 요람 안, 톤의 별에서 각각 봄, 여름, 그리고 겨울을 상징하는 3개의 악보를 손에 넣었다.

그 악보들이 바로 춘일지지, 폭염유화, 엄동우맥이었다.

물론 이탄은 그보다 더 전에도 팔곡과 인연을 맺었다. 그릇된 차원에서 이탄은 가을을 대표하는 곡인 홍염산하(紅染山河)를 발견하여 연구했었다.

그런데 인연은 그게 끝이 아니었나 보다. 이번에는 팔곡의 또 다른 악보 3개가 이탄의 손에 들어왔다.

이탄은 뭉툭한 나무 조각에 새겨진 글씨를 떨리는 눈으로 읽었다. 세 악보의 이름은 다음과 같이 새겨져 있었다.

　　　<효이추위(曉爾催葦)>
　　　<주이단호(晝爾斷壺)>
　　　<석이색도(夕爾索絢)>

이상 세 악보들 가운데 효이추위는 새벽을, 수이단호는 낮을, 석이색도는 밤을 노래하는 곡이었다.

원래 이 나무 조각은 코이오스 가문의 역대 선조들이 평생을 연구해도 해석하지 못하던 골동품이었다.

그런데 이탄은 단숨에 악보의 의미를 파악했다.

이탄은 마음속으로 생각했다.

'봄, 여름, 가을, 겨울에 이어서 이번에는 새벽과 낮과 밤인가? 팔곡 가운데 7개의 악보는 뭔가 의미가 있는 것 같구나. 시간이나 세월과 관련된 연작 음악들인 것 같아.'

이탄은 뭉툭한 나무 조각을 소중히 품에 넣었다.

그 뻔뻔한 모습에 코이오스의 장로들이 분통을 터뜨렸다.

[이 노오옴, 너는 대체 누구냐?]

[누구기에 우리 가문에 쳐들어와서 가주님을 해쳤단 말이냐?]

[요런 도적놈 같으니. 감히 가주님을 살해한 것으로도 모자라 그분의 술법서까지 훔쳐? 당장 그것을 내놓아라.]

코이오스의 장로들은 뭉툭한 나무 조각이 악보라는 사실을 몰랐다. 장로들은 저 나무 조각 고대의 술법서일 것이라고 믿었다.

그런 장로들의 눈에 비친 이탄은 술법서를 노리고 쳐들어온 날강도였다.

Chapter 5

[이놈, 뒈져라.]

[당장 그 술법서를 내놓지 못할까.]

코이오스의 장로 대여섯 명이 이탄을 향해서 동시에 달려들었다.

이 가운데 어떤 장로는 자신의 손톱을 수십 센티미터 길이로 키워서 이탄을 공격했다. 또 다른 장로는 나무 부채를 활짝 펼쳐서 칼날 같은 삭풍을 일으켰다. 염주를 끊어서 괴수를 소환한 장로도 존재했다.

장로들은 저 간악한 도적놈(이탄)이 가문의 귀한 술법서를 훔쳐갔다는 점에만 분노하여 그보다 더 중요한 사실을 간과했다.

조금 전 이탄은 코번 가주의 투명궁을 맨손으로 내리쳐서 수수깡처럼 부러뜨렸다. 그러고도 힘이 남아 이탄의 손은 코번의 두개골까지 박살 냈다.

한데 장로들은 그 믿어지지 않는 장면을 두 눈으로 똑똑히 목격하고도 그 사실을 잠시 잊었다.

이 사소한 실수가 장로들을 파멸로 이끌었다.

퍼엉!

이탄이 검푸른 연기로 흩어져 장로들의 연합공격을 피했다.

기체로 변했던 이탄이 나무 부채를 펄럭이는 장로의 등 뒤에 나타났다. 이탄은 손을 휙 뻗어 장난감 다루듯이 상대의 목뼈를 꺾어버렸다.

우두둑 소리가 끔찍하게 울렸다. 목이 꺾인 장로는 오줌을 질질 흘리며 숨이 멎었다.

퍼엉!

이탄이 또 사라졌다.

이번에 이탄은 염주를 끊어 괴수를 소환한 장로의 곁에 나타났다.

[으헛?]

장로가 소스라치게 놀랐다. 장로는 반사적으로 이탄에게 발길질을 날렸다.

그 전에 이탄이 엄지와 검지를 뻗어서 상대의 목젖을 투둑 뜯었다.

[꾸루룩. 끄어어엇.]

목이 뜯긴 장로가 두 손으로 자신의 상처를 부여잡았다. 잿빛 털이 부숭부숭 돋은 장로의 손가락 사이로 시뻘건 선혈이 콸콸콸 쏟아졌다.

[흐어어어.]

장로는 털썩 무릎을 꿇었다가 앞으로 고꾸라져서 땅바닥에 코를 처박았다.

퍼엉!

이탄이 또다시 자리를 떴다. 이번에 이탄은 손톱을 휘두르던 장로의 곁에 나타나더니 상대의 주변을 한 바퀴 빙 돌 았다.

이탄이 원을 그리는데 사용한 걸음은 딱 일곱.

죽음의 체술 세븐 스텝이 또다시 발휘되었다. 이탄에게 손톱을 휘두르며 발악하던 장로는 이탄이 정확하게 일곱 번째 발을 내디딘 순간 온몸의 일곱 구멍으로부터 피를 콸 콸 쏟으면서 절명했다.

이탄의 손에 쓰러진 장로들은 데쓰 필드의 영향을 받아서 언데드로 되살아났다. 머리통이 으깨진 코번 가주도 으 스스하게 일어나 마루 아래로 내려왔다. 언데드가 된 잿빛 늑대족은 살아 있는 장로들을 향해서 꿈틀꿈틀 접근했다.

[으으윽, 제기랄. 이것들이 다 뭐야?]

[악마다. 악마가 쳐들어온 게야.]

코이오스의 장로들이 당황했다.

때마침 코이오스 본가에는 어둠이 짙게 내려앉았다. 어 둠 때문에 사물을 제대로 분간하기 힘들었다.

지금 시각이 밤이라 어두운 게 아니었다. 사방에 내려앉 은 칠흑 같은 암흑은 이탄이 만들어낸 부산물이었다.

코이오스의 장로들은 원래 어둠을 두려워하지 않았다. 그들은 이 세상에 혼란과 어둠을 불러오려고 작당을 한 어 둠의 숭배자들이었다. 그런 자들이 어둠을 무서워한다는 것 자체가 말이 되지 않았다.

하지만 장로들은 막상 자신들이 암흑천지에 갇히자 겁이 덜컥 났다.

[으으읏. 어디야? 대체 어디가 출구냐고?]

[저리 가. 저리 가라고, 이 악마야.]

장로들이 이성을 잃고 허둥거렸다. 장로들 가운데 몇몇은 공포에 질려서 아무렇게나 법보를 휘둘렀다.

그러다 보니 동료의 법보에 맞아서 쓰러지는 장로들이 발생했다. 세게 한 방을 얻어맞은 장로는 벌떡 일어나더니 자신을 공격한 장로에게 곧장 반격을 퍼부었다.

[이놈, 죽어라.]

[네놈이나 뒈져버려라.]

시끄러운 소리가 난무했다. 고함이 마구 터졌다. 자중지란도 이런 자중지란이 없었다. 한 치 앞도 보이지 않는 암흑 속에서 코이오스의 장로들은 서로를 향해서 필살기를 날리고 술법을 퍼부었다.

"그래. 잘 싸운다. 잘 싸워."

이탄은 서늘한 눈으로 적들이 자멸하는 장면을 지켜보았다. 그러다 이탄이 비행법보를 구동하여 하늘 높이 떠올랐다.

그 무렵, 북명 원정대와 늙의 수인족들은 코이오스의 정문을 우회하여 측면으로 쳐들어갔다. 그런 다음 그곳에 대기 중이던 코이오스 병력들과 싸움을 벌였다.

디모스의 유령들도 그 싸움에 개입했다.

유령들은 희끗희끗한 진눈깨비처럼 하늘에서 날아 내리더니 코이오스 가문의 잿빛 늑대족들을 매섭게 공격했다.

북명 원정대가 코이오스 가문의 정면을 뚫지 않고 측면을 공략하는 이유는 하나였다. 활활 타오르는 다크 그린 때문이었다.

"으윽. 이건 쌀라싸 님의 흑주술이로구나."

힐다가 적의 정문 일대를 활활 태우는 검록색 화염을 발견하고는 진저리를 쳤다.

힐다뿐만이 아니었다. 피사노교의 사도들은 다크 그린을 보자마자 주춤주춤 뒷걸음질부터 쳤다.

다크 그린은 그만큼 치명적인 흑주술이었다.

북명 원정대가 다크 그린을 피해서 측면으로 우회하자 늙의 수인족들도 그 뒤를 따랐다. 솔직히 브라세, 그리사드, 칼만의 수인족들은 검록색 화염의 정체에 대해서 잘 몰랐다. 다크 그린의 위력에 대해서도 정보가 부족했다.

그럼에도 불구하고 수인족들은 본능적으로 검록색 화염을 무서워했다.

이는 디모스의 유령들도 마찬가지였다. 다들 다크 그린이 두려워 적의 정면 대신 측면으로 몰려갔다.

Chapter 6

북명 원정대와 슭, 디모스의 연합군이 코이오스의 측면을 공략하는 동안, 이탄은 본가 안쪽으로 자리를 옮겼다.

이탄이 코번과 장로들을 몰살시킨 곳은 코이오스 본가의 중심부였다. 그 뒤쪽에는 가주의 부인들과 직계혈통을 위한 안채가 자리했다.

오늘 이탄이 목표로 삼은 곳은 이 안채 중의 어느 한 건물이었다. 이탄은 상고시대 거대 쥐의 사념에 기대어 해당 건물을 찾았다.

'탑처럼 우뚝 솟은 건물인데 지붕은 비취빛이란 말이지.'

다행히 목적지를 찾기는 어렵지 않았다. 코이오스 가문의 안채 중에서 이탄이 찾는 건물은 단 하나밖에 없었다.

"저기구나."

이탄은 목표를 발견하고는 단숨에 포물선을 그리며 날아갔다.

이탄은 예의를 차려 탑의 정문으로 진입하지 않았다.

콰앙!

그는 다짜고짜 두 발로 비취빛 지붕을 부수고는 탑 안으로 난입했다.

이탄이 지붕을 뚫은 것과, 적들이 반격을 퍼부은 것은 거의 동시였다. 이탄이 탑 안으로 난입한 순간, 탑의 내벽에 달라붙어 있던 괴상한 생명체들이 이탄을 향해서 우르르 달려들었다.

이 생명체들은 입 주변에 아교 같은 것이 잔뜩 발라져 있기에 입을 제대로 벌리지 못했다. 이들은 눈꺼풀에도 아교 같은 물질이 찐득찐득하게 달라붙어 있기에 눈도 제대로 뜰 수 없었다.

이 생명체들은 팔 다리가 인간보다 두 배 이상 더 길었다. 그들은 긴 팔다리를 역방향으로 꺾은 채 거미처럼 벽에 달라붙었다.

그러던 중에 이탄이 지붕을 뚫고 낙하했다.

캬악—.

괴생명체들은 일제히 벽을 박차고 점프하여 이탄을 덮쳤다.

"훗. 내 이럴 줄 알았지."

이탄은 괴생명체의 공격을 미리 예측이라도 한 것처럼

입가에 섬뜩한 미소를 머금었다. 그런 다음 이탄은 허공에서 핑그르르 몸을 회전했다.

퓨퓨퓨풋―.

이탄이 회전하는 속도에 맞춰서 검록색 편린들이 나선을 그리며 쏘아졌다. 그 편린들이 거미를 닮은 괴생명체를 모조리 요격해버렸다.

퍼퍼퍼펑! 화륵, 화륵, 화르륵.

괴생명체들은 그 즉시 검록색 화염에 휩싸여 탑의 1층으로 추락했다.

"이건 늪이잖아?"

이탄이 흠칫했다.

이탄은 간씨 세가 세상에서 이들과 똑같이 생긴 괴생명체들을 맞닥뜨린 경험이 있었다.

그곳에서는 70년 전 멸망한 쥬신 제국의 부활을 염원하는 조직이 어둠 속에 숨어서 활동하던 중이었다.

그 괴조직 휘하 8개의 정규군 가운데 서로군(西路軍)이 바로 이와 유사한 거미 인간들을 키워냈었다.

당시 이탄에게 포로로 붙잡힌 서로군의 장수(시장군)가 자백한 바에 따르면, 이 거미 인간들은 '늪' 이라 불리는 실험체들이었다.

그런데 코이오스 가문도 쥬신의 잔당들과 똑같은 실험체

들을 배양 중이었다.

"아하하하. 역시 내 짐작이 맞았구나. 쥬신 황실을 다시 일으켜 세우려는 유령조직과 어둠의 숭배자들은 깊은 관련이 있었어."

이탄은 다크 그린으로 거미 인간들을 깡그리 녹여버렸다.

간씨 세가 세상에서 이탄은 맨손으로 거미 인간들을 때려잡았었다. 이탄은 그게 더 취향에 맞았다.

그러나 어쩌겠는가. 지금은 피사노교의 신인에 걸맞은 전투방식을 사용할 수밖에 없었다.

"쩝."

이탄이 아쉽게 입맛을 다셨다.

비취색 탑의 안쪽 내벽에 새까맣게 달라붙어 있던 거미 인간들이 검록색 불길에 휩싸여 후두둑 추락했다.

이탄은 소나기처럼 쏟아지는 불꽃 세례와 함께 낙하하여 탑의 1층 바닥에 착지했다.

비취색 탑은 밖에서 보면 6층 높이였으되, 안쪽에서는 층의 구분이 전혀 없었다. 그저 탑의 벽 안쪽에 계단이 박혀 있을 뿐이었다.

탑의 계단은 원통 모양의 벽을 타고 나선을 그리며 탑의 꼭대기까지 올라갔다. 탑의 중앙은 위아래로 시원하게 뻥 뚫린 구조였다.

이탄이 바닥에 착지했을 때, 더 이상 살아 숨 쉬는 늪은 없었다. 탑 안에 우글거리던 늪들은 모두 촛농처럼 녹아서 문드러졌다. 검록색 불길은 늪을 희생양으로 삼은 것만으로는 부족하여 비취색 탑 전체를 활활 태웠다.

"분명히 이 탑 안에 있을 텐데?"

이탄은 주변으로 감각을 퍼뜨렸다.

"후훗. 거기 숨어 있었구나."

이내 이탄이 빙그레 웃었다. 이탄은 발을 살포시 들었다가 바닥을 쾅! 내리찍었다.

이탄의 발 구르기 한 방에 탑의 1층 바닥이 통째로 허물어졌다. 조각조각 깨진 돌판이 지하로 와르르 함몰되었다.

이탄은 비취색 탑의 바닥을 붕괴시키며 지하로 내려갔다.

그 지하에서 2명의 적이 뛰쳐나왔다.

[죽엇!]

늑대의 머리에 사람의 몸을 가진 두 술법사는 풍선처럼 몸을 부풀리는가 싶더니, 갑자기 순간이동을 하여 이탄을 껴안았다.

뻐뻥!

가죽 터지는 소리가 크게 울렸다. 이탄이 머물던 곳을 중심으로 상당한 세기의 폭발이 터져 나왔다. 살점과 선혈, 뼈 조각들이 주변을 더럽혔다.

코이오스의 두 술법사는 다짜고짜 이탄을 껴안고는 자폭을 해버린 것이다.

이탄이 만약에 평범한 술법사였다면 이 급작스러운 자폭 공격에 부상을 당했을 뻔했다.

당연히 이탄은 평범하지 않았다. 이탄은 적이 자폭공격을 퍼부은 순간 이미 한 줄기의 검푸른 연기가 되어 폭발 현장을 벗어났다. 그런 다음 이탄은 폭발을 틈타 벼락처럼 도망치는 자의 궤적을 좇아 몸을 날렸다.

도주자는 탑의 지하에 숨어 있다가 번개처럼 뛰쳐나왔다. 그런 다음 그는 2명의 술법사들이 자폭 공격으로 시간을 벌어준 동안 어느새 탑의 1층 정문을 깨고 밖으로 도망쳤다.

[후우—.]

도주자가 가까스로 탑을 벗어나 안도의 한숨을 내쉴 때였다.

산악처럼 억센 손이 도주자의 목덜미를 낚아챘다.

[겨우 여기까지냐? 도망친 곳이?]

[헉?]

이탄의 으스스한 뇌파가 도주자를 패닉 상태로 몰아넣었다.

Chapter 7

이탄이 붙잡은 술법사는 늑대의 얼굴에 사람의 몸을 가진 코이오스 일족이었다. 다만 그녀는 가슴이 봉긋 솟았고 여성용 무복을 입은 것으로 보아 여성 수인족이 분명했다.

[케엑! 안 돼.]

뒷목을 붙잡힌 순간, 여성 늑대족이 괴성을 질렀다.

이탄은 상대의 목을 바짝 틀어쥔 다음, 허공으로 들어서 상대의 생김새를 살폈다.

이탄의 눈에는 잿빛 늑대족들이 거의 다 비슷비슷하게 보였다.

'체엣. 이렇게 얼굴만 확인해서는 이 여성 늑대족이 거대 쥐의 사념이 감시하던 그 무덤지기인지 알기가 힘드네.'

결국 이탄은 좀 더 직접적인 방법으로 상대의 신분을 확인했다.

[찾았다. 쿤룬의 무덤지기.]

이탄의 한 마디에 여성 늑대족의 동공이 딱딱하게 경직되었다.

[무, 무슨 소리냣? 쿤룬? 무덤지기? 대체 네놈은 누구냐? 누구기에 이곳 안채까지 쳐들어와서 이런 행패를 부리는 것이냐? 당장 나를 내려놓지 못할까.]

여성 늑대족이 황급히 얼버무리려 들었다.

그래 봤자 이미 정체는 들통났다. 여성 늑대족의 경직된 눈동자가 이미 이탄에게 진실을 실토해준 셈이었다.

이탄이 하얗게 웃었다.

[하하. 말투가 재미있네. 본가 안채에서 사는 것도 그렇고, 오만한 말투도 그렇고. 보아하니 코이오스 가주의 애첩이나 친딸쯤 되는 모양이지? 쿤룬의 무덤지기들은 재주도 좋아. 어떻게 이렇게 여러 종족의 핵심부에 깊숙이 침투해 있을까?]

이탄은 확신에 차서 중얼거렸다.

[뭣?]

여성 늑대족의 동공이 파르르 흔들렸다.

이탄의 지적이 모두 옳았다. 그녀는 코번 가주가 오래 전에 거둔 애첩인 동시에 쿤룬의 무덤지기였다.

여성 늑대족은 더 이상 자신의 정체를 숨기지 않았다. 이탄이 상대의 목을 꽉 붙잡고 있는 중에 그녀의 주변으로 차원의 벽이 스르륵 드러났다.

차원의 벽은 이 세상에 속한 피조물들은 보거나 만질 수 없었다. 감각으로 느끼는 것도 불가능했다.

여성 늑대족은 차원의 벽에 문을 그린 다음, 그 문을 열고 다른 차원으로 도망칠 요량이었다.

바로 그 순간이었다. 이탄이 여성 늑대족을 향해서 씨익 웃었다.

'설마?'

이탄의 미소를 목격한 순간, 여성 늑대족은 등골이 오싹했다.

아니나 다를까, 이탄은 여성 늑대족이 몰래 그려낸 차원의 문을 정확하게 짚었다. 원래 이 문은 피조물들이 절대로 보지 못해야 정상이었다.

그런데 이탄은 눈에 보이지도 않는 투명한 문을 향해서 정확하게 손을 뻗더니, 슥슥슥 지우개로 지우는 시늉을 했다.

이탄의 손바닥 인근의 시간이 왜곡되었다. 공간이 일그러졌다. 시간과 공간이 동시에 뒤틀리자 차원의 문이 흐릿하게 지워지기 시작했다.

[헉. 말도 안 돼. 어떻게 차원의 문을 지우지?]

여성 늑대족이 경악했다.

이탄은 상대의 뇌에다 대고 으스스하게 속삭였다.

[기다려 봐. 너도 네 동료들 곁으로 보내줄 테니까.]

이탄의 뇌파가 떨어지기 무섭게 그의 손에는 대형 낫이 하나 등장했다.

써—걱!

이탄은 낫으로 허공을 베어 균열을 만들었다. 쩍 갈라진 균열 안에서는 무저갱, 혹은 나락을 연상시키는 기운이 꿈틀거렸다.

이탄은 여성 늑대족의 목덜미를 붙잡아 상대를 균열 속으로 집어넣었다.

[안 돼. 잠깐만. 안 돼애애—.]

여석 늑대족이 기겁을 하여 손사래를 쳤다.

이탄은 상대의 애걸을 들어주지 않았다. 그저 상대를 끔찍한 나락 속으로 던져버릴 뿐이었다.

여성 늑대족이 무저갱으로 낙하하면서 아스라이 비명을 질렀다.

이탄은 대형 낫을 핑그르르 돌렸다.

쩍 갈라졌던 균열이 사르륵 자취를 감추었다.

"이제 한 명만 더 잡으면 되나?"

상고시대 거대 쥐가 남긴 사념에 따르면, 코이오스 가문에 침투한 쿤룬의 무덤지기는 총 2명이었다.

이탄은 그중 여성 늑대족부터 먼저 붙잡았다. 그러니 이제 딱 한 명 남았다.

펑!

이탄이 검푸른 연기가 되어 흩어졌다. 이탄이 다시 나타난 곳은 비취색 탑에서 조금 떨어진 곳에 자리한 작은 건물

군이었다.

비좁게 따닥따닥 붙어 있는 이 건물들은 코이오스의 술법사들을 위해서 음식을 마련하고 시중을 드는 일꾼과 시녀들의 숙소였다.

이탄은 그중 한 곳 지붕을 발로 부수며 내부로 뚝 떨어졌다.

[헉? 누굽니까?]

늙은 늑대족이 이탄을 향해서 고개를 번쩍 들었다.

'법력이 전혀 없군. 술법사가 아니라 일반 수인족이야.'

이탄은 늙은 늑대족이 술법사가 아니라는 사실을 한눈에 꿰뚫어 보았다.

늙은 늑대족 할아범의 등 뒤에는 어린 소년이 바들바들 떨고 있었다. 한눈에 보기에는 이 늑대족 소년은 늙은 늑대족의 손자 같았다.

'훗. 손자는 무슨.'

이탄이 입매를 고약하게 비틀었다.

늙은 늑대족은 저 어린 소년이 자신의 손자라고 믿고서 열심히 키웠겠지만, 사실 진짜 손자는 이미 오래 전에 죽었을 것이다. 상대는 어린 소년 늑대족의 가죽을 뒤집어쓴 쿤룬의 무덤지기였다.

펑!

이탄이 검푸른 연기로 흩어졌다가 소년의 등 뒤에서 불쑥 나타났다.

[이이익.]

소년이 재빨리 차원의 문을 그렸다.

그 전에 이탄이 발을 들어 차원의 문을 걷어찼다. 이탄의 발바닥 주변으로 시간과 공간이 동시에 뒤틀렸다. 소년늑대족이 애써 만든 차원의 문은 그 한 방에 어이없이 콰앙 흩어져 버렸다.

물론 늙은 늑대족의 눈에는 이탄의 행동이 이상하게만 보일 뿐이었다.

Chapter 8

'느닷없이 빈 허공을 걷어차다니, 머리가 이상한 인간족인가?'

늙은 늑대족이 고개를 갸웃할 무렵, 이탄은 어느새 소년늑대족의 정수리를 덥석 붙잡고는 하늘로 점프했다.

[안 돼!]

늙은 늑대족이 비명을 질렀다. 늙은 늑대족은 제자리에 철퍽 주저앉아 뻥 뚫린 지붕을 향해서 손을 뻗었다.

[안 돼애―. 제발 이 늙은이의 손자를 데려가지 마시오. 제바알, 흐흐흑.]

늙은 늑대족의 구슬픈 뇌파가 허공에서 물거품처럼 흩어졌다.

이탄은 소년 늑대족도 아조브가 만들어낸 균열 속으로 처넣었다.

이탄이 쿤룬의 무덤지기 2명을 생포하는 동안, 코이오스 본가의 이곳저곳에서 시커먼 연기가 치솟았다.

"피사노교의 교도들이여, 늑대족 놈들을 때려잡아라."

"와아아아아―."

북명 원정대의 우렁찬 함성이 저 멀리에서 들렸다. 싸쿤과 푸엉, 힐다의 음성이 그 속에 뒤섞였다.

싸쿤과 푸엉의 활약도 대단했지만, 특히 힐다가 눈의 두드러졌다. 힐다와 결합한 여악마종은 모처럼 신바람이 난 듯 부정 차원의 마력을 마구 끌어와 사방에 난사했다.

[오호호홋. 오호호호홋.]

힐다와 결합한 여악마종이 짜랑짜랑하게 웃음을 터뜨렸다. 힐다의 손짓 한 방에 코이오스의 정예 술법사들이 10명, 20명 단위로 죽어 나갔다.

아나테마도 힐다에 못지않았다. 아나테마는 뼈다귀만 남은 다리로 전쟁터를 성큼성큼 누비면서 온갖 저주마법를 펼쳤다. 언데드들도 한꺼번에 수백 구씩 소환했다.

원래 코이오스 가문은 구성원의 수가 무척 많았다.

거기에 비해서 이탄의 부하들은 다 합쳐도 2,000명 수준에 불과했다.

그런데 불멸의 리치 아나테마가 본격적으로 언데드 군단을 소환하자 전력의 편차가 금세 균형을 맞추었다.

아니, 시간이 갈수록 코이오스의 늑대족보다 아나테마가 소환한 언데드 군단이 더 많아졌다.

[끼요옵. 끼요오옥.]

아나테마는 언데드 군단을 조폭처럼 우르르 몰고 다니면서 느긋하게 취미생활을 즐겼다.

촤르륵―.

아나테마가 손짓을 하자 허공에 하얀 뼈로 이루어진 꼬챙이 수십 개가 한꺼번에 돋아났다. 아나테마는 길이가 3미터나 되는 뼈 꼬챙이에 윤활유를 흠뻑 바른 다음, 코이오스 늑대족 포로들의 항문에 쑤셔 넣어 아가리로 뽑아내었다.

그런 꼬챙이 수십 개가 허공에 수평으로 떠올라 빙글빙글 회전했다.

고대 악마사원의 악명을 드높였던 '아나테마형' 즉 아나테마가 만들어낸 형벌이 긴 세월을 건너뛰어 재현된 셈이었다.

형벌에 처해진 늑대족들은 차마 들어줄 수 없는 괴성을 지르며 고통을 호소했다.

[끼요오오옥, 이게 얼마만의 유희더냐? 끼요웁. 끼웁.]

아나테마는 뼈다귀만 남은 손으로 입을 가리며 웃었다. 그러면서 아나테마는 골반 뼈를 현란하게 돌려댔다.

싸쿤이 아나테마의 행동을 보고는 치를 떨었다.

"으으윽. 뭐 저딴 형벌이 다 있어?"

싸쿤은 성격이 잔혹하기로 유명한 사도였다. 하지만 아나테마형은 그런 싸쿤에게도 충격 그 자체였다.

푸엉은 아예 아나테마형을 눈으로 보지도 못하고 외면했다.

심지어 힐다와 결합한 여악마종마저도 아나테마의 미친 행동을 보고는 부르르 몸서리를 쳤다.

[이런 미친!]

[저건 대체 어떤 악마종입니까?]

힐다가 여악마종에게 뇌파로 물었다.

여악마종이 고개를 가로저었다.

[나도 몰라. 아마도 진마 최상급의 군단장들 가운데 한 분이신 것 같은데, 우리 제국에 저런 감당 못 할 취미를 가진 군단장님이 계셨던가? 으으으. 안 되겠다. 우리는 다른

쪽으로 자리를 옮기자.]

여악마종은 혹시라도 아나테마의 심기를 어지럽힐까 두려웠다.

솔직히 힐다도 여악마종과 같은 심정이었다. 그녀는 서둘러 다른 곳으로 자리를 피했다.

시간이 갈수록 전쟁은 더 격화되었다. 사방에서 병장기 부딪치는 소음이 울렸다.

[키히히히, 키히히히히히히~.]

하늘에서는 희끄무레한 유령들이 기괴한 웃음을 흘리면서 날아다녔다.

이탄이 지켜보는 가운데 그리사드 사냥꾼들은 담장이나 지붕에 조용히 자리를 잡고 매복했다. 그런 다음 사냥꾼들은 건물 입구에서 뛰쳐나오는 코이오스의 잿빛 늑대족들을 크로스 보우로 한 놈씩 저격했다.

브라세 가문의 투계족들도 맹활약을 펼쳤다. 투계족 술법사들이 발사한 흰색의 깃털이 코이오스 본가의 담장을 뚫고 건물을 부쉈다.

칼만의 악어족 전사들은 원거리 전투 대신 잿빛 늑대족들과 직접 치고받고 싸우는 백병전을 선택했다.

피사노 교도들과 칼만의 악어족 전사들은 손발이 척척

맞았다. 그들은 한 팀이 되어 잿빛 늑대족들을 몰아붙였다.

아나테마 주변에는 각종 언데드들이 분주하게 돌아다녔다. 그 언데드들은 코이오스의 늑대족들을 강제로 붙잡아 아나테마 앞으로 끌고 왔다. 그러면 아나테마가 기름을 칠한 뼈 꼬챙이를 소환하여 아나테마형을 집행했다.

아나테마의 주변에는 이 무시무시한 형벌에 걸려든 늑대족이 어느새 수천 명 단위로 늘어났다. 그들은 뼈 꼬챙이에 꿰뚫린 채 허공에 둥실 떠다녔다.

[이런, 으으윽.]

코이오스의 늑대족들은 멀리서 그 장면을 보기만 해도 기가 질리고 심장이 떨렸다.

[끼욥, 끼욥, 끼요욥.]

아나테마는 적들이 겁을 먹을수록 더더욱 신이 났다. 아나테마는 저질 골반 춤을 추면서 언데드 군단의 전선을 서서히 끌어올렸다.

한편 코이오스 가문의 정문과 가주전을 중심으로 검록색 화염도 뜨겁게 기승을 부렸다. 이탄이 퍼트린 검록색 화염은 주변 건물들을 차례로 녹이면서 점점 더 넓은 범위를 잠식했다. 화마의 영향을 받은 하늘은 온통 검록색으로 물들었다.

참혹한 전투현장이 내려다보이는 산봉우리 위, 코이오스 가문의 늙은 장로 한 명이 그곳에 서서 눈시울을 붉혔다.

[크으어어, 이럴 수가. 어떻게 이런 일이 벌어졌단 말인고.]

가문이 무너지는 장면을 두 눈으로 지켜봐야 하는 장로의 마음은 칼로 심장을 베어내는 듯 쓰라렸다. 장로의 등 뒤에는 어린 늑대족 수십 명이 서로 손을 꼭 붙잡고 울먹거리는 중이었다.

장로는 한동안 산 밑을 내려다보다가 주먹을 불끈 쥐었다.

[어서 가자. 꾸물거리다가는 적들이 눈치를 채고 추적할지도 모른다.]

장로의 뇌파는 한겨울 서릿발 같았다.

[넵. 장로님.]

울먹거리던 어린 늑대족들은 정신을 번쩍 차리고는 서둘러 장로의 뒤를 따랐다.

앞장을 선 장로의 두 눈에 핏발이 곤두섰다.

Chapter 9

피사노교의 교도들과 슭, 그리고 디모스의 연합군이 코

이오스 본가를 거의 멸망으로 몰아넣을 즈음, 이탄은 코이오스 가문의 모든 지식이 집약되어 있는 도서관에 파묻혀 있는 중이었다.

이탄은 초반에 맹활약을 보여준 것 외에는 그다지 깊게 전투에 개입하지 않았다. 그저 전투 초기에 적의 정문을 뚫고 코번 가주와 장로들을 죽인 게 이탄이 한 일의 전부였다.

그 후 이탄은 쿤룬의 무덤지기들부터 최우선적으로 생포했다.

"이제 다 되었나?"

이탄은 밖에서 발생하는 시끄러운 소음에는 일체 신경을 껐다. 그리곤 독서에만 집중했다. 코이오스 도서관의 입구에는 잿빛 늑대족 술법사 대여섯 명이 목뼈가 으스러진 채 죽어 있었다.

이들은 이탄을 막다가 봉변을 당했다.

이탄은 거침없이 도서관 안으로 들어오더니 늑대 일족의 역대 선조들이 모아놓은 문서들을 뒤지기 시작했다.

이탄의 발밑에는 가죽으로 만들어진 고문서들이 마구 널브러져 있었다. 이탄은 빠르게 속독을 한 다음, 다 읽은 고문서는 어깨 너머로 휙 던졌다.

다음 문서, 또 다음 문서.

이탄은 차례로 문서들을 펼쳐서 읽고는 계속해서 바닥에 던져버렸다.

원래 이탄은 북명의 고대어에 대한 지식이 없었다.

다행히 도서관 안에는 북명의 고대어를 해석하기 위한 설명서가 여러 권이었다. 이탄은 무한시의 권능으로 시간을 엿가락처럼 길게 늘인 다음, 북명의 고대어부터 먼저 익혔다. 그리곤 목표로 했던 고문서들을 차례로 읽어 내려갔다.

그렇다고 해서 이탄이 북명의 고대어에 정통하게 된 것은 아니었다. 이탄은 고문서의 내용을 파악할 수 있을 정도로만 언어를 익혔다.

이탄이 한참 동안 고문서를 살펴본 결과, 다음 세 가지 결론을 도출하게 되었다.

첫 번째 결론.

어둠의 숭배자들과 간씨 세가 세상의 유령조직(쥬신의 잔당들) 사이에는 확실한 연결 고리가 존재했다.

이들 두 조직이 어떤 방식으로 교류하는지는 아직까지 불분명했다. 하지만 둘 사이에 정보뿐 아니라 물자도 오가는 것이 분명했다.

두 번째 결론.

어둠의 숭배자와 쿤룬의 무덤지기는 확실히 결이 다른

조직이었다. 이 두 조직은 목적도 다르고, 성향도 딴판이었다.

이탄이 확인한 고문서에 따르면, 코이오스 가문을 포함한 어둠의 숭배자들은 혈관 속에 스파이럴 적혈구를 가지고 있는 것이 특징이었다. 또한 어둠의 숭배자들은 언젠가 혼돈의 신이 재림하여 모든 차원의 경계를 무너뜨리고 태고의 혼돈 상태로 세상을 되돌릴 것이라 믿었다.

반면 쿤룬의 무덤지기들은 각 차원의 숨은 강자들을 주의 깊게 관찰하면서 또 다른 무언가를 획책하는 족속들이었다.

"쯧쯧쯧. 아쉽게도 이곳의 문서 중에는 쿤룬의 무덤지기들에 대한 정보가 별로 없네. 어둠의 숭배자에 대한 자료는 많은 데 말이야."

이탄이 혀를 찼다.

쿤룬에 대해서는 아무래도 조금 더 시간을 두고 알아봐야 할 것 같았다. 그만큼 쿤룬은 베일에 싸인 조직이었다.

이어서 세 번째 결론.

간씨 세가 세상의 유령조직은 단지 어둠의 숭배자들과만 연결된 게 아니었다. 유령조직 안에는 쿤룬의 무덤지기도 포함되었다.

이것은 문서뿐 아니라 이탄의 경험으로부터도 우러나온

사실이었다.

예전에 이탄이 스린 야시장을 방문하여 유령조직의 아지트를 습격할 무렵이었다. 당시 유령조직의 조직원 가운데 한 명이 차원의 문을 이용하여 이탄의 추적을 뿌리치고 도망쳤다. 그가 바로 무덤지기였다.

이상 3개의 결론을 내린 뒤, 이탄은 가볍게 숨을 내쉬었다.

"휴우. 어쨌거나 다행이다. 복잡하게 꼬인 일들이 이제 조금씩 정리가 되어가는 듯해. 어둠의 숭배자, 유령조직, 쿤룬, 그리고 몇몇 신격 존재들. 이들 사이의 연관성만 파악하고 나면, 그동안 숨겨져 있던 큰 그림이 비로소 드러날 것 같아."

이탄은 기대감에 손바닥을 슥슥 비볐다.

문서 탐독을 마친 뒤, 이탄은 도서관의 위층으로 시선을 돌렸다.

"자아, 어디 보자. 정보 수집은 이만하면 되었구나. 그렇다면 이제부터는 북명의 술법에 대해서 한번 알아볼까?"

도서관 위층에는 고문서가 아니라 코이오스의 술법서들이 보관되어 있었다.

이탄은 술법이라면 자다가도―물론 듀라한인 이탄이 잠을 자는 경우는 없지만― 벌떡 일어나는 성향이었다.

그런 이탄 앞에 코이오스 가문의 역대 선조들이 수집한 술법서가 잔뜩 쌓여 있다는 것은, 마치 고양이 앞에 생선 탑이 쌓여 있는 것과 마찬가지였다. 이탄은 맛난 먹이를 앞에 둔 고양이처럼 침을 꿀꺽 삼켰다.

"우후후훗."

이탄은 두근거리는 마음으로 도서관 위층을 방문했다.

잠시 후, 이탄의 앞에는 오래된 짐승가죽 두 장과 탁본 세 장이 차곡차곡 쌓였다.

이 가운데 가죽 두 장은 코이오스 가문 최강의 술법이 기술된 술법서였다. 그리고 나머지 탁본 세 장은 이탄이 그릇된 차원에서 피우림 대선인으로부터 복사한 술법서였다.

원래 이 탁본의 원본은 각각 짐승 가죽과 거북이 등껍질, 그리고 대나무에 새겨져 있다고 했다.

"그럼 우선 잿빛 늑대족의 술법부터 살펴볼까."

이탄은 짐승가죽을 먼저 손에 들었다. 낡은 가죽 술법서의 서두에 박힌 제목은 다음과 같았다.

유리궁.

투명궁.

이 가운데 유리궁은 코이오스의 커트럽 가주가 주력으로

사용하는 술법이었다.

투명궁은 이탄의 손에 죽은 코번 가주의 주력 무기였다.

Chapter 10

"이 정도 술법이면 배워둘 가치가 있네."

이탄은 무한시의 권능으로 시간을 멈춰놓은 상태에서 유리궁과 투명궁을 빠르게 습득했다.

놀랍게도 이 2개의 술법들은 난이도가 꽤나 높았다. 위력도 이탄의 백팔수라나 금강체에 거의 육박할 정도로 대단했다.

이탄이 무릎을 탁 쳤다.

"어허. 늑대족의 가주 녀석은 이 술법의 진가를 제대로 발휘하지 못했었구나. 만약에 녀석이 투명궁을 제대로 쓸 줄 알았다면 피사노교의 흑마법만으로는 상대하기 불가능했을 거야. 언령이나 만자비문, 아니면 최소한 백팔수라 제6식까지 동원해야 코번 녀석을 거꾸러뜨릴 수 있었겠어. 쯧쯧쯧. 이제 보니 돼지 목에 진주 목걸이였네. 술법이 아깝다. 술법이 아까워."

이탄이 혀를 찼다.

이탄은 "이쯤 되는 고급 술법이라면 마땅히 내가 가져야지. 그래야 술법의 진가가 제대로 발휘되지."라는 뻔뻔한 독백도 내뱉었다.

죽은 코번이 이탄의 이야기를 들었다면 뒷목을 붙잡았을 것이다.

이탄은 유리궁과 투명궁을 완벽히 체득한 다음, 피우림 대선인으로부터 복사한 탁본 세 장을 손에 들고 살폈다.

원래 이탄이 탁본 세 장을 입수한 지는 꽤 오래되었다. 다만 이탄은 그동안 북명의 고대어에 대한 지식이 없었기에 술법서의 내용을 해석하지 못했을 뿐이다.

지금은 상황이 변했다. 이탄은 수인족들의 고대어를 척척 해독할 능력을 갖추었다.

이탄이 탁본을 읽어본 결과, 한 가지 아주 놀라운 사실을 발견했다.

"이거 셋이 하나잖아."

이탄은 잔뜩 흥분하여 외쳤다.

각기 짐승가죽과 거북이 등껍질과 대나무에 새겨져 있던 술법은 3개의 서로 다른 내용이 아니었다. 알고 보니 이것들은 하나로 이어지는 술법이었다.

지금까지 북명의 술법사들 가운데 이 중요한 비밀을 알아낸 자는 전무했다. 모두들 이 세 권의 술법서가 무척 신묘한 기운을 품고 있으나 어딘지 모르게 흐름이 탁탁 끊어져서 술법 연마가 불가능하다고만 여겼을 뿐이었다.

처음에는 이탄도 포기하려고 했다. 가닥가닥 흐름이 끊어져 있기에 이 상태로는 술법구현이 불가능해서였다.

그러다 이탄 특유의 오기가 발동했다. 이탄은 남들이 포기하건 말건 술법을 끝까지 물고 늘어지는 성향이었다. 게다가 이탄은 술법에 관한 한 세상 그 누구도 따라올 수 없는 천부적인 재능을 지녔다.

이탄은 세 장의 복사본을 몽땅 머리에 쓸어 담은 뒤, 전체적인 맥락을 살폈다.

그러자 한 가지 깨달음이 이탄의 머리를 강타했다.

'이거 뭐야? 3개 술법의 끊어진 부위가 서로 묘하게 연결되어 있잖아?'

이탄의 가슴이 갑자기 두근두근 뛰었다.

이탄은 지그시 눈을 감았다. 이탄의 머릿속에는 세 탁본에 사용된 고대의 문자들이 우르르 떠올랐다.

그 문자들은 마치 살아 있는 물고기처럼 퍼덕거리며 이탄의 뇌 속을 유영했다.

자유롭게 헤엄치던 문자들이 어느 순간 이탄의 머릿속에서 이합집산을 거듭했다. 그러다 문자들이 재조립되어 새로운 흐름을 만들어 내었다.

이 흐름은 기존에 3개로 나누어 있던 술법처럼 탁탁 맥이 끊기지 않았다. 처음부터 끝까지 하나로 이어졌다.

3개의 술법이 드디어 완벽한 하나의 술법으로 거듭났다.

콰콰쾅!

그 순간 이탄의 뇌리에는 천둥번개가 내리쳤다. 이탄의 망막에는 오색 불꽃이 명멸을 거듭했다.

"아아아!"

이탄은 희열에 가득 찬 신음을 흘렸다.

"역시 이건 3개의 서로 다른 술법이 아니었어. 셋이 합쳐져서 하나가 되었을 때 비로소 진가가 드러나는 그러한 술법이었다고."

이탄이 잔뜩 흥분하여 소리쳤다. 이탄의 머릿속에는 이 술법의 진짜 이름이 새겨지듯이 떠올랐다.

〈〈건곤대나이(乾坤大挪移)〉〉

이것이 술법의 진짜 이름이었다.

이탄은 잔뜩 흥분하여 건곤대나이를 읽어 내려갔다. '하늘과 땅을 뒤바꿔 버린다.'는 내용의 이 술법은, 그 위력 또한 충격적이었다.

건곤대나이라는 난해한 이름을 가진 이 고대의 술법은,

하늘의 기둥을 소환하여 세상 모든 것을 꽁꽁 묶어버린다는 천주부동에도 결코 뒤떨어지지 않았다. 아니, 오히려 천주부동을 훌쩍 뛰어넘었다.

만약 이탄의 추측이 옳다면, 건곤대나이가 완성되면 실제로 하늘과 땅을 뒤집어 버리는 이적도 가능할 듯했다.

거기에 비하면 음과 양을 전환하고, 태양과 달을 바꾸며, 남녀의 성별을 전이하는 것쯤은 손바닥 뒤집듯이 쉬운 일이었다.

어디 그뿐이랴.

건곤대나이가 완성된다면, 전투 중에 적과 나의 위치를 바꾸고, 내가 원하는 상대와 몸을 바꾸며, 영혼을 맞교환하는 것도 가능했다.

"아아아, 술법의 세계는 정말 무한하구나. 세상에 이런 괴상한 이적을 일으키는 술법이 다 있었다니!"

이탄은 진심으로 감탄했다.

또 한 가지.

이탄은 건곤대나이의 개념을 파악하던 중에 새로운 사실을 하나 깨달았다.

북명의 슭에는 '포지션 리플레이스먼트 (Position Replacement: 위치 치환)'라는 최고의 술법이 존재했다. 과거에 이탄은 피우림 대선인과 술법을 교환하면서 포지션 리플레이스먼트의 복사본을 손에 넣었다.

"한데 알고 보니 그 포지션 리플레이스먼트가 건곤대나이의 아주 일부 개념만 본따서 만든 하위 술법이었잖아? 하하하."

이탄이 손바닥으로 자신의 이마를 탁 때렸다.

포지션 리플레이스먼트는 슮의 오대가문을 통틀어서 최고의 술법서로 인정받는 비법이었다.

그런데 그 대단한 술법이 건곤대나이의 하위치환에 불과했던 것이다. 진짜 오리지널은 어디까지나 건곤대나이였다.

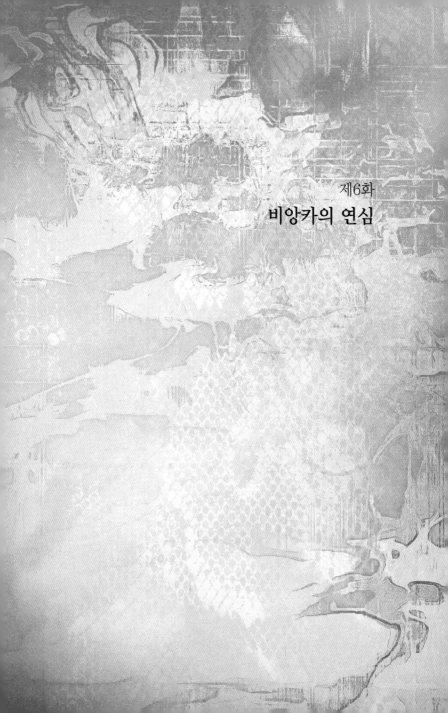

제6화

비앙카의 연심

Chapter 1

"오늘은 수확이 아주 짭짤하네. 룰룰루~."

이탄은 도서관을 벗어나면서 콧노래를 흥얼거렸다. 이번
코이오스 정벌은 이탄에게 몇 가지 중요한 이득을 안겨주
었다.

첫째, 이탄은 어둠의 숭배자들에 대한 많은 자료를 확보
했다.

둘째, 이탄은 쿤룬의 무덤지기를 2명 더 생포했다.

셋째, 이탄은 코번 가주를 죽이고 팔곡 가운데 3개, 즉
효이추위, 주이단호, 석이색도를 손에 넣었다.

넷째, 이탄은 북명의 고대어를 자습으로 익혔다.

다섯째, 이탄은 코이오스 가문 최강의 술법인 유리궁과 투명궁을 익혔다.

여섯째, 이탄은 예전에 그릇된 차원에서 얻은 탁본 세 장을 해독한 결과, 건곤대나이라는 기적 같은 술법을 얻었다.

이런 풍성한 수확이 이탄의 마음을 들뜨게 만들었다. 이탄은 슬렁슬렁 탭댄스를 추면서 도서관 밖으로 나왔다.

그즈음 코이오스 본가는 검록색 화염에 완전히 뒤덮여 아수라장이 되어버렸다. 만자비문의 권능이 포함된 이 지옥의 화염은 오직 이탄이 머물고 있는 도서관에만 범접하지 못했을 뿐 코이오스 본가의 다른 건물들은 모조리 집어삼켰다. 잿빛 늑대족들도 걸리는 족족 촛농처럼 녹여버렸다.

피사노교의 사도들조차도 검록색 화염을 피해서 후다닥 철수했다.

늪의 수인족 술법사들도, 디모스의 유령들도 모두 검록색 화염을 감당하지 못하고 멀리 피신했다.

심지어 불멸의 리치인 아나테마도 먼발치에 떨어져서 하염없이 화염만 바라보았다.

[끼요옵. 더 즐기고 싶었는데. 좀 더 화려하게 놀고 싶었는데. 저 빌어먹을 녹색 화염 때문에 되는 일이 하나도 없구나. 끼요오옥.]

아나테마가 불만을 터뜨렸다. 이탄이 만들어낸 검록색 화염은 아나테마의 저주마법으로도 꺼트릴 수 없었다.

그렇게 세상 모든 것을 살라먹을 듯하던 화염이 한순간 어느 한 지점으로 빨려들 듯이 사라졌다.

다름 아닌 이탄의 입 속이었다.

이탄은 숨을 한 번 가볍게 들이쉬어서 검록색 화염을 거둬들였다.

[끼요오옥, 너무해. 너무하다고. 네 녀석이 분명히 약속하지 않았더냐. 내 마음껏 살육을 해도 된다고 말이다. 그런데 네 녀석이 싸지른 불 때문에 나는 마음껏 회포를 풀지 못했잖아. 끼요오옵.]

아나테마가 이탄에게 쪼르르 달려와 투정을 부렸다.

이탄은 아나테마의 머리 위에 둥실 떠 있는 수천 개의 뼈 꼬챙이를 올려다보았다. 이탄은 아나테마형에 대해서 알고 있었으나, 그 실체를 직접 눈으로 보니 충격적이었다.

'아우, 이런 변태 영감탱이를 봤나. 저만큼 했으면 되었지 뭘 또 보채쇼? 이제 그만 자중 좀 하쇼. 다음에 내가 또 영감에게 기회를 줄게.'

이탄은 아나테마를 윽박지르듯이 달랜 다음, 다시 몸속으로 회수했다.

아나테마가 쭈우욱 소리를 내면서 이탄의 등에 돋은 뼈

속으로 되돌아왔다. 이탄은 그 뿔마저 살 속으로 거둬들였다.

'역시 저 언데드 악마종은 쿠미 신인님과 결합한 자였구나.'

싸쿤과 푸엉이 동시에 이런 생각을 품었다.

한편 힐다는 부르르 몸을 떨었다.

'으으으. 대체 쿠미 신인님은 어떻게 저런 변태스러운 악마종과 결합을 했지? 끼리끼리 어울린다고, 보통 초마의식에서 악마종들은 자신과 성향이 비슷한 인간과 결합을 하잖아. 그렇다면 쿠미 신인님도 취향이 저쪽이란 말인가? 으으으. 이거 앞으로 쿠미 신인님 앞에서 절대 조심해야겠구나. 잘못 걸렸다가는 뼈도 못 추리겠어. 으으으으.'

힐다는 이탄에게 겁을 잔뜩 집어먹었다.

이것은 힐다와 결합한 여악마종도 마찬가지였다.

이탄이 이끄는 북명 원정대가 동차원에 진입한 날짜가 10월 23일 자정이었다.

그 후 북명 원정대는 숲의 오대가문 가운데 세 곳인 브라세 가문, 그리사드 가문, 칼만 가문을 차례로 무릎 꿇렸다.

아니, 엄밀하게 말해서 북명 원정대가 직접 싸운 것은 브라세의 투계족뿐이었다. 그리사드의 오소리족 사냥꾼들과 칼만의 악어족 전사들은 이탄이 홀로 나서서 굴복시켰다.

이탄과 북명 원정대가 동차원으로 넘어온 지 불과 사흘 만에 벌어진 일이었다.

불과 3일 만에 늪의 5분의 3을 거머쥔 것만 해도 놀라운데, 이탄의 파격적인 행보는 거기서 멈추지 않았다.

10월 29일.

이탄은 늪에 이어 하버마에 대한 정벌에도 돌입했다. 그날 북명 원정대와 늪의 수인족 술법사들은 이탄이 알려준 좌표에 맞춰서 미지의 암석계곡으로 공간이동했다.

그곳이 바로 디모스 유령 일족들의 본거지였다.

치열했던 전투 결과—사실은 일방적인 전투였지만—이탄과 그의 부하들은 디모스 가문의 항복을 받아내었다.

이틀 뒤인 10월 31일.

이탄은 마침내 하버마의 중심 세력이나 다름없는 코이오스 가문마저 잿더미로 만들었다.

코이오스 가문을 무너뜨리고, 디모스 가문을 뒤에서 컨트롤하여 하버마 전체를 손에 넣겠다는 이탄의 계획은 이로써 실현되었다.

원래 쌀라싸는 이탄을 동차원으로 보내면서 다음과 같은 당부를 남겼다.

"막내아우님은 지금부터 6개월 안에 늪의 가문들을 병탄

해주시게. 그런 다음 그들을 동원하여 마르쿠제 술탑의 발목만 잡아주면 되네. 우리가 6개월 뒤에 언노운 월드의 더러운 백 세력들을 상대로 전면전을 일으킬 것인즉, 그때 마르쿠제 술탑이 전쟁에 개입하지 못하도록 해주는 것이 막내아우의 임무일세."

이탄도 쌀라싸의 당부를 꼭 이루겠다고 약속했다.

한데 이탄은 그 약속을 불과 사흘 만에 달성해 버렸다. 그리곤 슭에서 한 발 더 나가 하버마까지 공략했다.

"하하. 이것으로 5개월 이상 시간을 벌었잖아? 이제 남은 시간 동안에는 그동안 밀린 일들을 하나씩 처리해야지. 하하하."

이탄은 기분이 무척 상쾌했다.

Chapter 2

북명 원정대와 슭의 세 가문, 그리고 디모스의 유령 일족은 절대 튀는 행동을 하지 않았다. 다들 평소처럼 지내면서 이탄의 명령이 떨어지기만을 기다렸다.

피사노교의 사도와 교도들, 그리고 북명의 수인족 술법사들은 최근 몇 차례의 전쟁을 겪으면서 이탄이 얼마나 무시무시한 존재인지 절실히 깨달았다. 특히 아나테마가 보여준 뼈 꼬챙이는 충격과 공포라고밖에 표현할 수 없었다.

"다들 각자의 영역에서 한 발도 벗어나지 말고 자중하라. 나는 검은 드래곤의 영광을 위하여 적진을 탐방하고 돌아올 터이니, 너희들은 나의 명이 떨어질 때까지 이곳에 대기해야 한다."

이탄의 명이었다.

"넵. 신인님."

북명 원정대와 슭의 세 가문, 그리고 디모스의 유령 일족은 겁에 질린 채 이탄의 명을 받들었다.

이탄은 부하들을 북명에 남겨놓은 채 홀가분한 마음으로 마르쿠제 술탑을 방문했다.

이탄은 6개월 뒤 부하들과 함께 마르쿠제 술탑의 발목을 물고 늘어질 계획이었다.

그런데도 이탄은 거의 죄책감을 느끼지 않았다. 그는 마르쿠제 술탑을 당당히 방문하면서도 전혀 양심의 가책을 못 느꼈다. 오히려 이탄은 마르쿠제 술탑주나 비앙카를 만날 생각에 살짝 들떠 있었다.

이런 점을 보면 확실히 이탄은 무언가가 결여되어 있는 것이 분명했다. 어린 시절에 겪은 충격적인 사건들 때문인지, 아니면 다른 무언가가 있는 것인지, 확실히 이탄의 사고방식은 정상적이지 않았다.

여하튼 이탄은 기쁜 마음으로 마르쿠제 술탑을 방문했다.

샤라랑~.

빛의 입자로 흩어졌던 이탄의 몸뚱어리가 머나먼 혼명 지역에서 다시 하나로 뭉쳤다. 이탄은 신비로운 빛 속에서 툭 튀어나왔다.

"휘유우, 랑무 대산맥은 오랜만이네."

이탄이 작게 휘파람을 불었다.

랑무 대산맥은 동차원 북서쪽에 길게 자리한 산악지대로, 서차원(언노운 월드)으로 치면 바룸 대산맥에 해당했다.

바로 이 랑무 대산맥의 중심부에 마르쿠제 술탑이 위치한 것이다.

한편 서차원의 바룸 대산맥에는 피사노교의 총단이 자리를 튼 상태였다.

결국 마르쿠제 술탑과 피사노교의 총단은 차원만 다를 뿐 서로 이웃한 공간에 각자의 터전을 잡은 셈이었다.

이탄은 그 랑무 대산맥 중에서도 중심부 분지에 나타났다.

이곳 분지에 세워진 랑무성은 인구가 무려 8억 명이나 되었다. 그러니 이것은 성이 아니라 차라리 제국이라 불려야 마땅했다.

이 어마어마한 제국의 주인은 지젝이라는 술법사였다.
그런데 지젝은 진짜 신분은 마르쿠제 술탑의 내총관이었
다.

마르쿠제 술탑의 내총관이 랑무성의 성주라니.

다시 말해서 인구 8억 명의 랑무성은 마르쿠제 술탑의
하부 조직인 셈이었다. 실제로도 마르쿠제 술탑은 랑무성
중심부에 우뚝 솟아 있었다.

다만 술탑 주변이 1년 365일 내내 짙은 구름으로 뒤덮여
있기에 일반 백성들은 마르쿠제 술탑의 본모습을 볼 수가
없었다.

마르쿠제 술탑 안에 거주하는 정주 인구만 따져도 50만
명에 조금 못 미쳤다. 간씨 세가 세상에 비교하여 설명하자
면, 술탑 하나가 어지간한 도시 규모였다.

물론 간씨 세가의 세상과 동차원을 1대 1로 비교하는 것
은 말이 되지 않았다. 동차원이나 언노운 월드는 간씨 세가
의 세상과는 감히 비교도 되지 않을 만큼 거대한 지역이었
다. 이곳 두 차원은 도시건, 성이건, 인구건, 무조건 간씨
세가 세상보다 100배 이상 더 크다고 보는 편이 정확했다.

이탄은 그 랑무성의 외진 거리에 불쑥 나타났다.

'어라? 거리의 풍경이 눈에 익은데?'

이탄은 눈매를 좁히고는 주변을 찬찬히 둘러보았다. 이 외진 거리가 어딘지 모르게 친숙한 느낌이 들었다.

그러다 이탄은 입술을 살짝 벌려 탄성을 흘렸다.

"아!"

이제 보니 이 거리는 예전에 이탄이 피사노교로 출격하기 전에 잠시 들렀던 장소였다. 당시 이탄은 이 거리로 나와서 술법서와 법보 몇 개를 구입했었다.

"은신공법이라고 했던가? 쳇. 그 노파에게 완전히 속아서 샀지 뭐야."

이탄이 나직하게 투덜거렸다.

당시에 이탄이 구매했던 술법서는 은신공법이라는 이름을 가지고 있었다.

한데 은신공법은 전투나 방어에 특화된 술법은 아니었다. 일단 술법사(이탄)가 이 해괴한 공법을 펼치면, 그 즉시 술법사의 기세가 숨겨지고 술법사도 무척 약해보이게끔 만들어주는 것이 특징이었다.

아니, 은신공법의 효능은 그 정도를 넘어섰다. 술법자가 은신공법을 펼치는 순간, 상대방은 그 술법자에게 꿀밤이라도 한 대 때려주고 싶은 마음이 저절로 생겨났다. 굳이 표현을 하자면 은신공법은 구타유발 술법이라고나 할까.

"미션에 참여하다 보면 때로는 기세를 숨길 필요도 있겠지. 이를 테면 적진에 몰래 숨어들어 갈 때라던가. 하지만 은신공법은 너무 이상해. 대체 누가 그딴 쓸데없는 술법을 만들었을까?"

이탄은 고개를 절레절레 저었다.

잠시 잡생각을 하던 이탄이 다시 한 발을 내디뎠다. 이탄은 어느새 외진 고서점 거리를 떠나서 마르쿠제 술탑의 입구에 나타났다.

크와앙.

크르르릉.

이탄이 갑자기 등장하자 구름 속에 숨겨져 있던 술탑 정문에서 사자의 포효 소리가 두 번 연달아 울렸다.

포효하는 사자는 진짜 사자들이 아니었다. 이들의 정체는 술탑의 정문 양쪽에 떡하니 세워져 있는 돌사자 조각이었다.

Chapter 3

돌사자 두 마리가 이탄을 향해서 저음으로 으르렁거렸다.

지금 이탄은 가면을 벗고 맨 얼굴을 드러내었다. 피사노교의 신인 복장도 벗고 평범하게 갈아입었다. 남명의 수도복을 입고 있는 이탄의 모습은 마르쿠제 술탑의 제자들과 차이가 없었다.

그럼에도 돌사자 두 마리는 이탄이 외부인임을 한눈에 알아보고는 우렁찬 포효를 통해서 경고를 날렸다.

돌사자의 포효는 '외부인은 함부로 접근하지 말라.' 는 의미였다.

이탄은 어둠의 힘은 감추고 정상적인 법력을 끌어올렸다. 이탄의 몸 주변에 맑은 기운이 휘몰아치면서 돌사자들을 움찔하게 만들었다.

얼마 지나지 않아 구름 안에서 사람의 목소리가 들렸다.

"누구십니까? 여긴 어떻게 찾아오신 겁니까?"

목소리는 정중했다.

이탄은 남명의 억양이 섞인 말투로 대답했다.

"저는 금강수라종의 이탄이라고 합니다. 술탑주님과 비앙카 님의 초대를 받고 찾아왔는데, 혹시 두 분 중 한 분이라도 뵐 수 있을까요?"

이탄의 대답에 구름 안에서 헛바람 집어삼키는 소리가 울렸다.

"헙! 금강수라종?"

"어억, 탑주님의 손님이셨습니까?"

구름이 후다닥 걷혔다. 돌계단 양쪽에 떡 버티고 있는 돌 사자 두 마리는 이탄이 귀빈이라는 사실을 깨닫고는 겸연 쩍은 듯 고개를 옆으로 돌렸다. 그러면서 돌사자들은 사과 의 의미를 담아 돌로 이루어진 꼬리를 살랑살랑 좌우로 흔 들었다.

이탄이 그 모습을 보고는 빙그레 미소를 지었다.

그러는 동안 술탑의 정문이 열렸다. 정문 안쪽에서 수도 복을 입은 술법사 3명이 헐레벌떡 돌계단 아래로 뛰어내려 와 이탄을 맞았다.

"금강수라종에서 오셨다고요?"

"저희가 조금 전에 탑에 기별을 넣었습니다."

"여기서 조금만 기다려 주시면 탑에서 마중을 나오실 겁 니다."

술법사들은 이탄 앞에서 쩔쩔 맸다.

단지 금강수라종이라는 이름값 때문에 술법사들이 이렇 게 쩔쩔 매는 것이 아니었다. 그들은 이탄이 자연스럽게 드 러낸 법력 때문에 주눅이 들었다.

지금 이탄에게서 풍기는 기세는 선급 수도자를 훌쩍 뛰 어넘었다. 이 정도면 거의 대선인들에 버금갔다.

약 10분쯤 뒤.

짙은 구름 안에서 조그만 구름 한 조각이 튀어나왔다. 이 조각구름은 단숨에 정문을 타 넘더니 이탄 앞에 착지했다.

조각구름 위에서 3명이 동시에 뛰어내렸다.

"이탄 님!"

붉은 옷을 입고 붉은 머리카락을 휘날리는 미녀가 가장 먼저 이탄을 반겼다. 그녀는 다름 아닌 마르쿠제의 손녀 비앙카였다.

최근 만나보지 못한 사이에 비앙카는 더 예뻐진 것 같았다. 이탄을 향해서 활짝 웃는 비앙카의 모습은 만개한 꽃봉오리를 보는 듯했다.

비앙카의 왼쪽 뒤편에는 은발머리 미녀인 레베카가 보였다.

레베카는 마르쿠제 술탑의 2인자이자 장로원주인 오세벨의 후계자로, 비앙카와는 또 다른 매력을 가진 여수도자였다.

한편 비앙카의 오른쪽에는 술탑의 사천왕 가운데 막내인 오고우 선인이 자리했다. 오고우는 안타깝게도 오른팔에 이상이 생겼다. 그의 팔뚝 아래쪽이 뚝 절단된 상태.

'쩝.'

이탄이 속으로 씁쓸하게 입맛을 다셨다. 왜냐하면 오고우의 팔뚝을 자른 장본인이 이탄이기 때문이었다.

지난번 아울 산맥에서 피사노교는 백 진영의 삼대 탑을 상대로 혈투를 벌였다. 그때 이탄은 피사노교의 교도들을 구하기 위해서 전투에 끼어들었다가 어쩔 수 없이 오고우의 팔을 잘랐다.

　비록 이탄이 정상적인 사람들과는 다르게 감정이 뒤틀려 있다고는 하나, 이렇게 눈앞에서 팔을 잃은 오고우를 보자 입맛이 썼다.

　이탄의 속마음을 아는지 모르는지 오고우는 여전히 태평했다.

　"허허허. 이탄 도우, 정말로 우리 술탑을 방문해 주셨구려. 지난번 서차원 대륙 남부의 지하도시에서 헤어진 이후로 비앙카 공주님께서 이탄 도우를 얼마나 기다렸는지 모른다오. 으허허헛."

　"꺅! 오고우 님, 지금 무슨 소리를 하시는 거예욧."

　오고우의 폭로에 비앙카가 소리를 빽 질렀다.

　"이크! 공주님, 죄송합니다. 이놈이 눈치도 참 없네요."

　오고우는 비앙카를 향해서 익살스럽게 싹싹 빌었다.

　그 모습을 보고는 레베카가 엷은 미소를 지었다.

　이탄도 빙그레 따라 웃었다.

　비앙카는 이탄을 마르쿠제 앞으로 안내했다.

"허허허. 이탄 선인, 어서 오게나."

마르쿠제가 두 팔을 활짝 벌려 이탄을 맞았다. 마르쿠제에게 이탄은 손녀딸을 구해준 은인이었다.

그레브 시의 지하에서 비앙카는 하마터면 루암 코이오스에게 납치를 당할 뻔했다. 그때 이탄이 비앙카를 구해주었다.

겨우 횡액을 면한 뒤, 비앙카는 그레브 시에서 겪었던 일들을 마르쿠제에게 모두 고했다. 마르쿠제는 이탄에게 크게 고마워하면서 비앙카에게 신신당부했다.

"예전에 남명 음양종에서 이탄 선인을 처음 보았을 때부터 인상이 깊었지. 그런데 그 이탄 선인이 이제는 너의 생명을 구해준 은인이 되었구나. 다음에 이탄 선인을 만나거든 이 할애비 앞에 꼭 한번 데려오너라. 내가 친히 그에게 고마움을 표시하고 싶구나."

그 후로 비앙카는 이탄에게 연락을 해보려고 애썼다.

한데 의외로 그 간단해 보이는 일이 쉽지 않았다. 이탄은 동차원을 떠나 언노운 월드에서 주로 머물렀는데, 어찌나 바쁜지 자리를 비우기 일쑤였다.

게다가 비앙카도 마르쿠제 술탑의 업무에 치여서 정신이 없었다.

그러다 최근에는 백 진영의 삼대 탑과 피사노교 사이에

전투가 벌어졌다. 비앙카는 더더욱 이탄을 찾아볼 엄두를 내지 못했다.

한데 이탄이 직접 술탑으로 찾아온 것이 아닌가.

비앙카는 너무 반가워서 단숨에 술탑 정문으로 뛰어 내려갔다. 그리곤 이탄을 마르쿠제 앞으로 데려왔다.

Chapter 4

마르쿠제 술탑주는 예전에 이탄이 처음 만났을 당시와 변한 것이 없었다. 그는 185 센티미터로 풍채가 좋았다. 마르쿠제의 머리카락은 황금빛 물결처럼 구불구불 휘날렸다. 마르쿠제의 두 눈은 사파이어처럼 파란색이었다.

마르쿠제가 입고 있는 순백의 법복 사이로 금빛 가슴털이 민망하게 드러났다. 여유롭게 뒷짐을 진 마르쿠제의 손에는 깃털로 만든 부채가 살랑거렸다.

이탄이 상대에게 꾸벅 고개를 숙였다.

"술탑주님, 오랜만에 뵙습니다."

"으허허. 지난번에 동차원의 특수부대가 피사노교의 총단으로 쳐들어갈 때 만난 이후로는 처음이지? 그러니까 그게 5개월 전이던가?"

마르쿠제는 호탕한 웃음으로 이탄을 반겼다.

이탄은 속으로 '아차!' 싶었다.

그동안 이탄이 동차원과 서차원을 오갈 때마다 시간은 아주 느리게 흘렀다. 이탄이 그릇된 차원과 부정 차원을 다녀올 때는 아예 시간이 1초도 흐르지 않았다. 그래서 이탄은 마루쿠제를 아주 오랜만에 만난다고 생각했다.

한데 가만히 따져 보니 이탄이 동차원의 특수부대와 함께 피사노교로 쳐들어갔던 것이 고작 5개월 전 사건이었다.

이탄은 말실수를 했구나 생각했다.

한데 의외로 마르쿠제는 이탄의 말뜻을 오해하여 좋게 생각했다.

"허허허. 이탄 선인의 말마따나 5개월이면 꽤나 오래 전이지. 보고 싶은 사람이 있는데 5개월 동안 보지 못한다면 정말 미치겠거든. 허허허. 그런데 이탄 선인은 우리 술탑에 보고 싶은 사람이라도 있던가? 설마 그 대상이 이 늙은이는 아니겠지? 허허허."

마르쿠제는 은근히 농을 하면서 비앙카를 쳐다보았다.

비앙카가 당황하여 얼굴이 새빨갛게 물들었다.

"무, 무슨 소리를 하시는 거예요? 이탄 선인님처럼 진중하신 분에게 그런 농담을 하시면 선인님께서 당황하시잖아요."

"허허허. 당황은 오히려 네가 한 것 같구나."

"할아버지. 아니, 탑주님."

마르쿠제의 말에 비앙카의 얼굴은 더 붉어졌다. 비앙카가 홍시 같은 얼굴로 발만 동동 굴렀다.

마르쿠제가 한 손을 휘휘 저었다.

"어허허. 농담이다, 농담."

그런 다음 마르쿠제는 이탄에게 손수 자리를 권했다.

"자, 이탄 선인, 그쪽에 앉으시게. 이탄 선인의 말대로 오랜만에 만났으니 우리 차 한 잔만 하세나. 어떤가? 차 마실 시간은 있겠지?"

"물론입니다, 술탑주님. 저야 영광입니다."

이탄은 공손히 대답했다.

마르쿠제가 줄을 잡아당기자 곱게 단장한 시녀들이 황금 쟁반 위에 다기를 내왔다. 시녀들은 테이블에 찻잔 3개를 셋팅한 다음, 김이 모락모락 나는 차를 찰랑찰랑하게 따랐다.

"향을 한번 맡아 보게."

마르쿠제가 이탄에게 차를 권했다.

"좋은 향이로군요. 폐부까지 상쾌해지는 것 같습니다."

이탄은 차향을 음미한 뒤, 칭찬을 해주었다.

"허허, 차를 볼 줄 아는구먼. 허허허. 이건 내가 직접 재배하여 말린 차라네. 허허헛."

마르쿠제는 뿌듯한 표정으로 자랑을 했다.

이탄과 마르쿠제는 차에 대해서 조금 더 담소를 나눴다. 그런 다음 마르쿠제가 이탄에게 본론을 꺼냈다.

"지난번 서차원에서 우리 손녀딸이 이탄 선인에게 신세를 졌더구먼."

"아닙니다, 술탑주님. 그때 비앙카 선자님께서는 저와 제 아내를 돕기 위해 나서셨다가 괜한 봉변을 겪었을 뿐입니다. 그러니 신세를 졌다고 말할 수는 없습니다."

이탄의 입에서 '아내'라는 단어가 나오자 비앙카의 얼굴이 살짝 어두워졌다.

마르쿠제는 손녀딸의 안색을 슬쩍 곁눈질한 다음, 이탄에게 다시 시선을 돌렸다.

"험험. 아닐세. 설령 그 시점이 아니었더라도 북명의 잿빛 늑대족 놈들은 집요하게 비앙카를 노렸을 걸세. 그때 이탄 선인이 비앙카의 곁에 없었다면 어쩔 뻔했나? 그러니까 이탄 선인은 비앙카의 은인이 맞네."

마르쿠제는 단호하게 못을 박은 뒤, 이탄 앞에 나무상자 하나를 쓰윽 내밀었다.

이탄이 동그란 눈으로 마르쿠제를 바라보았다.

"술탑주님, 이게 무엇입니까?"

"허허. 열어보게."

마르쿠제가 이탄에게 상자를 열 것을 권했다.

이탄은 난감해하면서도 기쁜 마음으로 나무상자를 열었다.

상자 안에 들어 있는 것은 아주 오래되어 보이는 나무 조각이었다.

마르쿠제가 설명을 덧붙였다.

"듣자 하니 이탄 선인은 오래된 고서나 물건들을 모으는 것이 취미라지? 전에 비앙카가 그러더군. 이탄 선인의 성향이 이상하여 삼두용균을 선물로 받았을 때보다 사용처도 모를 금속판을 받으니까 더 기뻐했다더라고. 허헛."

비앙카가 또다시 소리를 빽 질렀다.

"할아버지! 아니 탑주님. 제가 언제 이탄 선인님의 성향이 이상하다고 했어요? 전 그렇게 말한 적이 없다고요. 이탄 선인님, 절대 오해하지 마세요."

비앙카는 주먹을 꼭 쥐고는 바르르 떨었다.

'오늘따라 할아버님이 왜 이렇게 짓궂으시지? 아이 참. 난 몰라.'

비앙카는 마르쿠제의 짓궂은 농담 때문에 이탄이 자신을 오해할까 봐 속이 탔다.

다행인지 불행인지 이탄은 지금 다른 곳에 정신이 팔려

서 마르쿠제가 무슨 말을 했는지도 제대로 듣지 못하였다.

'헙? 이게 또 이렇게 내 수중에 들어온다고?'

마르쿠제가 이탄에게 건넨 선물은 뭉툭한 나무 조각이었다. 나무 조각의 표면에는 알 수 없는 문자와 기호들이 가득했다.

마르쿠제가 선물에 대한 부연설명을 덧붙였다.

"이보게, 이탄 선인. 나도 그 나무 조각을 오랫동안 연구해 보았으나 도저히 해독이 안 되더군. 하긴. 그 나무 조각뿐 아니라 금속판도 연구해 보았으나 해석이 불가능했지. 일전에 비앙카가 이탄 선인에게 선물했던 금속판 말일세."

"아아, 그러셨군요."

이탄은 과장되게 고개를 주억거렸다. 그러면서도 이탄은 흥미진진한 표정으로 나무 조각만 요리조리 살폈다.

'허어. 이탄 선인은 정말 오래된 골동품에 흥미가 많은가 보구나. 피사노교의 총단에 쳐들어갈 때도 덤덤하던 사내대장부가 골동품을 손에 쥐고는 저렇게 어린아이처럼 기뻐하는 표정이라니.'

마르쿠제가 피식 웃었다.

Chapter 5

마르쿠제의 짐작대로 이탄은 진짜로 기뻤다. 이 나무 조각이야말로 이탄이 '언젠가는 반드시 다 모아야지.' 라고 염원하던 바로 그 한 꼭지였기 때문이었다.

작자미상의 고대 악보, 팔곡의 마지막 한 악보는 이렇게 우연하게도 이탄의 손아귀에 들어왔다.

이탄의 동공에 비친 악보의 제목은 다음과 같았다.

〈연풍(年豐)〉

이로써 팔곡을 구성하는 8개의 악보가 모두 다 이탄의 손에 들어왔다.

'참 희한도 하지. 팔곡의 나머지 7개 곡은 제목이 네 글자인데, 유독 이것만은 두 글자구나.'

이탄은 신기한 듯이 나무 조각을 살펴보았다.

사실 2개의 차원에 흩어져 있던 팔곡이 이탄의 손에 모두 들어온 것은 기적과도 같은 일이었다. 운명이 이끌지 않고서는 이런 일이 발생할 수 없었다.

'그렇다면 이것도 운명일까? 팔곡이 나와 인연이 있다는 뜻일까? 건곤대나이만 해도 감지덕지인데 팔곡까지 모두

손에 넣다니, 쌀라싸 님께 등이 떠밀려서 북명으로 넘어온 것치고는 내가 획득한 바가 무척 많구나.'

이탄은 문득 쌀라싸에게 고맙다는 생각이 들었다.

마르쿠제가 다시 이탄에게 말을 걸었다.

이탄은 나무 조각을 품에 넣고는 마르쿠제와의 대화에 집중했다.

둘이 처음 나눈 화두는 지난번 아울 산맥에서 벌어진 전투였다.

"나는 그 전투에서 아군이 거의 다 이겼다고 믿었다네. 그런데 오염된 그 악마들 사이에서 10번째 마왕이 탄생할 줄 누가 알았겠나. 그리고 그 10번째 마왕이 그렇게 강할 줄 누가 알았겠나. 에잉."

마르쿠제가 혀를 찼다.

'이크! 이건 내 얘기잖아.'

이탄은 속이 뜨끔했다. 하지만 시치미를 뚝 떼고 물었다.

"그자가 그리도 강했습니까?"

"그렇다네. 당시에 내가 직접 그자에게 공격을 퍼부어 봤다네. 한데 그 악마는 기존의 제3 마왕인 쌀라싸나 제8 마왕인 싸마니야에 못지않은 것 같았어. 쿠미라고 했다지? 그 10번째 마왕 말이야."

마르쿠제가 이탄과 대화를 나누다 말고 비앙카에게 확인

하듯 질문했다.

비앙카가 냉큼 대답했다.

"쿠미가 맞습니다. 피사노교에 침투한 요원들로부터 확인한 사실이에요."

비앙카의 말에 이탄은 한 번 더 뜨끔했다. 이탄이 화제를 살짝 돌렸다.

"그나저나 술탑주님께서는 그 악마…… 놈에게 어떤 공격을 퍼부으신 겁니까? 그리고 그 악마는 술탑주님의 공격을 대체 어떻게 막아낸 겁니까?"

이탄은 마르쿠제에게 당시 상황을 캐물으면서 속으로 반지를 떠올렸다.

아울 산맥에서 마르쿠제가 이탄에게 쏘아 보낸 것은 하나의 반지였다.

한데 반지 자체의 위력도 상당히 강력했지만, 그보다는 부속품처럼 반지에 딸려서 등장한 인과율의 여신이 문제였다. 이탄은 혹시라도 인과율의 여신이 마르쿠제와 관련이 있는지 궁금했다.

최소한 인과율의 여신이 반지와 밀접한 관계가 있는 것은 분명했다. 이탄이 인과율의 여신을 힘겹게 물리치고 난 직후, 마르쿠제의 반지도 힘을 잃었다. 이탄은 그 괴상한 반지를 회수하여 아공간에 보관해 두었다.

물론 지금은 그 반지가 온전한 상태는 아니었다. 이탄의 단단한 몸뚱어리와 부딪치면서 반지의 절반이 우그러졌기 때문이었다.

이탄은 마르쿠제의 대답을 기다리면서 상대의 표정 변화를 세심하게 살폈다.

한데 마르쿠제는 인과율의 여신에 대해서는 전혀 모르는 눈치였다. 마르쿠제는 이탄에게 당시의 전투 장면을 솔직하게 말해주었다.

"내가 어떻게 그 마왕을 공격을 했느냐고? 그때 나는 가지고 있던 모든 법보들 중에서 가장 위력적인 것을 골라서 그놈에게 쏘아 보냈었지."

"오!"

"부끄러운 이야기지만, 나는 그 일격으로 마왕을 충분히 거꾸러뜨릴 수 있다고 자신했다네. 한데 아니었어. 그건 내 오만이었지."

마르쿠제가 쓰게 입맛을 다셨다.

이탄은 적절히 추임새를 넣으며 대화를 이어갔다.

"저런! 술탑주님의 법보들 중에서 가장 위력적인 것이라면 당연히 최상급 법보가 아닙니까? 그런데 그 강력한 일격을 한낱 악마 따위가 막아내었다고요? 저는 도저히 믿을 수가 없습니다."

"아닐세. 한낱 악마 따위라고 폄하할 수는 없다네. 놀랍게도 그 마왕은 내 기습공격을 맨몸으로 받아냈어."

"맨몸이 아닐 겁니다. 아마도 그 악마놈은 의복 속에 특수한 갑주를 걸치고 있었을 게 확실합니다. 최상급 마보에 해당하는 갑주 말입니다. 그렇지 않고서야 어찌 악마놈 따위가 술탑주님의 일격을 막아내겠습니까?"

이탄은 일부러 스스로를 폄하하고 마르쿠제를 추켜세웠다.

마르쿠제가 무릎을 탁 쳤다.

"허어! 그 생각은 미처 못 해봤군. 그 마왕이 의복 속에 특별한 갑주를 걸치고 있었을 거다?"

"그렇습니다. 아무래도 그 악마놈은 피사노교에서 전해져 내려오는 특별한 방어구를 몸에 걸쳤을 것 같습니다. 제 추측이 맞을 겁니다."

마르쿠제는 이탄의 확신에 찬 추측을 듣고는 찌푸렸던 얼굴을 다시 폈다. 듣고 보니 이탄의 의견이 그럴듯했다.

이탄과 마르쿠제는 한참 동안 더 이야기를 나눴다.

비앙카는 두 선인 사이에서 오가는 대화를 두 눈을 반짝거리며 경청했다. 그러면서 힐끗힐끗 이탄을 곁눈질하는 비앙카의 표정이 심상치 않았다.

마르쿠제가 손녀딸의 속내를 눈치채고는 갑자기 헛기침을 내뱉었다.

"어험험. 험험. 이거 내가 장로들과 선약이 있다는 사실을 깜빡 잊어버렸구먼. 이탄 선인과 대화가 너무 즐거워서 시간 가는 줄도 몰랐으이. 허허허. 괜찮다면 오늘 대화는 여기까지만 하지. 그리고 내일 이 시간에 다시 차 한 잔 하세."

"네, 술탑주님."

이탄은 망설임 없이 일어나 마르쿠제를 향해서 공손히 목례를 했다. 한결같이 공손한 이탄의 태도에 마르쿠제가 너털웃음을 흘렸다.

"어허허허, 자네는 처음 남명에서 만났을 때와 달라진 점이 하나도 없구먼. 허허헛. 그나저나 나는 선약이 있어서 자리를 파해야겠네만, 모처럼 우리 술탑을 찾아온 손님을 이대로 숙소로 보낼 수는 없지. 이 늙은이를 대신하여 내 손녀딸이 이탄 선인을 안내해줄 걸세. 비앙카야, 이탄 선인에게 우리 술탑을 구경시켜주련?"

마르쿠제는 비앙카를 쳐다보면서 한쪽 눈을 찡긋했다.

'어떠냐? 이 할애비가 잘했지? 이게 네가 원하던 바지?'

마르쿠제의 얼굴에는 이런 말이 쓰여 있었다.

갑자기 비앙카의 얼굴이 화끈 달아 올랐다.

'아유 참. 그냥 말씀만으로 끝내시지 왜 주책맞게 윙크를 하신담.'

비앙카는 속으로 마르쿠제의 짓궂음을 탓했다. 그러면서도 그녀는 기분이 그리 나쁘지 않았다.

Chapter 6

"이탄 선인님, 괜찮으시겠어요? 먼 길 오시느라 피곤하시면 그냥 숙소로 가셔도 되어요. 혹시 관심이 있으시면 제가 술탑의 명소들을 안내해드리고요."

비앙카가 냉큼 자리에서 일어나 이탄의 의견을 물었다.

이탄은 엷은 미소로 답했다.

"피곤하지 않습니다. 게다가 신비롭기로 명성이 자자한 마르쿠제 술탑이 아닙니까. 이번 기회에 꼭 한번 둘러보고 싶군요. 선자님께서만 괜찮으시다면 저는 염치 불고하고 선자님께 신세를 좀 지겠습니다."

"그럼 저를 따라오세요. 호호호."

비앙카가 활기차게 앞장섰다.

이탄은 마르쿠제에게 한 번 더 목례를 올리고는 곧장 비앙카를 뒤따랐다.

"어허허."

마르쿠제는 두 선남선녀의 뒷모습을 흐뭇하게 바라보았
다.

'이탄 선인이 서차원에 결혼한 아내가 있다고 한들 무슨
상관인가. 이곳은 차원 자체가 다르지 않은가. 이곳 동차원
에서 이탄 선인의 배필은 우리 비앙카가 될 게야. 내가 반
드시 그리 되도록 밀어주겠어.'

마르쿠제는 이탄을 꼭 붙잡기로 단단히 결심이 섰다. 설
령 마르쿠제가 반대한다고 하더라도 비앙카의 마음은 이미
이탄에게 쏠린 지 오래였다.

지금으로부터 몇 개월 전, 피사노교의 총단에 쳐들어갔
을 때에도 비앙카는 이탄에게 큰 도움을 받았다. 최근에 그
레브 시에서 납치를 당할 뻔했을 때도 그녀를 구해준 사람
(?)은 이탄이었다.

이상 두 가지 사건이 계기가 되어서 비앙카의 마음속에
는 이탄이 불도장처럼 콱 틀어박혔다.

오죽하면 비앙카가 이탄의 본처인 프레야에 대해서 이것
저것 조사를 다 했겠는가.

마르쿠제는 그 사실을 보고받고는 손녀딸의 마음속에 이
탄이 차지하는 비중이 상당히 높다는 사실을 알아차렸다.

솔직히 마르쿠제도 이탄이 싫지 않았다.

이탄은 남명 최고의 종파 가운데 한 곳은 금강수라종의 직전제자였다. 멸정 대선인의 제자라는 신분 하나만으로도 이탄의 신분은 비앙카에 뒤지지 않았다.

또한 이탄은 마르쿠제가 깜짝 놀랄 만큼 술법에 대한 재능이 뛰어났다.

'아마도 100년 뒤에는 이탄 선인이 동차원에서 독보적인 위치에 우뚝 설 게야.'

마르쿠제는 이렇게 확신했다.

배경도 뛰어나고, 실력도 출중하고, 외모도 빼어나고.

거기에 더해서 이탄은 겸손한 성품까지 갖추었다.

"이탄 선인은 그렇게 모든 것이 뛰어난 데다가 출신 성분까지도 내 마음에 쏙 든단 말이지. 솔직히 나는 남명 녀석들이 마음에 들지 않아. 그런데 이탄 선인은 따지고 보면 우리 혼명 출신이란 말이지."

그러고 보니 이탄은 서차원에서도 기반이 탄탄했다. 이탄은 서차원 최고의 부호로 손꼽히는 쿠퍼 가문의 가주였다.

"우리 비앙카도 어디 내놓으면 빠지는 아이가 아니거늘, 이탄 녀석이 워낙 출중하다 보니 은근히 신경이 쓰인단 말이야. 허허험."

아울 검탑의 도제생인 프레야는 이탄의 본처이니 어쩔 수 없다고 치자.

음양종의 선봉 선자도 은근히 이탄에게 마음이 있는 듯했다. 쿠퍼 가문에서 이탄을 보필하고 있다는 단발머리 집사(333호)도 신경이 쓰였다.

원래 마르쿠제는 이런 소소한 일까지 신경을 쓰는 타입이 아니었다. 그럴 만큼 마르쿠제가 한가하지도 않았다.

그런데 비앙카가 뒷조사를 한 내용이 마르쿠제의 귀에도 들어왔다. 덕분에 마르쿠제는 이탄 주변에 꼬여 있는 날파리(?) 같은 미녀들에 대해서도 알게 되었다.

그러자 마르쿠제의 마음이 조급해졌다.

"최소한 동차원에서만큼은 내 손녀 비앙카가 이탄의 첫 배필이 되어야 해. 서차원은 이미 늦었다지만, 여기서라도 본처 자리를 꿰차야지."

이제는 마르쿠제가 한술 더 떴다. 마르쿠제는 어떻게든 이탄과 비앙카를 이어주려고 안달이 났다.

조금 전, 마르쿠제가 부끄러워하는 손녀딸의 등을 반쯤 강제로 떠밀어서 이탄과 단둘이 시간을 보내게 해준 것도 이런 이유 때문이었다.

한데 마르쿠제는 알까? 최근에 그는 늘 얼굴을 찌푸리고 다녔다. 얼마 전 피사노교와 맞붙었을 때 쿠미라는 애송이 마왕에게 충격을 받은 이후로 마르쿠제의 마음속에는 먹구름이 잔뜩 끼어 있었다.

그러던 마르쿠제가 오늘 이탄을 만나고 나서부터는 얼굴에 웃음꽃이 피었다. 이탄과 비앙카를 떠올리자 그의 모든 근심 걱정이 사라졌다.

"허허허. 날씨 한번 기가 막히는구나."

마르쿠제는 창문 너머에서 나부끼는 가을 단풍잎으로 시선을 주었다. 모처럼 대선인의 마음에 여유로움이 깃들었다.

마르쿠제 술탑의 영역은 무척이나 드넓었다. 비앙카는 이 가운데 경치가 좋은 곳들만 선별하여 이탄에게 구경시켜 주었다.

이탄은 연신 탄성을 터뜨리면서 마르쿠제 술탑의 이곳저곳을 둘러보았다.

예전에 이탄이 마르쿠제 술탑을 방문했을 때에는 이처럼 꼼꼼히 살펴볼 기회가 없었다. 이탄은 마르쿠제 술탑의 건물 배치나 건축양식, 그리고 특히 방어를 위해서 2중 3중으로 설치된 진법 등을 세심하게 관찰했다.

오고우와 레베카는 한 발 뒤에서 비앙카와 이탄을 뒤따랐다.

도란도란 이야기를 나누는 비앙카와 이탄의 모습은 한 쌍의 사이좋은 연인을 보는 듯 아름다웠다.

비앙카가 이탄을 구름 위로 솟구친 절벽에 데려갔을 때였다.

"이탄 선인님, 이곳에 한번 서서 아래를 내려다보세요. 여기서는 술탑의 전경을 한눈에 볼 수 있답니다. 물론 하얀 뭉게구름 때문에 아무것도 보이지 않지만, 구름 안쪽을 꿰뚫어 볼 수 있다면 술탑의 모든 것을 조망할 수 있는 자리예요."

비앙카의 손가락이 가리킨 곳에는 하얀 구름이 바다처럼 넓게 펼쳐져 있었다. 마르쿠제 술탑은 그 구름 밑에 숨겨져 있다는 소리였다.

마침 해가 서쪽으로 질 때라 하얀 구름이 주홍빛으로 물들었다. 하늘에도 온통 붉은 물감을 칠해놓은 듯했다.

이탄은 이 타이밍에 품에서 조그만 상자를 하나 꺼내어 비앙카에게 내밀었다.

Chapter 7

"어머? 이게 뭐예요?"

비앙카가 동그란 눈으로 이탄을 올려다보았다.

이탄은 쑥스러운 듯 뒤통수를 긁었다.

"작은 선물입니다."

"네에? 선물이라고요? 이탄 님께서 제게 선물을 다 주시는 거예요?"

비앙카의 눈이 한층 더 동그래졌다.

이탄은 상대가 오해하기 전에 후다닥 설명을 덧붙였다.

"크게 의미가 있는 것은 아닙니다. 그동안 제가 비앙카 선자님과 마르쿠제 대선인님으로부터 받은 게 너무 많아서요. 그래서 조그맣게나마 보답을 하고 싶었습니다."

"아!"

비앙카는 두 손으로 이탄이 건넨 상자를 받았다. 그런 다음 조심스럽게 뚜껑을 열었다.

상자 속에서는 한 쌍의 귀걸이가 반짝반짝 빛을 뿌렸다. 이 귀걸이의 모양은 간씨 세가 세상의 높은음자리표와 비슷하게 생겼다. 귀걸이의 테두리는 금이었으며, 중앙에 박힌 홍옥은 비앙카의 머리카락만큼이나 붉었다.

"어쩜, 예쁘기도 하지."

비앙카가 탄성을 터뜨렸다.

이 귀걸이는 이탄이 피사노교의 보고에서 가지고 나온 법보였다.

원래는 청옥, 백옥, 홍옥, 흑옥, 황옥, 녹옥, 이렇게 여섯 종류의 귀걸이가 한 세트를 이루는데, 이탄은 이 가운데 흑옥 귀걸이를 그릇된 차원 셋뽀 일족의 황녀인 에스더(서리를 판매하는 뱀)에게 선물했다. 녹옥 귀걸이는 은화 반 닢 기사단의 333호의 귀에 걸어주었다.

만약에 비앙카가 이 사실을 알았다면 눈이 샐쭉해졌을 것이다. 하지만 비앙카는 이탄이 준 귀걸이가 6종 세트라는 사실을 알지 못했다. 이탄이 이미 이 가운데 2종을 다른 여자들에게 선물했다는 점도 알 수가 없었다.

비앙카는 그저 심장이 터질 듯이 뛸 뿐이었다. 목덜미가 잘 익은 토마토처럼 붉어질 따름이었다.

"한번 귀에 걸어보시죠."

이탄이 권했다.

"그럴까요?"

비앙카는 도톰한 입술을 좌우로 움직이더니, 홍옥 귀걸이 한 쌍을 조심스럽게 꺼내서 자신의 귀에 착용해 보았다.

그 즉시 비앙카는 이 귀걸이의 성능을 깨닫게 되었다. 붉은 홍옥 귀걸이는 단지 모양만 예쁜 보석이 아니었다. 이것은 아주 희귀한 법보였다.

— 귀걸이의 착용자가 적을 공격을 받았을 때 방어력의 40퍼센트에 해당하는 적룡이 소환되어서 적을 자동 공격.

— 법력이 없이도 착용 가능.

이상 두 가지 특성이 비앙카의 눈앞에 환상처럼 스쳐 지나갔다.

이탄이 귀걸이에 대한 설명을 보냈다.

"오수문이라 혹시 들어보셨을지 모르겠습니다. 오래 전에 남명에서 활동하던 문파로 제련 실력이 뛰어난 곳이었지요."

"오수문이요?"

비앙카는 난생 처음 듣는 문파였다.

이탄이 설명을 이었다.

"홍옥 귀걸이는 오수문에서 제작한 법보입니다. 제가 우연히 그것을 손에 넣었는데, 어쩐지 비앙카 님께 잘 어울릴 것 같더라고요."

"피이, 진짜요? 진짜로 제게 잘 어울릴 것 같아서 가져온 거예요?"

비앙카는 입술을 몇 번 삐죽거리더니, 붉은 머리카락을 귓바퀴 너머로 넘기고는 이탄에게 귀걸이를 착용한 모습을 요리조리 보여주었다.

"그럼 이탄 님께서 한번 봐주세요. 어때요? 저와 잘 어울리나요?"

"오오오! 잘 어울리고말고요. 홍옥 귀걸이가 8,500년 만에 진짜 주인을 만났네요. 하하하."

이탄은 원래 상대방의 기분을 좋게 만드는 데 선수였다.

비앙카가 휘둥그레진 눈으로 되물었다.

"8,500년이라고요? 이게 그렇게 오래된 법보예요? 호호호. 그리고 뭐라고요? 8,500년 만에 이 귀걸이가 진짜 주인을 만났다고요? 호호호, 이탄 선인님께서 그런 간지러운 말도 할 줄 아세요?"

비앙카가 짜랑짜랑하게 웃었다.

비앙카는 이탄의 달콤한 말이 싫지 않았다. 싫기는커녕 이탄에게 그런 말을 들으니까 몸이 하늘로 붕 뜨고 가슴이 간질간질한 기분이었다.

심지어 멀리서 이탄과 비앙카를 지켜보고 있던 오고우와 레베카도 괜히 몸이 간질간질했다.

"부럽네요."

레베카는 자신도 모르게 속마음을 툭 내뱉었다.

"엉? 뭐라고?"

오고우가 레베카를 돌아보았다.

늘 얼음처럼 차갑기만 하던 레베카가 갑자기 얼굴이 새빨개졌다.

"아니요. 비앙카 공주님과 이탄 선인님이 잘 어울린다고요."

레베카는 서둘러 말을 돌렸다.

오고우가 푸근하게 웃었다.

"크허허. 그렇지? 두 분이 잘 어울리지? 크허허허."

그러는 사이 레베카의 얼굴색도 다시 평소처럼 돌아왔다.

이탄은 마르쿠제 술탑에서 나흘이나 머물렀다. 특별히 볼일이 있는 것도 아닌데 나흘이나 술탑에서 보냈다는 것은 이탄에게는 드문 일이었다.

이 나흘 동안 이탄은 주로 비앙카와 어울렸다. 하루에 한 번씩은 마르쿠제 술탑주를 만나서 차도 마셨다.

이탄은 차의 향기만 즐겼을 뿐 실제로 찻물을 목으로 넘기지는 않았다.

나흘째 되는 날.

이탄이 비앙카에게 작별을 고했다.

이탄에게 5개월이 넘는 시간이 주어졌다고는 하나, 마냥 마르쿠제 술탑에서 마냥 놀고 지낼 수는 없었다. 이탄에게는 다른 할 일들이 산적해 있었다.

비앙카는 겉으로는 담담한 척했으나 속으로는 이탄이 떠나는 것을 무척 아쉬워했다.

"비앙카 선자님, 다음에 또 들르겠습니다."

"부디 그래 주세요."

비앙카는 끝까지 괜찮은 척하면서 손을 흔들었다.

하지만 막상 이탄이 하늘로 날아올라 까마득히 사라지고 나자 비앙카는 맑은 눈물을 주르륵 터뜨렸다. 비앙카는 사과빛 뺨에 옥구슬 같은 눈물을 흘리면서 이탄이 사라진 방향만 망부석처럼 바라보았다.

마르쿠제가 슬그머니 다가와 손녀의 어깨를 툭툭 두드려 주었다.

"이탄 선인은 약속을 잘 지키는 사내가 아니더냐. 다음에 또 들르겠다고 했으니 곧 다시 보게 될 게다."

"네, 할아버지. 으흐흑."

비앙카가 마르쿠제의 품에 얼굴을 묻고는 어깨를 들썩거렸다.

마르쿠제는 두툼한 손으로 손녀의 머리를 가만히 쓰다듬었다.

제7화

20년 전 I

Chapter 1

마르쿠제 술탑을 떠난 뒤, 이탄은 적당한 곳에서 무한공의 권능을 발휘하여 북명으로 다시 돌아왔다.

그곳에서 이탄은 부하들에게 "당분간 수련에 전념할 것이니 나를 방해하지 마라."라는 명령을 내렸다.

뉘 말이라 거역을 하겠는가. 피사노교의 사도와 교도들은 신인의 수련을 방해할 만큼 간담이 크지 않았다.

덕분에 이탄은 조용한 밀실에 틀어박혀 혼자만의 시간을 가지게 되었다.

실제로 이탄이 이곳 밀실에서 수련을 하려는 의도는 아니었다.

"이렇게라도 짬을 내서 간씨 세가의 세상에 신경을 써줘야지. 지난번에 쥬신의 잔당들 처리도 제대로 못 하고 언노운 월드로 복귀했었잖아."

이탄은 짬을 내어 분신인 간철호에게 신경을 쓸 요량이었다.

마침 그곳에서는 쥬신의 잔당들이 화염을 여제를 내세워서 오대군벌의 이목을 끄는 중이었다. 오대군벌 사이의 긴장감도 아직 해소되지 않았다. 거기에 더해서 쥬신의 잔당들 가운데 배신자가 한 명 등장하여 간씨 세가에 은근히 접촉을 시도했다.

"어디 그뿐인가. 내 출생의 비밀도 아직 다 풀지 못했잖아. 후우우."

이탄이 한숨을 내뱉었다.

이처럼 쌓인 일들이 많으니 이탄의 입장에서는 어떻게라도 시간을 내서 간씨 세가에 다녀와야 했다.

그동안 이탄이 이 차원 저 차원 돌아다닐 때에는 마음이 무척 편했다. 그가 타 차원에 다녀오더라도 본래의 차원에서는 시간이 전혀 흐르지 않았기 때문이다.

간씨 세가의 세상은 달랐다. 그곳은 이탄의 본체가 직접 차원의 벽을 통과하여 방문하는 게 아니었다. 그저 이탄이 의식을 분신(간철호)에게 옮겨갈 따름이었다.

"그 때문일까? 내 의식이 간철호의 몸에 머문 만큼 이쪽 차원에서의 시간도 회리릭 지나가 버린단 말이지."

이탄이 아쉽다는 듯이 중얼거렸다. 이탄의 의식은 이 한 마디를 남기고는 간씨 세가의 세상으로 넘어갔다.

간철호는 안락한 안마대에 엎드려 4명의 미녀들로부터 안마를 받았다. 안마대 옆의 화려한 욕조에서는 수증기가 모락모락 피어올랐다.

욕실 입구에서는 백호대주 서원평이 무릎을 꿇고서 간철호에게 중요한 보고를 올리던 참이었다.

바로 그 타이밍에 이탄의 의식이 분신에게 깃들었다.

"의장님, 말씀하신 그 여자를 찾았습니다."

서원평이 굵은 음성으로 아뢰었다.

"그 여자? 누구를 말하는 거냐?"

간철호가 머리를 옆으로 돌려 서원평을 응시했다.

서원평은 감히 고개도 들지 못하고 보고를 이었다.

"전에 의장님께서 찾으라고 명하신 여자 말씀입니다. 이탄이라는 꼬맹이의 모친을 찾았습니다."

"그래?"

이탄은 안마를 중단시킨 뒤, 안마대에 걸터앉았다. 안마를 하던 미녀들은 안마대 옆으로 한 발 물러나 조용히 대기했다.

이탄은 손을 까딱여 서원평을 가까이 불렀다.

"이리 와서 좀 더 자세히 말해봐라. 그 여자는 오래 전 남편과 자식을 버리고 미주 지역으로 출국했다가 그곳에서 다시 아시아의 사천성으로 돌아왔다고만 알고 있었는데, 대체 그녀를 어디서 찾았지?"

"현재 그 여자가 머무는 곳은 극동의 제주라는 섬입니다."

"제주라고? 사천성이 아니라?"

이탄이 고개를 갸웃했다.

"네. 사천성을 다 뒤졌는데도 그 여자를 찾지 못했습니다. 그런데 알고 보니 그 여자는 15년 전에 버지니아를 떠나서 사천성으로 복귀한 뒤, 곧바로 다시 자리를 옮겨서 제주도에 머무르고 있었습니다."

"제주도? 거긴 한때 쥬신의 직할 영지였던 곳이잖아."

"맞습니다. 쥬신의 황족들이 별장처럼 쓰던 지역이 제주입니다."

"허! 등잔 밑에 어둡다더니, 그 여자가 그곳에 있었어?"

이탄은 어이가 없었다.

'자식과 남편을 버리고 미주 지역으로 도망을 갔던 여자가 정착한 곳이 하필이면 쥬신의 옛 직할령이란 말이지?

무슨 의도가 있나? 아니면 제주도에 쥬신 잔당들의 아지트라도 설치되어 있을까?'

이탄의 부친은 목씨 성을 가진 주정뱅이였다. 그 주정뱅이가 어린 이탄을 간씨 세가에 팔아넘겼다.

그 후 이탄은 간씨 세가의 탑에서 지옥훈련을 받은 뒤, 목이 뎅겅 잘려서 머리가 망령목에 내걸리는 신세로 전락했다.

한데 알고 보니 주정뱅이 목씨는 이탄의 친부가 아닌 듯했다. 앞뒤 정황상 이 점은 분명해 보였다.

한편 이탄의 모친은 이탄의 부친과 어린 이탄을 버리고 젊은 사내와 눈이 맞아 야반도주했다고 들었다.

한데 이탄이 뒷조사를 해보니 그 소문 또한 사실이 아니었다.

이탄의 모친이 젊은 사내와 미주 지역으로 함께 떠난 것은 엄연한 사실이었다.

하지만 이탄의 모친은 미주에 도착한 즉시 젊은 남자와 헤어졌다. 그런 다음 그녀는 얼마 후 비행기를 타고 아시아로 되돌아왔다.

여기에서 또 한 가지 반전이 존재했다.

이탄이 버지니아 주의 아지트에서 발견한 낙서에 의하면, 이탄의 모친이라는 여자도 이탄을 낳은 진짜 생모는 아닌 것 같았다.

'뭐, 그 여자를 만나보면 20년 전의 진실을 알게 되겠지. 내 출생의 비밀도 파헤칠 수 있을 거야.'

이탄은 과거에 집착하는 성격은 아니었다. 하지만 과거의 진실이 두려워서 외면하고 싶지는 않았다.

이탄이 안마대에서 벌떡 일어났다.

미녀들이 이탄에게 가운을 입혀주었다.

이탄은 가운의 허리띠를 매듭 지어 묶은 뒤, 서원평을 향해서 한 마디를 던졌다.

"전용기를 대기시켜라. 제주도로 가야겠다."

"넵, 의장님."

백호대주 서원평은 이유도 묻지 않고 이탄의 명을 받들었다.

Chapter 2

기이아아앙— 투웅!

간씨 세가의 전용기가 제주시의 활주로에 안착했다.

이탄이 전용기에서 내리자 검은색 리무진 다섯 대가 이탄을 맞았다. 리무진의 앞쪽에는 간씨 세가를 상징하는 주홍빛 깃발들이 좌우로 꽂혀서 바람에 나부꼈다.

이탄은 문득 하늘을 올려다보았다.

11월의 하늘은 시리도록 푸르렀다.

"의장님을 뵙습니다."

검은색 양복에 주홍색 넥타이를 맨 백호대원들이 2열로 늘어서서 허리를 직각으로 숙였다. 백호대원 한 명이 이탄을 위해서 차 문을 열어주었다.

"오냐."

이탄은 차의 뒷좌석에 올라타 지그시 눈을 감았다.

리무진 다섯 대가 줄지어 출발했다. 이탄이 탑승한 차는 중앙의 리무진이었다. 행렬의 선두에서는 모터사이클을 탄 무장병력이 호위했다. 리무진 행렬의 옆쪽과 뒤에도 무장병력이 쫙 깔렸다.

제주도의 경찰들은 이탄을 위해서 교통신호를 조작했다. 덕분에 이탄이 탄 리무진은 신호등에 한 번도 걸리지 않고 제주시를 벗어났다.

도시를 벗어나자 제주도의 푸른 바다와 갈색 오름이 한눈에 들어왔다. 이탄은 잠시 풍경을 감상하다가 서원평에게 물었다.

"그 여자가 지금 한라산 북쪽 기슭에 머무른다 했나?"

옆자리에서 서원평이 대답했다.

"네, 의장님. 그 여자에게 감시조를 붙여놓았는데, 아직까지 위치 변동은 없다고 합니다. 감시조뿐 아니라 인공위성과 무인정찰기까지 동원하여 제주도 일대를 감시 중이니 어디로도 도망치지 못합니다."

"잘했다."

이탄은 서원평을 칭찬한 다음, 깍지를 끼고 의자 깊숙이 몸을 파묻었다.

리무진이 향한 곳은 제주도 중심에 우뚝 솟은 한라산의 북쪽 기슭이었다.

푸른 바다를 향해 완만하게 기운 목초지를 따라서 말들이 한가롭게 풀을 뜯었다. 11월이라 바람은 제법 쌀쌀했다. 목장 건물에서는 장작이라도 때는지 연기가 조용히 피어올랐다. 파란 하늘엔 솜털구름이 잔잔히 흘러갔다.

"저 위쪽의 주홍색 기와지붕이 목적지입니다. 저곳에 의장님께서 찾으시는 여자가 머무르고 있습니다."

서원평은 태블릿 영상으로 주홍색 지붕 집을 보여주었다. 리무진으로부터 목적지까지 거리는 이제 3킬로미터 남짓 남았다.

목적지가 가까워지자 파란 하늘에 무인정찰기 몇 대가 나타났다. 이 정찰기들은 원거리에서 주홍색 기와지붕 집을 감시하며 하늘을 크게 선회했다. 언덕 뒤편에서는 전투 헬기 편대도 대기 중이었다.

"응?"

이탄이 갑자기 눈을 번쩍 떴다. 이탄의 이빨이 하얗게 드러났다.

"후훗. 눈치를 챘나 보군."

하긴, 모터사이클 소리가 들리고 시커먼 리무진이 줄지어 언덕을 올라오니 상대도 눈치를 챌 수밖에.

이탄의 감각에 상대방이 분주히 움직이는 모습이 포착되었다. 이탄은 운전 중인 백호대원에게 턱짓을 했다.

"선루프를 열어라."

"넵, 의장님."

지잉— 소리와 함께 리무진의 위쪽이 넓게 개방되었다. 제주도의 시원한 바람이 차 안으로 밀려들어 왔다.

이탄은 달리는 리무진 위로 휙 올라탄 다음, 저 멀리 보이는 주홍색 기와지붕을 향해서 그대로 몸을 날렸다.

서원평이 부랴부랴 이탄의 뒤를 따라 리무진 지붕으로 올라왔다. 그러면서 서원평은 부하들에게 명을 내렸다.

"너희들도 최대한 빨리 뒤쫓아 오너라."

"넵."

백호대원은 리무진의 가속기를 있는 힘껏 밟았다. 다섯

대의 리무진이 전속력으로 발진했다. 모터사이클을 탄 무장병력들도 미친 듯이 치달렸다.

그때 이미 이탄은 3 킬로미터 가까운 거리를 날듯이 가로질러 주홍색 기와지붕에 도착해 있었다.

콰앙!

요란한 폭음과 함께 기와 파편이 사방으로 휘날렸다. 이탄은 두 발로 지붕을 뚫고 건물 안으로 뛰어들었다.

난입과 동시에 이탄은 이 일대의 중력을 10배로 확 높였다.

갑자기 증폭된 중력 때문에 가구가 으스러졌다. 스테인리스 주전자가 형편없이 찌그러졌다.

투투타타타타타! 투타타타!

저택 안에서 적들이 이탄을 향해서 기관총을 난사했다.

이탄이 오른손을 들었다.

기관총에서 발사된 총알은 금속이었다. 기관총도 금속이었다. 그런데 세상의 모든 금속은 이탄의 명을 따른다.

이탄이 의지를 일으키자 불벼락처럼 날아들던 총알이 곡선을 그리며 이탄을 비껴갔다. 이어서 기관총의 총신이 엿가락처럼 휘어져 더 이상 총을 쏘지 못하게 만들었다.

이탄이 허공에서 한 번 더 손가락을 까딱였다.

빠악!

저택 거실에 설치된 화목 난로의 연통이 저절로 날아와 기관총을 쏘던 자들의 뒤통수를 후려 갈겼다.

그렇지 않아도 적들은 10배로 늘어난 중력 때문에 간신히 두 다리로 버티면서 방아쇠만 겨우 당기던 중이었다. 그러다가 연통에 뒤통수까지 얻어맞았으니 쓰러질 수밖에.

적들이 와르르 무너질 즈음, 이탄은 저택 1층 바닥에 완전히 착지했다.

제8화

20년 전 Ⅱ

Chapter 1

"어디 보자."

이탄은 감각으로 저택 내부를 스캔했다.

주홍색 기와지붕 집은 총 3층짜리 건물이었다. 1층에는 거실과 주방이 있고, 2층과 3층은 숙소였다.

저택에서 머무르는 자들은 총 15명 안팎.

목장의 관리자들이 이곳 저택에서 숙식을 함께 해온 듯했다.

15명 가운데 절반 이상이 이탄을 향해서 기관총을 난사하다가 쓰러졌다. 나머지 몇 명은 2층과 3층에 숨어서 긴장을 늦추지 못했다.

"그렇게 쥐새끼처럼 숨어 있겠단 말이지? 그렇다면 모두 내 앞으로 튀어나오도록 만들어 주지."

이탄이 손바닥을 천천히 옆으로 비틀었다.

끼이이익—.

이탄의 손짓에 따라서 건물을 지탱하고 있던 철근과 H빔이 괴상한 소리를 내면서 뒤틀렸다. 건물 전체가 허물어질 듯이 흔들렸다.

게다가 지금은 중력이 10배로 증폭된 상태였다. 튼튼하게 지어진 3층짜리 건물이 폭삭 주저앉기까지는 그리 오랜 시간이 걸리지 않았다.

바로 그때였다. 건물 1층 차고가 갑자기 쾅! 폭발했다. 불기둥이 치솟고 시커먼 연기가 뭉게뭉게 솟구쳤다.

이탄은 폭발이 일어난 순간 차고 안에서 레이싱용 모터사이클 한 대가 튀어나간 사실을 놓치지 않았다.

머리에 검은 헬멧을 쓰고 모터사이클을 몰아 탈출한 자는 여성이 분명했다.

"거기에 있었구나."

이탄은 그대로 점프하여 모터사이클을 추격했다.

그러면서 이탄은 마무리를 잊지 않았다.

퓨육! 퓩! 퓩! 퓩! 퓩!

무너진 건물 잔해 속에서 철근들이 마치 살아 있는 독사처럼 움직였다. 그 철근들은 이탄에게 기관총을 난사한 자들과 2층, 3층에 숨어 있던 자들을 샅샅이 찾아내어 뾰족한 끝으로 다리를 꿰뚫어버렸다.

"끄악."

"커헉."

철근에 발목을 꿰뚫린 자, 허벅지를 관통당한 자.

상처를 입은 부위는 각기 달랐지만 한 가지는 확실했다. 이들은 이탄이 풀어주기 전까지는 도망치기 글렀다.

그와아아앙—.

레이싱 모터사이클이 도로에 낮게 깔리며 수려한 궤적을 그렸다. 검은 헬멧을 쓴 여인은 뒤도 돌아보지 않고 한라산 방향으로 모터사이클을 몰았다.

저 멀리서 간씨 세가의 병력들이 몰려오는 소리가 들렸다. 파란 하늘 높은 곳에서 크게 선회비행 중인 무인정찰기의 모습도 포착되었다.

"치잇! 내가 방심했구나. 간씨 세가 놈들이 이곳을 철통처럼 포위할 때까지 전혀 모르고 있었다니."

여인은 입술을 꽉 깨물었다.

헬멧 안에서 여인의 눈이 이글거리는 불꽃을 품었다. 여인은 가속에 가속을 더해서 눈 깜짝할 사이에 1킬로미터 이상 벗어났다.

바로 그때 이탄이 저택 폐허에서 독수리처럼 떠올랐다. 이탄은 수십 미터 높이까지 도약한 다음, 저 멀리 도주하는 모터사이클을 무표정하게 노려보았다.

이탄이 가볍게 손을 휘저었다.

쿠웅!

여인의 주변 중력이 폭발적으로 증가했다. 멀쩡히 달리던 모터사이클이 갑자기 갈지자를 그리며 휘청거렸다.

"아, 안 돼."

여인은 기를 쓰며 모터사이클의 핸들을 조작했다. 동시에 여인은 몸 둘레에 반투명한 보호막을 소환하여 중력 효과를 상쇄시켰다.

휘청휘청 쓰러질 뻔했던 모터사이클이 다시 도로 위를 치달렸다. 도로에는 바퀴 탄 자국이 검게 생겨났다.

이탄은 뒷짐을 지고 비행하여 여인을 추격했다. 느리게 움직이는 것 같지만 이탄의 비행 속도는 여인이 몰고 있는 모터사이클보다 더 빨랐다.

또한 여인이 구릉을 막 타넘을 즈음엔 구릉 뒤쪽에서 전투헬기 두 대가 투타타타 소리를 내면서 부상했다. 전투헬기의 총구가 여인이 탄 모터사이클을 정확히 겨냥했다.

"이런 빌어먹을."

여인이 욕을 뱉었다.

여인은 모터사이클 안장에 발을 얹고는 곡예라도 하듯이 허공으로 뛰어올랐다. 여인이 허공에서 360도 회전을 하는 것과 동시에 그녀의 손끝에서 은빛 비수 두 자루가 날아갔다.

빠아아아앙—.

회전을 통해 원심력을 충분히 확보한 다음, 기를 실은 은빛 비수를 날려서 적을 저격하는 것은 여인의 주특기 가운데 하나였다.

푸르스름한 빛에 휩싸여 날아간 비수 두 자루가 두 대의 전투헬기 유리창을 뚫고 조종사의 심장을 찌르는 것처럼 보였다. 여인은 자신의 공격이 먹힐 것이라 확신하고는, 달리는 모터사이클에 다시 안착하여 핸들을 확 틀었다. 모터사이클은 도로를 벗어나 오프로드로 뛰어들었다.

한데 아무리 기다려도 헬기 추락하는 소리가 들리지 않았다.

여인이 뒤를 돌아보았다.

전투헬기는 멀쩡하게 활공하여 여인을 추적 중이었다.

"말도 안 돼. 내 비수는 방탄 유리창도 뚫는데?"

그때 여인의 머리 위에서 으스스한 음성이 울렸다.

"이 비수들을 찾나?"

이탄은 여인의 머리 위에 둥실 떠서 손을 빙글빙글 돌렸다. 이탄의 손끝에서 은빛 비수 두 자루가 헤엄치는 물고기처럼 자유롭게 움직였다.

여인이 이탄의 정체를 알아보았다.

"헉! 대지의 소서러."

여인은 찢어질 듯 비명을 지른 뒤, 모터사이클의 핸들을 한 번 더 틀었다. 한라산을 향해서 질주하던 모터사이클이 다시 산 아래로 무섭게 치달렸다.

레이싱용 모터사이클로 오프로드를 달린다는 것은 말도 안 되는 소리였다. 하지만 여인은 그런 것을 따질 겨를이 없었다.

여인이 탄 모터사이클은 금방이라도 부서질 것처럼 비명을 질렀다. 여인의 얼굴도 잔뜩 일그러졌다.

'어떻게 대지의 소서러가 이곳에 나타났단 말인가? 고작 나를 잡으려고 저런 거물급이 움직인다고? 그건 말도 안 돼. 아니면 설마 저자가 나와 공주님과의 관계를 파악했을까? 그래 봤자 나는 공주님의 곁을 떠난 지 오래되어 그분이 계신 곳을 알지도 못하는데?'

여인은 머릿속이 복잡했다.

Chapter 2

히이잉! 이히히힝!

모터사이클이 미친 듯이 내려오자 목장의 말들이 깜짝 놀라서 사방으로 흩어졌다. 여인은 흩어지는 말들 사이를 요리조리 피하면서 달리다가 목장의 울타리를 맞닥뜨렸다.

"이얍—."

여인이 오른손을 쭉 뻗었다. 여인의 손끝에서 날아간 반투명한 기운이 두툼한 나무 울타리를 단숨에 부쉈다.

여인은 뚫린 구멍으로 모터사이클을 몰아서 다음 목장을 가로질렀다.

그에 맞서서 간씨 세가의 무력부대도 포위망을 구축했다. 똑같이 모터사이클을 타고 있던 백호대원들이 목장의 울타리를 부수고 목초지로 들어가 여인의 앞을 가로막았다. 뒤에서는 전투헬기 두 대가 여인을 바짝 추격했다. 하늘에 뜬 무인정찰기는 여인이 도주할 만한 경로를 미리 파악했다.

정지궤도 위성도 여인에게 위성카메라를 고정했다.

여인이 이빨을 악물었다.

"더러운 간씨 놈들. 죽어랏."

여인은 한 번 더 모터사이클의 핸들을 놓고 점프했다. 여인이 허공에서 360도 턴을 하자 푸르스름한 빛에 휩싸인 비수 여섯 자루가 쏘아졌다.

빠아아앙— 빠앙— 빠앙—.

은빛 비수들은 요란한 소리를 내면서 순식간에 음속을 돌파했다.

"크흥."

서원평이 콧방귀를 뀌었다. 서원평은 칼을 뽑아 그대로 도약한 다음, 여인이 쏘아 보낸 비수 두 자루를 연달아 후려쳤다.

금속 불똥과 함께 비수 두 자루가 그대로 반토막 났다.

나머지 네 자루의 비수들은 백호대원들이 힘을 합쳐 막았다. 백호대원들은 쉴드를 소환하여 겹겹이 몸을 보호했다.

여인이 날린 은빛 비수들은 그 쉴드를 뚫지 못하고 결국 힘을 잃었다.

대신 백호대원들이 쉴드를 치는 동안 여인은 재빨리 모터사이클의 핸들을 틀어 도주로를 새로 뚫었다.

"도망치지 못한다."

서원평이 호랑이 소리를 내면서 여인을 추격했다. 모터사이클로 도주하는 속도보다 서원평이 두 다리로 달리는 속도가 더 빠른 듯했다.

'치잇. 저놈이 간씨 세가의 호랑이라는 백호대주로구나. 대지의 소서러에 이어서 백호대주까지 나타나다니, 오늘 일진이 정말 사납구나.'

여인은 입술을 꽉 깨물었다. 그녀의 입술이 찢어져 피가 주륵 흘렀다.

그 앞에 이탄이 불쑥 날아 내렸다.

"헙?"

이탄이 갑자기 뚝 떨어지자 여인이 기겁했다. 여인은 반사적으로 모터사이클의 방향을 다시 직각으로 꺾었다.

이탄은 땅바닥에 손을 밀착한 다음, 소형 지진을 쾅! 때려 박았다.

이 일대 100 미터 영역에 걸쳐서 땅거죽이 뒤집혔다. 대지에 금이 쩍쩍 갔다.

여인이 탄 모터사이클은 갑자기 허공으로 튀어 올랐다가 옆면으로 땅바닥을 세차게 들이받았다.

모터사이클의 축이 틀어졌다. 바퀴도 너덜너덜하게 찢겼다. 더 이상 이 모터사이클은 운송수단의 역할을 하기 힘들었다.

"으으윽."

여인은 욱신거리는 몸을 추스른 뒤, 벌떡 일어나 맨몸으로 달렸다. 조금 전 모터사이클이 땅에 처박힐 때 여인의 오른쪽 어깨가 으스러진 것 같았다. 오른팔이 여인의 뜻대로 움직이지 않았다.

그렇다고 이대로 항복을 할 수도 없었다.

'나는 쥬신 황가의 공주님을 호위하는 호위무사다. 나는 자결을 하면 했지 적의 포로로 잡히지는 않으리라.'

여인은 달리는 중에 혀로 어금니 뒤를 더듬었다.

어금니 안쪽에 준비해 놓았던 독약 캡슐이 여인의 혓바닥 위로 톡 떨어졌다. 여인은 여차하면 이 캡슐을 깨물어 자결할 요량이었다.

이탄이 여인의 의도를 꿰뚫어 보았다. 이탄은 상대의 턱 근육 움직임만 보고도 지금 상대가 무슨 생각을 하는지 깨달았다.

"그건 아니야."

이탄이 여인의 귓가에 속삭이듯 말했다.

"으헉?"

여인이 깜짝 놀랐다.

이탄은 기척도 없이 유령처럼 다가와 여인과 나란히 달렸다.

피웅—.

여인은 왼손으로 비수를 방출했다.

이렇게 가까운 거리에서 기습적으로 비수를 날렸으니 이탄을 뜨끔하게라도 해줘야 마땅할 것인데, 이탄은 여유롭게 검지와 중지로 비수를 붙잡고는 과자 부수듯이 톡 부러뜨렸다.

여인은 심장이 철렁했다.

이탄이 여인의 귓가에 한 번 더 속삭였다.

"내가 묻고 싶은 게 많거든. 그러니까 독약을 깨물지는 마라."

이탄의 당부가 여인의 귀에는 희롱처럼 들렸다. 여인의 눈빛이 갑자기 표독하게 변했다.

"이익."

여인은 혀 위에서 굴리던 독약 캡슐을 그대로 깨물었다.

그 전에 이탄이 손을 뻗어 여인의 턱을 붙잡았다.

우두둑.

여인의 아래턱이 힘없이 빠졌다. 여인의 목이 옆으로 홱 돌아갔다. 이탄이 부드럽게 손을 휘젓자 여인은 수수깡처럼 허공으로 부웅 떠올랐다. 그런 다음 등부터 먼저 지상으로 쾅 떨어졌다.

"켁. 쿨럭, 쿨럭."

여인이 고통스레 몸을 뒤틀었다.

여인이 덜렁덜렁 빠진 턱을 움직여 보려 했지만, 뜻대로 되지 않았다. 혀 안에서 굴리던 독약 캡슐도 사라진 지 오래였다.

"이걸 찾나?"

이탄이 여인에게 물었다.

"끄으윽."

여인은 원망스러운 눈으로 이탄을 올려다보았다.

이탄은 보란 듯이 독약 캡슐을 엄지와 검지로 쥐고는 팍! 터뜨렸다. 매캐한 액체가 이탄의 손가락을 타고 주르륵 흘렀다.

제주시의 으리으리한 호텔이 발칵 뒤집혔다. 이곳 호텔의 임직원은 대지의 소서러라는 거물급의 방문에 놀라서 허둥거렸다.

"싹 다 비워라. 당장 객실을 비우란 말이다."

서원평은 이탄을 위해서 호텔 숙박객들을 모두 내쫓고는 호텔을 통째로 차지했다. 백호대원들이 호텔의 각 층마다 깔려서 주변을 철저하게 경비했다.

호텔의 스위트 룸.

푸른 바다가 손에 잡힐 듯 가까이 보이는 유리창 앞에서 이탄은 옷소매를 풀었다. 이탄은 유리창 밖을 내다보면서 셔츠 소매를 팔꿈치까지 걷었다.

이탄의 등 뒤에는 모터사이클을 타고 도망쳤던 여인이
붙잡혀 있었다. 지금 그녀는 철제의자에 두 팔과 두 다리가
묶인 채 축 늘어진 모습이었다.

〈다음 권에 계속〉